比较文学与世界文学 研究丛书

主编 曹顺庆

三编 第 **22** 册

中西跨文化戏剧论集(下)

廖琳达 著

花木兰文化事业有限公司

国家图书馆出版品预行编目资料

中西跨文化戏剧论集（下）／廖琳达 著 —— 初版 —— 新北市：
花木兰文化事业有限公司，2024〔民 113〕
目 8+180 面；19×26 公分
（比较文学与世界文学研究丛书 三编 第 22 册）
ISBN 978-626-344-821-6（精装）
1.CST：戏剧 2.CST：戏曲 3.CST：比较研究
4.CST：跨文化研究
810.8   113009376

ISBN-978-626-344-821-6

比较文学与世界文学研究丛书
三编　第二二册　　　　　ISBN：978-626-344-821-6

中西跨文化戏剧论集（下）

作　　　者　廖琳达
主　　　编　曹顺庆
企　　　划　四川大学双一流学科暨比较文学研究基地
总 编 辑　杜洁祥
副总编辑　杨嘉乐
编辑主任　许郁翎
编　　　辑　潘玟静、蔡正宣　美术编辑 陈逸婷
出　　　版　花木兰文化事业有限公司
发 行 人　高小娟
联络地址　台湾 235 新北市中和区中安街七二号十三楼
　　　　　　电话：02-2923-1455／传真：02-2923-1452
网　　　址　http://www.huamulan.tw 信箱 service@huamulans.com
印　　　刷　普罗文化出版广告事业
初　　　版　2024 年 9 月
定　　　价　三编 26 册（精装）新台币 70,000 元

中西跨文化戏剧论集（下）

廖琳达 著

目

次

图目次

拾、西方第一位中国戏剧专业研究者
——戴维斯

内容提要：

  戴维斯是传教士马若瑟之后的第一位西方专业戏曲翻译与研究者，也是向西方介绍中国文学的第一代有成就的专业汉学家。他迎难而上地翻译了元杂剧剧本《老生儿》《汉宫秋》，尝试了翻译曲词的成与败，为后来者积累了经验和教训。戴维斯还写出了英语世界里最早的一篇戏曲专论《中国戏剧简论》，并在其他著述里发表了许多对于戏曲的研究心得，为奠定欧洲的早期专业汉学和拓开戏曲研究做出了卓越贡献。

关键词： 戴维斯 戏曲 翻译 研究

  如果说，18 世纪前叶法国耶稣会士马若瑟（Joseph de Prémare, 1666-1736）是出于宗教与文化传导动机第一个翻译了中国戏曲剧本的人，那么 19 世纪前叶活动于广州的英国人戴维斯（John F. Davis，1795-1890，旧译德庇时），就是出于向英国朝野深入介绍中国及其文化的政治和世俗目的，继续翻译中国戏曲剧本并对中国戏剧研究作出贡献的人。戴维斯对于中国文学尤其俗文学有着特殊的浓厚兴趣，他认为："了解中国最有效的方法之一是翻译中国的通俗文学，主要包括戏剧和小说。"[1]他因此先后翻译出版了小说《三与楼》（1815）、元杂剧《老生儿》（1817）、《中国小说选》（1822，包括《合影楼》《夺锦楼》和《三与楼》）、《贤文书：中国格言集》（1823）、小说《好逑传》（1829）、元

---

1 J. F. Davis, *Chinese Novels, Translated from the Originals, T Which are Added Proverbs and Moral Maxims, Collected from there Classical Books and other Sources*. London: John Murray, Albemarle Street. 1822, p.9.

杂剧《汉宫秋》（1829）、《汉文诗解》（1829）等，意在通过这些更多反映民间情怀的作品了解中国国情，戴维斯因此成为向英国民众介绍中国文学和戏剧的第一代有成就的专业汉学家，影响深远。（图五十）

图五十、戴维斯画像，赖特（Arnold Wright）绘[2]

一、戴维斯的中国戏剧研究背景

戴维斯因父亲为英国东印度公司广东商馆董事的缘故，18 岁就到广东商馆任书记员，并跟从马礼逊（Robert Morrison, 1782-1834）学习汉语。工作之外，他平日苦读中国文学作品，对于诗歌、小说、戏曲都兴趣极浓，年纪轻轻即开始了翻译中国小说戏曲的尝试。从 1815 到 1829 年之间，也就是 20 到 34 岁之间，戴维斯完成了他全部的小说戏曲翻译和出版。1816 年戴维斯因懂汉语而临时充任英国阿美士德（William P. Amherst, 1773-1857）使团随团翻译前往北京。1833 年始戴维斯在英国驻华商务监督署短暂工作两年，曾担任商务总监，但由于反对鸦片贸易遭到英商对华强硬派的诽谤，3 个月即去职。1844 年戴维斯因小斯当东（George Thomas Staunton, 1781-1859）力荐出任英国驻华公使和第二任香港总督[3]，又因财政压力而增收人头税，遭到英商联名投诉伦敦而 4 年即遭解职，返回英格兰布里斯特尔（Bristol）隐居，潜心中国历史文化研究，著述终身，于 1876 年获牛津大学荣誉博士学位。戴维斯后期著述主要有《中华帝国及其居民概述》（1836）、《中国见闻录》（1841）、《交战时期及

2 采自 *Twentieth century impressions of Hong-kong, Shanghai, and other Treaty Ports of China*, London: Lloyd's Greater Britain Publishing Company, LTD. , 1908, p.65.
3 参见《小斯当东回忆录》，上海人民出版社 2015 年版，第 87-89 页。

媾和以来的中国》（1852）、《中国杂记》（1865）等。其中《中华帝国及其居民概述》是当时介绍中国的最重要著作。戴维斯的中国小说和戏曲译著出版后影响深远，被广泛翻译成欧洲各种语言文本流传，确立了他在英国乃至西方汉学界的重要地位。

戴维斯对于中国戏曲的兴趣很浓，他在 1829 年出版的《汉宫秋》译本序里为学习中文的学生开列了 32 种戏曲剧作或剧作集作为参考，从中可以看出他涉猎戏曲作品的范围：《长生殿》《缀白裘》《春灯谜》《凤求凰》《寒香亭》《虎口余生》《红楼梦传奇》《黄鹤楼》《绘真记》《巧团圆》《九度》[4]《九种曲》《梦里缘》《奈何天》《八美图》《比目鱼》《碧玉狮》[5]《西江祝嘏》《西厢》《珊瑚玦》《诗扇记》《石榴记》《双翠园》《双忠庙》《滕王阁》《桃花扇》《一箭缘》[6]《乐府红珊》《鱼水缘》《元宝媒》[7]《玉搔头》《元人百种曲》。除了已经被传教士熟知、法国皇家图书馆收藏的《元人百种曲》《西厢记》外，其他作品也都是清代前期流行的戏曲剧目或剧本丛书。例如《春灯谜》是明末阮大铖作品；

4　戴维斯原文作 "Kew too"。戴维斯为这些拼音字一一标注了在马礼逊《华英字典》（*Dictionary of the Chinese language*, 1819）里的位置和对应汉字，例如 "Kew" 标注为 "6263"，"too" 标注为 "10345"，查《华英字典》相应位置，为 "九度" 二字。英国汉学家伟烈亚力（Alexander Wylie, 1815-1887）在他 1867 年出版的《汉籍解题》里引录了戴维斯这个目录并译出汉文，其中 "Kew too" 即译作《九度》（A. Wylie, *Notes on Chinese Literature*, Shanghae: American Presbyterian Mission Press, 1867, p.xxviii.）。按：戏曲整本戏极少有以两个字为名的，折子戏则多为二字戏名，但遍查不见《九度》之名（仅京剧有《九度韩湘子》，应该不是），疑有漏字或误字。查清人《传奇汇考标目》增补本著录有云溪散人所作剧本《九骏图》，第一和第三个字字音符合，或者戴维斯记录有误？存疑。

5　戴维斯原文作 "Peih yu sze"。按照戴维斯为其标注的位置查马礼逊《华英字典》，应当译作《碧玉狮》。伟烈亚力《汉籍解题》即译为《碧玉狮》。但戴维斯开列的是戏曲剧本（Play-Books）目录，而《碧玉狮》是明代小说，《碧玉簪》才是明代戏曲剧本，应该是戴维斯弄错了。另外，"Peih yu sze" 中的 "sze" 也并不发 "shi" 音，戴维斯目录里有发 "shi" 音的字，例如《诗扇记》（She shen ke）、《石榴记》（Shih lew ke），皆以 "sh" 为首音可证。

6　"Yih tseën yuen"，依据标注在马礼逊字典里为《一箭缘》，伟烈亚力作《一箭缘》。汪诗珮误译为李渔《笠翁十种曲》里的《意中缘》（汪诗珮《选择眼光与翻译策略：德庇时 "中国戏剧推荐书单" 初探》，《台大中文学报》第 53 期，2016 年 6 月，第 43-94 页），不取。

7　原文印作 "Yuen haou mei"，查无同音剧目。清康熙时期江苏松江文士周稚廉写有传奇剧本三种《珊瑚玦》《双忠庙》《元宝媒》，前两种都见于此书目，因而 "Yuen haou mei" 当系《元宝媒》之误。"haou" 戴维斯标作 8259，查《华英字典》汉字正为 "宝" 字，拼为 "paou"。

《巧团圆》《奈何天》《比目鱼》《玉搔头》是明末清初李渔作品，收入《笠翁十种曲》；《珊瑚玦》《双忠庙》《元宝媒》是清康熙时周稚廉作品；《九种曲》是乾隆时期蒋士铨剧本集《藏园九种曲》，《西江祝嘏》是蒋士铨为乾隆写的祝寿戏；《梦里缘》《诗扇记》是乾隆间汪柱的才子佳人式传奇剧本，收入《砥石斋二种曲》；《虎口余生》是曹寅的作品；洪昇《长生殿》、孔尚任《桃花扇》更是乾隆时期引起洛阳纸贵的名作双壁；《乐府红珊》《缀白裘》则是明清戏曲折子戏选辑。从这个目录看，戴维斯大体把握了当时流行的优秀戏曲剧目。其中《长生殿》他有可能仔细读过，因为在他 1829 年出版的《汉文诗解》里就将《长生殿·闻铃》一出里【双调近词·武陵花】的唱词用作例证。

二、戴维斯翻译元杂剧《老生儿》

图五十一、戴维斯《老生儿》译本书影，1817

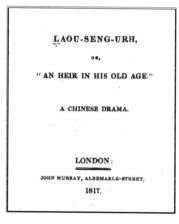

LAOU-SENG-URH,

OR,

" AN HEIR IN HIS OLD AGE."

A CHINESE DRAMA.

LONDON:

JOHN MURRAY, ALBEMARLE-STREET.

1817.

1815 年 20 岁的戴维斯翻译出版清初李渔小说集《十二楼》里的《三与楼》获得成功后，1817 年又依据明人臧懋循《元曲选》翻译出版了元杂剧剧本《老生儿》。（图五十一）戴维斯十分了解戏曲翻译的难度，他后来说："我完全同意 G·斯当东先生的观点：对译者而言，中国人的戏剧作品比他们的小说更难翻译。过于地方性和民族性使它们难以欣赏，翻译又使得其微妙的语言与风格之美极大减弱，剩下来的美感就很少了。一般来说，缺少了演员的天才表演，干巴巴的台词只能表达一个不完美的轮廓，而丧失掉生活仪态的生动画面。但在他们的小说和浪漫故事中，却充满着丰沛的细节。"[8]明知如此他却迎难而上，

---

8 J. F. Davis, "Observations on the Language and Literature of China", *Chinese Novels, Translated from the Originals, To Which are Added Proverbs and Moral Maxims, Collected from there Classical Books and other Sources*. London: John Murray, 1822, pp.9-10.

可能是年轻戴维斯的锐气使然。好在戴维斯有他在中国工作的得天独厚的条件，他说如果遇到翻译困难，他会征询两个或更多本地人的意见。[9]《老生儿》英译是他戏曲翻译的第一次练笔，其中有甘苦有失误，但也积累了经验，为他顺利翻译《汉宫秋》奠定了基础。

戴维斯在《老生儿》译本前面所附《中国戏剧简论》一文中提到他翻译《老生儿》剧本的着眼点："《老生儿》这部喜剧简单地表现了一个家庭生活中的故事——一个简单的'未加修饰的故事'，在这个故事中，中国人的举止和中国人的感情以自然的方式和恰当的语言忠实地描绘出来。"[10]即是说，他选择这部表现普通人家庭内容的喜剧，是想通过它来了解中国人的日常生活与情感，当然，也有补充马若瑟翻译的历史悲剧《赵氏孤儿》、让西方人完整观测到中国悲剧和喜剧的意味。

戴维斯翻译《老生儿》的态度较马若瑟翻译《赵氏孤儿》谨慎，他毕竟吸取了一些马若瑟的经验教训。开头戴维斯仿照马若瑟体例，添加了出场人物表。但他减少了分场，从楔子到第二折（序幕到第二幕），他不再以人物上下场作为一场，而以相同地点为一场。例如楔子（序幕）为一场，添加指示语："场景：老者的家甲。"[11]第一折（幕）分作两场，指示语分别为"场景：老者的家里""场景：农舍"。第二折（幕）一场，标为"场景：庙门口"。戴维斯在注释里作了说明："中国人没有场景的转换，这里的场景是译者加的。"[12]但这个原则却没有贯彻到底，后面两折（幕）只有人物上下场提示，不分场也不再指示场景地点。或许因为第三折、第四折中间都有人物串场，地点无法固定。例如第三折开头写人物纷纷去上坟，第四折开头写张郎夫妇来到刘从善门口不敢进有门里门外的表演。当时西方人不了解戏曲走过场表演景随人走的原则，总是用固定场景的概念来理解戏曲剧本，于是方枘圆凿。因此，戴维斯对于剧本结构的安排还是没能统贯一致。戴维斯的《老生儿》连序幕一共分为5幕6场，基本上每幕就只有一场。（图五十二）

9　J. F. Davis, *Laou-seng-urh, or an heir in his old age, a Chinese drama*, London: John Murray, 1817, p.107.

10　J. F. Davis, "A brief view of Chinese drama and of the theatrical exhibitions", in *Laou-seng-urh or an heir in his old age, a Chinese drama*, London: John Murray, 1817, pp.xxxiv-xxxv.

11　原文为：The old man's house. J. F. Davis, *Laou-seng-urh, or an heir in his old age, a Chinese drama*, London: John Murray, 1817, p.xlix.

12　J. F. Davis, *Laou-seng-urh, or an heir in his old age, a Chinese drama*, London: John Murray, 1817, p.107.

图五十二、明万历吴兴臧氏刊《元曲选·老生儿》插图

对于直译不容易理解的语句，戴维斯先意译，然后把原文直译在注脚里，以便读者对照。例如第一折张郎听到妻子和他一样的心要害小梅，大喜说："你那（哪）里是我的媳妇，你是我的亲娘！"[13]戴维斯译作："对我来说，你实在不止是妻子。"然后加注说明原文的字面意思。[14]又如第三折【紫花儿序】有句："哎，你个择邻的孟母，休打这刻木的丁兰。"[15]里面用了孟母三移、丁兰刻木两个典故来表意。戴维斯意译作："啊，你这个谨慎的母亲，不要打你孝顺的孩子！"[16]同时加注文解释典故。这种做法既能让西方普通读者通畅阅读，又能够为学者和执意者追溯原意留下线索，是比较科学的做法。

值得指出的是，戴维斯还作出了翻译曲词的最初尝试。事实上这种尝试是在翻译小说《三与楼》诗歌时开始的，戴维斯用韵文诗形式翻译了《三与楼》里夹带的几首短诗或者谚语，效果还不错，因而受到鼓舞，于是在《老生儿》里希望能够大显身手。另外，戴维斯对于马若瑟《赵氏孤儿》不译曲词是有看法的，他在《中国戏剧简论》里说："在马若瑟的译本中，确实缺少其中的一些东西，因为他省略了大部分的曲词，或者说那些可以与希腊歌队类比的部分，在这些部分中，情感、修辞、激情都得到了表现。也就是说，他省略了该

---

13 〔明〕臧懋循《元曲选》，北京：中华书局 1958 年版，第一册第 368 页。

14 J. F. Davis, *Laou-seng-urh, or an heir in his old age, a Chinese drama*, London: John Murray, 1817, p.21.

15 〔明〕臧懋循《元曲选》，北京：中华书局 1958 年版，第一册第 381 页。

16 J. F. Davis, *Laou-seng-urh, or an heir in his old age, a Chinese drama*, London: John Murray, 1817, p.87.

剧最精彩的部分。"[17]因而戴维斯开始了对文中诗词的翻译,例如楔子里他用韵文诗翻译了引孙的下场诗和【仙吕·赏花时】一曲。我们来看引孙下场诗的译文。原文是:"仰面空长叹,低首泪双垂。富贵他人聚,今日个贫寒亲子离。"[18]译文作:

> Supinely gazing, now I vent my sighs(凝望着,我叹了口气),
>
> Now, bending down, in tears my sorrow flows(弯下腰来,悲伤在泪水中流逝)。
>
> The wealthy alien claims connubial ties(有钱陌生人都是亲戚),
>
> The needy kinsman no relation knows(没钱亲戚都不认识)![19]

经过精心调整语词内容与结构,戴维斯将每行结尾都押上了"s"的韵脚,内容也基本遵照原文译出。这是从琼斯翻译《诗经》那里借鉴来的方法,即首先逐字逐句意译,然后进行诗歌性的意象加工。但这种译法确实增加了难度,对付五言诗还好办,到翻译刘从善对妻子唱的一支【仙吕·赏花时】时,其中不规则曲词的翻译难度更是大大增加。我们来看他的尝试。

原文:

> 我为甚将二百锭征人的文契烧,也只要将我这六十载无儿冤业消。我似那老树上今日个长出些笋根苗,你心中可便不错,你是必休将兀那热汤浇。[20]

译文:

> Do'st ask me why, by this rash hand,(别问我为什么鲁莽地)
>
> A treasure to the flames was given?(一把火烧了财产)
>
> Why, but t'avert, ere yet too late,
>
> the vengeance of offended Heaven!(现在避免上天的报复还不晚)
>
> Full sixty years, by various' arts,(我用六十年辛勤经营)
>
> for wealth I've toil'd, without an heir,(换来的财产却无人继承)
>
> Who knows but Heaven may now relent,

17 J. F. Davis, "A brief view of Chinese drama and of the theatrical exhibitions", in *Laou-seng-urh or an heir in his old age, a Chinese drama*, London: John Murray, 1817, p.xxxiii.

18 〔明〕臧懋循《元曲选》,北京:中华书局 1958 年版,第一册第 366 页。

19 J. F. Davis, *Laou-seng-urh, or an heir in his old age, a Chinese drama*, London: John Murray, 1817, p.9.

20 〔明〕臧懋循《元曲选》,北京:中华书局 1958 年版,第一册第 367 页。

and listen to a suppliant's prayer? （上天听了我的祈祷也许会宽容）

See'st thou not yonder aged tree, （你没看见那边那棵老树）

that flings its wither'd arms around? （把枯干的树枝掉落地坪）

Lo! from its roots a sucker breaks, （瞧，无主见的人从根上折断）

Its the passage through the yielding ground. （顺从的人道路畅通）

See'st thou not yonder bending flower, （你没看见那边垂头的花）

Whose roots the cooling waters lave? （它的根被冷水浸润）

Ah! see, it bows its head to meet, （看，它垂头迎向那）

the freshness of the limpid wave! （清澈水波的清新） [21]

　　引申发挥，离题万里，费了相当大的力气，译文也仅译出原文"消冤业"的一层意思，而烧掉二百锭文契和老树发嫩枝的意思都没有译出，更重要的，刘从善交代妻子要善待小梅是本段主旨，也被忽略掉了。应该说，这一段曲文译得十分失败。但 12 年后戴维斯还是把引孙下场诗和【仙吕·赏花时】前半曲的译诗收入他 1829 年出版的《汉文诗解》作为诗例[22]，他一定是自己觉得辛苦只有寸心知。

　　既然出力不讨好，后面戴维斯干脆放弃了这种译法，改用散文形式简译曲文而加上引号，并且省略了大量曲文。于是，我们只在楔子（序幕）里见到过一次"sings"（唱）的文字标示，以及分行排列的押韵歌词，后面再也没见到了。[23]1829 年戴维斯在其《好逑传》英译本序里谈到翻译中国诗歌的甘苦心得："《好逑传》散落的诗篇，总计不超过四百行，但必须既在字面上充分传达这些诗句的意思，又要充分体现出它们包含在音调格律里的内在神韵，给译者带来了几乎相当于其他部分的工作量……而在《中国诗歌词典》（目前急需）编纂出来之前，阐释诗歌几乎是欧洲学者无法完成的任务。那些在某种程度上构成了他们诗歌美的众多历史典故，那些中国最流行的故事、传说或神话，很难被不熟悉同时又没有解读原始信息能力的人所理解。"[24]这是戴维斯坦率的

21　J. F. Davis, *Laou-seng-urh, or an heir in his old age, a Chinese drama*, London: John Murray, 1817, pp.17-18.

22　J. F. Davis, *On the Poetry of the Chinese*, London: J. L. Cox, Printer to the Royal Asiatic Society, 1829, pp.23-24, 37.

23　戴维斯曾对此做过一点补救，即在翻译第一折第一支【仙吕·点绛唇】曲文时加上引号，并在页下作注说引号里的是唱词。但这并没有形成通例，因为它处一些念白里的引诗他也加了引号，造成混淆。

24　J. F. Davis, *The fortunate union: a romance, translated from the Chinese original, with notes and illustrations*, London: The Oriental Translation Fund, 1829, p.xvii.

自白。这里说的还只是诗歌，曲词的翻译会更加困难。

戴维斯也有其他误译的地方。例如第一折【油葫芦】后半："遮莫他将蹇卫迎、草棍捶，但得他不骂我做绝户的刘员外，只我也情愿湿肉伴干柴。"[25]"蹇卫"指驴子，"湿肉伴干柴"是用棒子打人，都是俗语。意思是任凭他怎么羞辱摧残我，只要不骂我是绝户头，我都心甘情愿。戴维斯译作："愿他们照允诺的去做，因为他们不辱骂我，我就不会有儿子。即使是一个畸形儿，也是上天的恩赐！"[26]但是，对于我们都难懂的元人俗语，也不能苛求戴维斯都弄通。

有些地方省略了原文则是戴维斯的特意安排。例如接着上面刘从善又说："不想小梅这妮子，年二十岁，婆婆为他精细，着他近身服侍老夫。如今腹怀有孕，未知是个女儿小厮儿。"[27]念白交代了一条线索：妻子安排来服侍刘从善的20岁贴身丫鬟小梅已经为他怀孕。或许是为了避免欧洲读者对于中国人习俗的误解，戴维斯作了调整。首先，他在剧本开头的人物表里直接标明小梅是刘从善的第二个妻子，为之取得身份合法性。然后这里仅译作："小梅现在怀孕了，但我不知道是男孩女孩。"[28]更多的省略还在后面：第一折刘从善唱的【混江龙】曲词以及其间道白，还是对小梅怀孕内容的重复，就被戴维斯整个删除了。总的来说，戴维斯只挑拣了能够构成人物互动的曲义和念白翻译成对白，单纯抒情而与念白重复的曲文就删去。另外许多与情节无关的插科打诨语也被删去。

戴维斯注意到了全剧只有刘从善一个人开口歌唱。他在翻译刘从善唱词时作注说："原文中用韵文形式演唱的部分，在译文中用引号标出。很明显，刘从善是唯一一个全程演唱的人物。在所有情况下，只有主要人物开口唱。"[29]与《赵氏孤儿》里歌唱的正末先后扮演赵朔、韩厥、公孙杵臼、程勃4个人物，于是

25 〔明〕臧懋循《元曲选》，北京：中华书局1958年版，第一册第369页。

26 原文为："Let them do as they promise, for if they do not abuse me, I shall not be without a son . What though I should even have a son deformed , for still he will be the gift of Heaven !" J. F. Davis, *Laou-seng-urh, or an heir in his old age, a Chinese drama*, London: John Murray, 1817, pp.25.

27 〔明〕臧懋循《元曲选》，北京：中华书局1958年版，第一册第366页。

28 原文为："Seaou-mei is now pregnant, but whether of a girl or a boy I know not."J. F. Davis, *Laou-seng-urh, or an heir in his old age, a Chinese drama*, London: John Murray, 1817, p.10.

29 J. F. Davis, *Laou-seng-urh, or an heir in his old age, a Chinese drama*, London: John Murray, 1817, pp.23-24.

各折开口歌唱的人物时而改换不同，《老生儿》却是正末从头至尾只扮演刘从善一个人物。戴维斯注意到了这一点，因而在注文里专门指出。他比马若瑟幸运，马若瑟面对主唱人物换来换去，但其中的赵朔、韩厥是次要甚至过场人物，而主要人物程婴却不唱，一定感到困惑不解，这与他在中国看到的戏曲舞台演出情形是不同的。马若瑟是否征询过中国人的意见，我们不得而知了，因为他在讲述时完全没有提到。但戴维斯也误会成只有主要人物开口唱，而不是理解为正末才能唱。对于元杂剧演唱体制特殊性的认识，以及后世戏曲演唱方式的变迁，恐怕要等 20 世纪的学者来解开了。

《老生儿》翻译完成后，戴维斯将译稿寄给东印度公司印度总部，希望能够发表，董事会很重视，立即同意资助其出版。[30]《老生儿》英译本的出版，使《赵氏孤儿》80 年后欧洲人再次看到中国戏曲剧本，因而引起巨大反响。不久法国汉学家索松（Bruguiera de sorsum）就将戴维斯英译《老生儿》和《三与楼》转译为法文，名为《老生儿：中国喜剧；三与楼：告诫故事》于 1819 年在巴黎出版[31]。

来自英国的评论反映十分迅速，英国著名批评期刊《每季评论》1817 年10 月号立即为之刊发了 11 页的书评[32]。书评首先抨击了早期传教士尤其是耶稣会士传达的中国知识是偏颇的，出于传教目的他们把中国描绘成为一个由圣贤遗训主导的开明国家，他们只高度赞扬中国人的上古经典和科举学习，"不关注广大群众的现代文学状况"，而后者却是"最能向我们展示这个奇异的民族在普通的生活中是如何行动和思考的"。书评接着说，以前马戛尔尼等外国使团所见到的那些为了娱乐外国大使而演出的东西，都不是正宗的中国戏剧，指出："有明确的证据可以证明中国人有比旅行者所描述的演出更好的东西：由马若瑟翻译的《赵氏孤儿》，还有《老生儿》，这两部戏都是从同一个百部戏剧的合集中选出的。同时我们认为，这也证明了这些剧目以及其他类似

---

30 参见《老生儿》英译本前出版说明。J. F. Davis, *Laou-seng-urh, or an heir in his old age, a Chinese drama*, London: John Murray, 1817, p.ii.

31 Bruguiera de sorsum, *Lao-seng-eul, Comédie Chinoise, Suivie de San-iu-leau, ou les trois étages Concacrés, conte moral*, Paris: Rey et Gravier, 1819.

32 书评一共 21 页，但后面 10 页转向评述阿美士德使团访华事件。《老生儿》英译本1817 年由伦敦出版商 John Murray 出版，而《每季评论》当年 10 月号即刊发了书评，这只能解释为两者是同时运作的。李声凤注意到《每季评论》的发行商也是John Murray，这就合理解释了这一现象（李声凤《中国戏曲在法国的翻译与接受（1789-1870）》，北京大学出版社 2015 年版，第 25 页注①）。

的剧目，正是在中国观众面前演出的普通剧目，但这一点并不广为人知。"并且进一步引申说："必须承认这本罕见文学作品的译者对中国戏剧进行了总结，或者我们应该说，对那些为了娱乐外国大使而演出的舞台表演进行了总结——必须承认那些表演是非常幼稚的，主要包括各种闹剧、翻滚、杂耍、弄姿（posture-making）和人装扮成动物的可笑的游行，最后一种可能是通过拟人化的表演传达一些民族传统或宗教迷信故事。我们在派往北京宫廷不同国家大使出版的记叙中，很少或根本没听说过像我们面前的这个剧目一样的正规剧目。"[33]书评还指出："这个简单的故事是相当巧妙地创作出来的，行动严密地遵守统一性和完整性，所有的事件都与主要故事相联系，每个戏剧人物的性格在整个过程中都得到了很好的贯彻，特别是老人的性格。而老妇人的性格并不像我们一直以为的中国女性那样被动，她以无可争议的影响力控制着她的家庭。而且她是一个讲道理的女人，聆听争论，可以被说服。这部戏的进展没有丝毫的中断，虽然时间超过了三年，但事件的发生是自然进行的并且紧密连接的，如果不是最后一幕中提到了孩子的年龄，时间的推移是不会被察觉的。"[34]该书评随后又在英国《文选杂志》（The Analectic magazine）1817 年 9 月号上全文转载。

来自法国的批评也很快疾。法国汉语讲席教授雷慕沙（Jean-Pierre Abel Rémusat, 1788-1832）在巴黎《学者杂志》1818 年 1 月号上专门为之发表书评，称赞这位年轻汉语研究者的戏曲翻译和研究成果，称赞《老生儿》译本为欧洲人提供了一个了解中国人道德习俗的直接窗口。但他也批评了戴维斯译本删减内容的做法。他说戴维斯的翻译，"选择了自己认为更符合汉语华彩和作品目的的含义，但是却把一些高明的设计，连同粗俗文词和令人无法忍受的无聊部分，都一起删除了。我们赞同前者，但绝不赞同后者。当你用学术语言翻译一本书时，毫无疑问要清除那些亵渎我们欧洲语言的尊严和纯洁性的东西，但我们没有义务让它比原文更有趣。这类译本是让受过教育的读者去了解一个民族的品味和才能，而不是为了取悦那些找不到话题来表达好奇心的轻浮读者，反过来说，他们也永远不会满足于对他们口味的迁就。戴维斯先生承认自己过分使用了译者的权利。他虽然声称只删除了极少数段落，但缩减部分相当多，几乎占作品的三分之一。很难相信是因为这些段落难以翻译阻止了他，因

---

33 "Chinese drama", *The Quarterly Review*, Oct. 1817. vol. xvi. No. xxxii, pp.397-400.
34 同上，pp.404, 405。

为想找到一个帮助他工作的中国人并不难。删减本实际上加快了戏剧的进程。这个译本更符合我们的阅读习惯，但也让它失去了必须保留的自然色和中国味道。"[35]很明显雷慕沙坚持翻译要尊重原文，不能为了欧洲人的阅读习惯而修改和删减。

1838 年巴赞（Antoine Bazin, 1799-1863）在《中国戏剧选》导言里也批评戴维斯《老生儿》的不译曲词。他说："他一定程度模仿了马若瑟的做法，更注重口头对话的简单再现，而不是对抒情段落的解读，因为后者需要努力、智慧和对中国古代风俗习惯的深入了解……我们乐于承认英国汉学家的贡献。但也许他太不相信自己了，以至于仿效马若瑟删去了曲词，他本应忠实地把它们翻译出来。"[36]巴赞恐怕过高估计了他这位先行者的能力了，再说戴维斯也缺乏经院里专业汉学家的时间和条件。

三、戴维斯翻译元杂剧《汉宫秋》

图五十三、东方翻译基金会出版《汉宫秋》书影

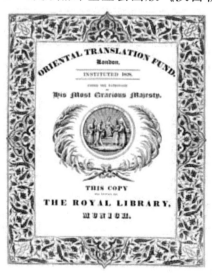

1829 年伦敦东方翻译基金会出版了戴维斯翻译的《汉宫秋》，前有序言，并附录毛笔手抄原文楔子（未抄【仙吕·赏花时】曲文。估计是请中国人抄后

---

35 J. P. Abel Rémusat, "Laou-Seng-urh, or'an heir in his old age', a chinese drama, London, 1817", *Journal des Savans*, Paris: L'imprimerie Rovale, Janvier 1818, p.31.

36 Antoine Bazin, *Théatre Chinois, ou Choix de pièces de théatre composées sous les empereurs mongols, traduites pour la première fois sur le texte original, précédées d'une introduction et accompagnées de notes*, Paris: A L'Imprimerie Royale, 1838, pp.XLVIII, XLIX.

刻印的）。同年该基金会出版戴维斯翻译小说《好逑传》，又把《汉宫秋》作为附录收在后面。此剧本的翻译出版是在《老生儿》12 年之后，同样用的是《元曲选》的底本。此时戴维斯已经是 1824 年成立的英国皇家亚洲学会的创会会员与东方翻译委员会委员，说明他的前期成就已经被英国社会承认。这个译本名为《汉朝的悲哀：一部中国悲剧》（The Sorrows of Han: a Chinese tragedy），之所以如此命名，戴维斯作了说明："在中文里，春天是欢乐的象征，秋天是悲哀的象征，因此把秋天译作悲哀。"[37]（图五十三）

戴维斯翻译《老生儿》的动机，更多在于通过它了解中国人的日常生活与习俗，而他这次选择《汉宫秋》来翻译，则是从其戏剧本体特征考虑了。他说："从这么多的剧本里单单挑选《汉宫秋》来翻译，是考虑到它与我们自己的批评准则有着显著的一致性。中国人并没有对喜剧和悲剧进行分类，但我们完全可以自由地将悲剧赋予一个完全符合欧洲定义的剧目。它的行动是完全统一的，对时间一致和地点一致原则的违反比我们自己舞台上经常发生的还要少得多。主题的宏大和严肃，人物的地位和尊严，悲剧性的灾难，以及对诗性正义的严格裁决，可能会满足最严苛的希腊规则崇拜者。"[38]简单说，就是戴维斯认为《汉宫秋》十分符合欧洲人的悲剧观，因而译出来让欧洲人欣赏。他甚至说："译者的判断也许会因偏爱自己的劳动成果而受到影响，但我不能不认为《汉宫秋》的情节和事件优于《赵氏孤儿》——虽然伏尔泰天才的努力使后者成为一部优秀的法国悲剧的原型，然而译者并不自以为是地期望本剧也能有同样辉煌的前景。如果读者能够耐心读完它，并认识到它是外国文学中一个有点奇怪的样本，我就非常满足了。"[39]认为《汉宫秋》的情节和事件优于《赵氏孤儿》，是戴维斯选择它来进行翻译的一个重要原因，事实上他似乎也期盼着能有伏尔泰这样的大作家把它搬到欧洲舞台上。

汲取翻译《老生儿》按地点分场不彻底的教训，《汉宫秋》译本只在人物表后写了一句有关地点背景的说明："故事发生在边界匈奴毡帐和汉朝宫殿里。"后面按照原剧的楔子和四折分作序幕和四幕，不再分场，中间一般只指示人物出场不标地点（但也偶有标出地点甚至时间的）。

---

37 J. F. Davis, *The Fortunate Union, a Romance, translated fromthe Chinese original*, London: J. Murray, 1829, vol. 2. p.219.

38 J. F. Davis, "Preface", in *Hān Koong Tsew, or Sorrows of Hān, a Chinese tragedy, translated from the original, with notes*, London: The Oriental Translation Fund, 1829, p.vi.

39 同上，p.vii。

　　或许已经积累了足够的译诗经验与自信，在《汉宫秋》里戴维斯将人物登场诗一一译出。《老生儿》由于是现实生活剧目，人物都是缺少文化的乡人，因此很少设置上场诗和下场诗（只有楔子里引孙的下场诗、第三折张郎的上场诗以及剧终刘从善的结束诗，戴维斯用韵文翻译了第一首，用散文翻译了后两首）。汉宫秋不同，是历史剧目，人物大多是帝王和贵族，所以上下场都有诗，戴维斯将其大部分都译出，并分行排列，虽然译文不尽押韵——他已不像前期那样追求形式感，而重在内容显现。也因为主角是帝王将相，《汉宫秋》曲文里大量用典和使用文言文，极大增加了翻译的难度，戴维斯于是仅选择性地少量翻译曲文，大量删去与念白内容重复的以及纯粹抒情的曲词。由于西方戏剧里未见过剧中人物当场演奏乐器，所以当剧本标示王昭君"弹奏琵琶"时，戴维斯特意为之加上注脚："原文如此。"[40]（图五十四）

图五十四、明万历顾曲斋刊《古杂剧·汉宫秋》插图

　　压缩了曲文的元杂剧剧本较之当时欧洲剧本显得篇幅短小，戴维斯解释说："读者无疑会因为这里呈现给他的明显又短又乱的剧本而感到吃惊，但原著与所有的中国戏剧一样，是通过一种歌剧的不规则歌曲来弥补的，主要人物在歌唱时会用响亮或柔和的音乐伴奏，以期适合当时的情绪或行动。有些段落已经体现在我们的译本中，但译者并没有译出全部，原因和马若瑟不翻译曲词的原因相同——'它们充满了我们不熟悉事物的典故，并且使用的比喻让我们

40 同上，p.226。

很难理解'。而且，它们经常只是对念白部分的重复或强调，并且更多的是为了取悦耳朵而不是眼睛，是为了适合舞台而不是书柜。"[41]在这里，戴维斯既解释了剧本显得短小的原因，也为自己的基本不译曲词进行说明，尤其强调了曲词主要是为了适用于中国人的美听效果，而不是用于阅读。但戴维斯还是理解错了，中国人重视曲词不但为了歌唱，更注重其文字的文学华彩，历代曲论里强调的许多都是曲词的文学性。翌年法国汉学家雷慕沙在巴黎《学者杂志》1830 年 2 月号上撰文批评了戴维斯《汉宫秋》译本的删除曲词。[42]

译文仍然有不少误译。例如原义"呼韩耶单于"或"呼韩单于"被译作"韩单于"。史籍里匈奴"呼韩耶单于"又作"呼韩邪单于"，省称"呼韩单于"，但从未有称"韩单于"的，戴维斯明显是让他误姓汉姓"韩"了。又如《汉宫秋》里称王昭君的父亲为"王长者"，即"王前辈"的意思，戴维斯译成了"王长"（Wong-chang），并且当作了官名使用。[43]再如"魏绛"（春秋时晋国上卿）被译成了"魏国"，"秦汉交兵之时"被译成了"秦汉两国交战"，"（我）实是汉朝外甥"（因呼韩耶说自汉高祖刘邦把公主嫁给自己祖先冒顿单于，以后匈汉世代和亲，所以他自称外甥）译成了"我是汉朝真正的后裔"等等。德国汉学家柯恒儒（Julius Klaproth, 1783-1835）曾写有《对戴维斯先生中国戏剧英译本的分析与评论》一文，刊于巴黎版《亚洲杂志》1829 年 7 月号[44]，说戴维斯对于中国历史不熟悉，批评他"韩单于""王长""魏绛"的翻译有误，他也同样批评了戴维斯的不译曲词。

戴维斯对于柯恒儒的摘误很不服气，在 1829 年出版他翻译的中国小说《好逑传》并把《汉宫秋》附在后面重新印刷时，在前言里只承认"魏国"之误，并说已经纠正了，但激烈反驳柯恒儒对"韩单于"译法的批评说："我们的评论家批评'韩单于'的翻译有误，但如果他对中国人有一点实际的认识，就会知道'韩单于'和'单于'是中国人在他们频繁重复的故事中经常用于那个人的称谓（他们不喜欢一个合适的名字超过三个音节），无论是在绘画、对

41 J. F. Davis, *Hān Koong Tsew, or Sorrows of Hān, a Chinese tragedy, translated from the original, with notes*, London: The Oriental Translation Fund, 1829, pp.vi-vii.

42 Abel-Rémusat, "Han Koong tsew, or the sorrows of Han, a chinese tragedy, translated from the original, with notes, by J. Fr. Davis, London, 1829", *Journal des Savants*, Paris: L'imprimerie Rovale, Février, 1830, p.87.

43 原文为："I met with a maiden, daughter of one Wongchang." 回译过来是："我遇到了一位淑女，一个王长的女儿。"

44 Klaproth, "Observations critiques sur la traduction anglaise d'un drame chinois, publiée par M. Davis", *Nouveau journal asiatique*, juillet 1829, p.18.

话、诗歌还是散文里。他似乎没有意识到，中国人称呼外国人，通常只使用他名字的一个音节，再加上一些附加词。"[45]戴维斯的反驳多少有些狡辩和强词夺理，因为即使是中国人有省称习惯，那也只会称第一个音节而不是后一个音节，例如称"呼单于"而不是"韩单于"，但事实上也从未有过这种称呼。而对柯恒儒批评自己"王长"译错了："王长不是一个头衔，而是他的真名。"（柯恒儒说"王长"是人名也不对）戴维斯干脆调笑说："我们的批评家不是一个完美的英国学者，也许是可以原谅的，但他至少应该能够理解他假装在谴责什么。"[46]笔者这里不是在指摘早期汉学家的失误，而是还原汉学／戏曲研究奠基之困难与开垦者的艰辛。

英国学界显然并不欢迎柯恒儒这位德国学者，支持戴维斯对他的反批评。例如 1930 年伦敦《兼容评论》杂志发表佚名文章《戴维斯的〈汉宫秋〉翻译》，最后评论说，戴维斯"对克拉普罗特（即柯恒儒——笔者）先生的失误给予了一点礼貌性的责备。克拉普罗特无疑是一个有成就的学者，但却是一个出奇的虚荣和坏脾气的人。"[47]

四、戴维斯论中国戏剧

戴维斯曾经在不同场合发表他的戏曲见解，这些早期认识深刻影响了后来的汉学家。1817 年戴维斯在他的《老生儿》译本前面写了《中国戏剧简论》一文作为前言，1829 年又在《汉宫秋》杂剧英译本序和《好逑传》小说英译本前言里论及戏曲，1836 年更在他出版的《中华帝国及其居民概述》里设第十六章专门论述戏曲。1865 年戴维斯出版了论文集《中国杂记》，收入他的《19世纪上半叶中国文学在英国的兴起与发展》一文，另外还有《戏剧、小说与传奇》一文，全面论述中国文学以及戏曲对英国产生的影响。从这些文献里可以看出戴维斯对中国戏曲认识的逐渐深入。

1.《中国戏剧简论》

《中国戏剧简论》是戴维斯早期写的戏剧论文，是英语世界里最早的一篇戏曲专论。他先介绍了中国人对诗歌的喜爱及其诗歌普及率（他是从剧诗的角

---

45 J. F. Davis, "Introduction", in *The Fortunate Union, a Romance, translated from the Chinese original*, London: J. Murray, 1829. vol. 1. pp.xx-xxi.

46 同上，p.xxii。

47 "Davis's Translation of Han Koong Tseu", *The Eclectic Review*, vol. III, London: Holdsworth and Ball, 1830, p.331.

度谈论这个问题的），进而引用韩国英的著述来说明中国人对戏剧普遍爱好及戏剧的劝善功能，“中国大部分喜剧和悲剧似乎都是为了彰显恶行的丑陋和美德的魅力而创作的。这些剧目普遍上演，从宫廷到家庭都对它们持鼓励态度。中国人热衷于戏剧演出，多数大宅门里都有专门用于演戏的大厅。所有娱乐活动都用喜剧演员来愉悦观众，它也构成所有节日的组成部分，外国使节也总是被招待看戏。”[48]随后，戴维斯沿着巴罗（John Barrow, 1764-1848）的思路，对于戏曲不用布景、景随人走的特点发表了进一步的看法。他说：

> 中国人不用虚假的布景来辅助故事，像欧洲的现代剧院里那样。他们因缺乏布景有时采取奇特的做法，比尼克·伯顿（Nick Bottom）"用荆棘丛一样的毛发表现丑陋的人或用提灯表现月光下的人"，或"在一个人周围弄一些石膏、一些凸起、一些粗糙的堆积来表示墙壁"要高明一点：一个将军奉命远征一个遥远的省份，他骑着一根棍子，挥舞着鞭子，或手里拿着缰绳，在锣、鼓和小号发出的巨大音响中，绕着舞台走了三四圈，然后停下脚步，告诉观众他要去哪里。如果要攻打城墙，三四个士兵躺在彼此身上来表现墙。一个可以接受的判断是：正如菲利普·西德尼（Philip Sidney）爵士大约 1583 年描述的那样，并没有布景来帮助英国观众的想象："现在你要让二位女士走着去采花，所以我们必须相信舞台是一个花园。逐渐我们听说同一地点有船的残骸，于是我们必须接受它是一块石头，否则那就是我们的错了。在那块石头的后面，伴随着火和烟雾出现了一个狰狞怪物，可怜的看客们一定会把那儿当作一个山洞。同时，由四把剑和四个盾牌代表的两支军队进入，此时只有固执的人才不会把这儿当作一个斜坡。"[49]伊尼戈·琼斯（Inigo Jones）似乎是第一个发明可移动绘画布景的人，他于 1605 年在牛津使用了这种画布。[50]

戴维斯批评了西方戏剧里增饰布景的虚假，认为戏曲的虚拟方法比在舞台上堆积拙劣的块状物质要高明。他还进一步指出，西方舞台在 1605 年使用画布以前也是不用布景的，在 1583 年时也是通过暗示法来引导观众想象力

48　J. F. Davis, "A brief view of Chinese drama and of the theatrical exhibitions", in *Laou-seng-urh or an heir in his old age, a Chinese drama*, London: John Murray, 1817, p.ix.

49　原注：〔爱〕埃德蒙·马龙（Edmond Malone）的莎士比亚著作，第二卷，第 57 页。

50　J. F. Davis, "A brief view of Chinese drama and of the theatrical exhibitions", *Laou-seng-urh or an heir in his old age, a Chinese drama*, London: John Murray, 1817, pp.x-xi.

的，甚至也是用象征手段来表意的（几把剑和盾牌即代表着一支军队）。之后在 19 世纪几乎一个世纪里，西方很少有人能再像巴罗和戴维斯这样，去试图理解戏曲的美学原则及其中蕴含的东方智慧，反而是随着西方戏剧的进入写实主义阶段，对戏曲舞台上的缺乏布景发出持续而日益强烈的抨击之声。

接着戴维斯探讨了中国人不尊重戏曲演员、女艺人不能登台的社会原因，介绍了中国剧团众多、流动演出、家庭宴会演戏、寺庙搭台唱戏的情况，重点转述了俄罗斯、英国、荷兰使团在中国的看戏经过及看到的剧目内容，这些都依据传教士和使团成员的记叙和评论写成，并针对他们的看法发表自己的见解。例如针对使团成员指责戏曲演出的无聊、粗俗和淫秽，戴维斯说："由于他们语言不通，也许他们做了一些猜测。他们能够描述那些醒目的荒谬事，但却完全无法理解戏剧的对白，也对它们产生不了任何兴趣。因此，迄今为止欧洲人没有能力对中国戏剧的优缺点进行正确的判断。一个被耶稣会士马若瑟翻译得乱七八糟的剧本，是现在提供给公众的、所有欧洲语言中此类作品的唯一样本……伏尔泰将这一剧目改编到法国舞台上，认为它是早期中国文学的一座丰碑，与欧洲的戏剧艺术相比，它虽然野蛮，但远胜于同时代欧洲所能夸耀的任何东西，认为它至少可以与十七世纪的英国和西班牙的悲剧相媲美。"[51]而针对伏尔泰批评戏曲缺少时间和动作的统一，缺少情感、性格、修辞、激情等要素，戴维斯指出是马若瑟不译曲词造成的误解："在马若瑟的译本中，确实缺少其中的一些东西，因为他省略了大部分的曲词，或者说那些可以与希腊歌队类比的部分，在这些部分中，情感、修辞、激情都得到了表现。也就是说，他省略了该剧最精彩的部分。"戴维斯接着说："我们的同胞赫德博士在他的《论诗歌的模仿》中，对这部悲剧有着与伏尔泰截然不同的看法。他认为它包含了剧诗的两个基本要素，即动作的统一性和完整性，以及故事中事件的紧密联系。"他说："如果马若瑟翻译了更多的词曲，赫德可能会发现更加完整的相似性。"[52]总之，在这些论述中，戴维斯处处都在为戏曲辩护，不是说人们认为的缺陷古希腊和莎士比亚戏剧里也有，就是说人们没弄懂戏曲的真意就匆匆发言，其思维路径许多来自巴罗而进一步发扬光大了。戴维斯得出的最终结论是："无论中国戏剧的优点和缺点是什么，都无疑是他们自己的创造。"[53]然

---

51 同上，pp.xxxi-xxxii。
52 同上，pp.xxxiii-xxxiv。
53 同上，pp.xliv-xlv。

后，针对当时欧洲的一种说法：戏曲可能来自印度梵剧，戴维斯提出了否定性意见："由于印度戏剧与中国戏剧的不同之处比中国戏剧与希腊、罗马、英国或意大利戏剧的不同之处更多，因此说中国戏剧借鉴过印度戏剧是没有根据的。事实上，它们之间有本质上的区别：一个严格遵照自然，描述人的动作和人的感情；另一个超越自然，进入一个错综复杂又怪诞的神话迷宫。"[54]这些见解极有见地。从上述我们看到，戴维斯似乎成了戏曲的捍卫者，处处在为之维护和辩解。

最后戴维斯谈到了戏曲的曲词，他说："中国人的戏剧里有相当一部分是由一种不规则的诗句组成的，这种诗句是用音乐唱出来的。它们的意义通常很隐晦，而且据中国人自己说，唱诗主要是为了满足耳朵，为了悦耳的声音，内容本身有时似乎被忽略了。"[55]戴维斯先是沿袭了马若瑟关于曲词难解的说法，继而指出按照中国人的理解，戏曲歌唱的目的是为了实现美听效果，声音比内容更重要。后者他一定是在广州听中国人讲的，虽然不差，中国观众确实对戏曲的声腔旋律更加看重和迷醉，但却给人带来曲词内容不重要的感觉。他的这一说法被后来的西方人引用，产生了一定误导。而真正的西方学者又抨击他的不译曲词，例如小安培（Jean-Jacques Ampère, 1800-1864）《中国戏剧》说："在广州总部的戴维斯先生用英语出版了两部中国戏剧，但并没有比普雷马雷神父更严格要求译文的准确性，而且往往没有翻译与对话交织在一起的曲词，据中国评论家说，这些曲词构成了这类作品的主要美感。"[56]

2. 戴维斯中国戏剧认识的深化

《中华帝国及其居民概述》里，戴维斯延续了《中国戏剧简论》的思维方式，一些问题得到进一步的认识深化。他再次强调了中国人以象征性表演指示出环境的"默契式舞台布景"给人们带来更大的想象空间，指出：

> 正如之前引用的杂志所观察到的："中国戏剧比我们的戏剧给人们留下更大的想象空间，因为他们既不像希腊悲剧那样，让行动都集中在一个地方进行，也没有利用不断更换的布景。'你永远也不可能把一堵墙搬进来'，舞美工斯纳格（Snug）说——中国人也是这么

---

54 同上，p.xlv。

55 同上，p.xlix。

56 Jean-Jacques Ampère, "Du Théâtre chinois", *Revue des Deux Mondes*, quatrième série, tome xv, 1838, p.737.

说的。我们的发明虽然不都像《仲夏夜之梦》中的'机械装置'那样荒谬，但也几乎没有什么比这更为虚假的了。"在这个问题上，事实似乎是，虽然布景和其他辅助无疑会帮助产生幻觉，但它们绝不是必要的。事实上，最好完全相信观众的想象力，而不是陷入爱迪生（Addison）《卡托》（Cato）[57]中那些遭到丹尼斯（Dennis）[58]嘲笑的明显错误，因为它们刻板地坚持不改变地点。有史以来最好的布景设计，在很大程度上仍然需要想象力的帮助。这个主题的哲学意义已经总结在莎士比亚《亨利五世》的合唱中："但是，诸位，请原谅那些庸俗之辈胆敢在这简陋的台上扮演如此伟大的戏剧：这个斗鸡场能容纳法兰西之广大的战场么？就是当年使得阿金谷的空气受了惊吓的那些战盔，我们能把它们塞在这个木造的圆圈儿里么？啊，请原谅！圆圆的一个'零'字，地位虽然渺小可能成为百万的巨数；所以对于这个伟大的故事我们固然也是微不足道，且让我们来激发你们的想像力吧。"[59]

从这段引文我们可以了解，戴维斯不但认识到中国戏曲时空自由、用暗示而不用布景、景随人走，而且形成了自己的理论认识：中国戏曲给人以更大的想象空间；西方布景和机械装置虽然会帮助产生幻觉，但却制造出更多的虚假；再好的布景也需要想象力的帮助，所以最好是完全相信观众的想象力。在这里，我们不能不佩服戴维斯，早在100年前，他已经先验地触碰到了梅兰芳赴美欧演出所撞击出的西方现代派戏剧家们的观念。另外这时的戴维斯已经认识到："中国戏剧的分幕并不像我们的戏剧那么清晰，它几乎不需要事先准备或改变场景，它的划分似乎只在书里而不是舞台演出中。"[60]正是因为戏曲没有布景，所以它实际上并不分幕，可以一直连续演下去，因为它不需要利用幕间休息来留出转换场景的布景时间。戴维斯还分析了中国戏剧的开场白形

---

57 约瑟夫·艾迪生（Joseph Addison, 1672-1719），英国散文家、诗人、辉格党政治家。《卡托》（Cato）是他的戏剧作品。

58 约翰·丹尼斯（John Dennis, 1657-1734），英国批评家、剧作家。

59 John Francis Davis, *The Chinese: A General Description of the Empire of China and its inhabitants*, London: Charles Kniget & Co. , 1836, vol. 2, pp.180-181. 其中《亨利五世》的译文引自梁实秋译本《莎士比亚全集》第 19 卷《亨利五世》（中国广播电视出版社 2001 年版，第 19 册第 15 页）。因为它是莎士比亚经典译者梁实秋的传神译笔，笔者达不到这个水平。

60 John Francis Davis, *The Chinese: A General Description of the Empire of China and its inhabitants*, London: Charles Kniget & Co. , 1836, vol. 2, p.188.

式与古希腊戏剧的类同，并通过比较说明古希腊戏剧和中国戏剧一样不是那么遵守"三一律"。

戴维斯为马礼逊 1819 年出版的《华英字典》第二部分第一卷"戏"字条撰写关于戏曲的介绍时，谈出了他对于当时戏曲舞台上脚色行当的归纳和认识。他说：

> 在中国戏剧里，使用某些特定术语来表述不同戏剧人物的一般性特征，这些特定术语适用于每一部戏，无论它是悲剧性的还是喜剧性的。在欧洲舞台上找不到类似的用法，当然英国闹剧里也有阿勒甘（Harlequin）、小丑（Clown）、潘塔隆（Pantaloon）[61]等相近术语，这些术语也精确标明了表演者的行为方式和特征，尽管其戏剧动作会发生改变。中国戏剧的特定术语主要有以下六种，即末（Mŏ）、净（Tsăng）、生（Săng）、旦（Tan）、丑（Chow）、外（Wae）。第一种末，也叫老生（Laou-săng），一般扮演主要人物，如父亲、叔叔，或任何年龄较大的男性人物。净指脸部有彩绘或戴面具的人物，又分为红净（Hung tsăng）和黑净（Hih tsăng）。这是正净（Ching tsăng），或净行的主要脚色，又有副净（Foo tsăng），第二净，被称为二花面（Uhh-hwa-mĕen），第二类画脸的。生是男性脚色，又分为正生（Ching Săng）和小生（Seaou Săng），即首席和次席。旦是女性脚色，分为正旦（Ching-tan）、小旦（Seaou-tan）和老旦（Laou tan），此外偶尔还有一个贴旦（Chen tan），一般是女仆或类似的人。丑，似乎常常扮演因身休畸形或其他原因而个性不健全的人，也被称为小花面（Scaou hwa mĕen）。最后是外，一个粉面（Fun meen）或画脸脚色，通常有着奇怪的画脸和长胡子。[62]

戴维斯继马若瑟之后，第二个试图钻研戏曲的行当分工体系，已经正确开列了生、旦、净、末、丑、外、贴的脚色名称，并且作出细化区分，他应该是调查研究了当时广州舞台上的实际情形并作出归纳的。戴维斯大约也会对《元曲选》序跋里提到的宋金元杂剧院本不断增添变化的众多脚色名称感到困惑，尤其当他翻译元杂剧《老生儿》时，开篇碰到的问题就是怎么翻译其脚色名称，例如《老生儿》开场即见如下剧本提示："正末扮刘从善同净卜儿、丑张郎、

---

61 早期意大利喜剧里戴眼镜穿窄裤的傻老头，小丑总是取笑的对象。
62 R. Morrison, *A Dictionary of the Chinese language*, Macao: East India Company's Press, 1819, vol. 1, part 2, pp.230-231.

旦儿、冲末引孙、搽旦小梅上。"[63]立即就碰到了一系列脚色名称"正末""净""丑""旦儿""冲末""搽旦",而这些脚色名称与戴维斯在广州舞台上看到的并不相同。戴维斯采用了审慎做法,他的译本沿袭马若瑟的办法,放弃译出脚色名称,而像西方戏剧里那样仅使用人物名称,直接跨过和回避了这个问题,他的做法也被后来的儒莲(Stanislas Aignan Julien, 1797-1873)、巴赞承袭。而在为字典正面介绍戏曲的脚色体系时,戴维斯概括了当时广州舞台上的实际情形,这就避免了时空错乱和体系混淆。至于它与《元曲选》里透露出来的不同脚色体系之间的关系,戴维斯没有触碰,却也无意间避免了马若瑟将北杂剧、南戏脚色混为一谈的矛盾。

还有一个有意思的问题,即字典的要求是介绍戏曲,戴维斯回答的却是戏曲的脚色行当,就任务来说他完成得有些文不对题。他这样做的原因,是他没有把握住戏曲的本质特征,还是他正在观察研究当下戏曲舞台上的行当体系,顺手就把心得写了上去,今天已经无从猜测了。但马礼逊在1822年出版《华英字典》第三部分时,"戏剧"条目不再采用戴维斯的说法,而是经过一番钻研之后写下了自己的心得,从唐宋金元戏曲演变讲到《元曲选》里的9个脚色和"杂剧十二科"的内容分类,明显就比戴维斯的条目更加贴近要求,而"演员(做戏的)"条目中的脚色,也和戴维斯所列并不一致[64]。

五、结语

戴维斯翻译与研究中国戏曲是欧洲文化重视戏剧、感兴趣于异质文明里戏剧情形的自然结果。雷慕沙就说过:"在中国人孕育的各类文艺样式里,戏剧是最能通过其即兴创作激发公众兴趣的一种。"[65]欧洲出版商也盯注在戏剧上,例如1838年巴赞《中国戏剧选》导言说:"大约十五年前,书商拉沃卡出版了一套剧本丛书,名为《外国戏剧名著:德、英、中、丹麦等》。"[66]1838年前推15年是1823年,也就是戴维斯翻译出版《老生儿》五年后,法国书商已经把中国戏剧经典列入其出版计划,使之成为与德、英、丹麦戏剧并列之一种

63 《元曲选》,北京:中华书局1958年版,第1册第365页。

64 见 R. Morrison, *A Dictionary of the Chinese language*, Macao: East India Company's Press, 1819, vol. 3, part 2, p.14, pp.129-130.

65 Abel-Rémusat, "Han Koong tsew, or the sorrows of Han, a chinese tragedy, translated from the original, with notes, by J. Fr. Davis, London, 1829", *Journal des savants*, Paris: L'imprimerie Rovale, Février, 1830, p.78.

66 Antoine Bazin, *Théatre Chinois*, Paris: A L'Imprimerie Royale, 1838, p.LIII.

了。但是，尽管书名已经写上了"中国"，由于原来预定的雷慕沙翻译中国戏曲的计划未能履约，这套丛书里的中国部分最终缺席了。

戴维斯的亲历使他得出中国戏剧研究的第一手材料，因而他的见解后来被未曾来过中国的儒莲、巴赞反复引用。当然戴维斯也有误解的地方，例如他依据在广州所见情形，曾在《老生儿》译本序里错误地批驳耶稣会士韩国英（Pierre-Martial Cibot, 1727-1780）关于北京南城有固定剧场的说法，声称"在中国，不存在任何类似于公共剧院的东西"，认为中国只有流浪剧团所搭建的临时舞台[67]，导致西方人的认识混乱，后来巴赞出来对此进行了纠正。

戴维斯后期主要从事政治文化研究，但他研究中国戏剧的兴趣不减。例如《中华帝国及其居民概述》里评价了元杂剧《赵氏孤儿》《老生儿》和《汉宫秋》，这是西方首次。《中国见闻录》第三章用了 10 页篇幅描述戴维斯在天津看戏的感受，他特别提到儒莲翻译的元杂剧《看钱奴》，并引出其中一大段人物念白。看得出来，虽然自己不能继续从事相应研究了，戴维斯对于法国后继者们的工作是赞许和欣慰的。

---

67 J. F. Davis, "A brief view of The Chinese Drama, and of their theatrical exhibitions", *Laou-seng-urh, or an heir in his old age, a Chinese drama*, London: John Murray, 1817, p.x.

拾壹、论儒莲的戏曲翻译

内容提要：

儒莲对中国古典诗词的探索有助于他翻译中国戏曲。儒莲重视戏曲，认为从中可以反映出中国人的性格，他因而翻译了元杂剧《灰阑记》《看钱奴》《赵氏孤儿》和《西厢记》。儒莲的翻译克服了马若瑟和戴维斯的缺点，坚持译出全部曲词，这使他的工作开展得极其艰辛。儒莲的工作奠定了中国戏曲翻译的新规则，当然，他的一些译文也存在着一定的缺点。

关键词： 儒莲 中国戏曲 戏曲翻译

一、引言

法国汉学大师儒莲（Stanislas Julien, 1797-1873，或译朱利安）一生成就斐然，他写过语言学著作《汉文指南》《汉法词典》《汉语新句法》，还翻译了覆盖面极广的中文典籍，从《道德经》《孟子》《佛国记》《大慈恩寺三藏大法师传》《大唐西域记》《百句譬喻经》《太上感应篇》到《蚕桑辑要》《景德镇陶录》《三字经》，以及小说《中国小说选》《玉娇梨》《平山冷燕》《白蛇精记》和戏曲剧本《灰阑记》《看钱奴》《赵氏孤儿》《西厢记》等。儒莲曾长期钻研《诗经》《楚辞》和唐诗，对于中国古典诗词和戏曲韵文的意象进行了艰辛探讨，这成就了他的戏曲翻译。（图五十五）

学界对于儒莲的研究已经成果丰硕，但其戏曲翻译的功过尚少人问津。笔者不揣冒陋，试着做出初步探讨。

图五十五、儒莲像，Auguste Charpentier 绘，（约 1865）

一、儒莲的戏曲翻译

儒莲的老师雷慕沙（Jean-Pierre Abel Rémusat, 1788-1832）曾有过戏曲翻译计划，但未能施行就去世了。[1]与雷慕沙相比，儒莲研究中文有了进一步的条件：有老师指点，有传教士汉语字典引路，有少数见到的中国人可讨教，更有大量的中文典籍可以静心翻阅。儒莲掌握了拉丁、希腊、西班牙、意大利、英、德等众多的欧洲语种，他天才的语言能力更让他向雷慕莎学习了中文和满文，又习得了梵文、希伯来文、阿拉伯文、波斯文，这些使他的东西方文化研究展开得游刃有余。儒莲 1827 年出任法兰西学院（Institut de France）图书馆副馆长，1832 年 8 月 6 日接替雷慕沙担任法兰西学院汉文、蒙文和满文讲座教授至去世，1839 年又出任法国皇家图书馆东方手稿部负责人至去世。儒莲对于自己作为雷慕沙的杰出弟子取得了卓越的汉学成就十分骄傲，他在 1867 年为巴黎世界博览会撰写的中国语言文学研究进展报告里说到，当年雷慕沙一共有 10 名弟子，"前 9 人中没有一人因其作品而获得汉学家的称号，尽管他们或多或少都是杰出的学者。1832 年 8 月 6 日雷慕沙先生的继任者是他的一个弟子（儒莲），他一个人出版的中文译本数量等于 40 年来欧洲和中国所有汉

---

1 参见 Klaproth, "Observations critiques sur la traduction anglaise d'un drame chinois, publiée par M. Davis", *Nouveau journal asiatique*, juillet 1829, p.21；Antoine Bazin, *Théatre Chinois*, Paris: A L'Imprimerie Royale, 1838, p.LIII。

学家的总和"[2]。

儒莲重视戏曲小说翻译的社会功能，这是他进行翻译的重要原因。他在《平山冷燕》法译本序里说："如果想深入了解你必须与之一起生活和进行贸易的人的品行和性格，研究这些作品是非常有用的。[3]这与戴维斯的看法不谋而合。不过，中国小说与戏曲"比经典或诗歌更适合欧洲的口味"[4]也可能是原因之一。为了从事戏曲翻译工作，儒莲阅读了《元曲选》里的众多剧作。他在《灰阑记》译本序里说到，他读了下述 20 个剧本：《陈州粜米》《杀狗劝夫》《合汗衫》《东堂老》《薛仁贵》《老生儿》《合同文字》《秋胡戏妻》《举案齐眉》《忍字记》《留鞋记》《隔江斗智》《刘行首》《盆儿鬼》《赵氏孤儿》《窦娥冤》《连环计》《看钱奴》《货郎担》《冯玉兰》。[5]其戏曲阅读量还是很大的。

单就戏曲翻译来说，儒莲的前期成果集中在 1832-1834 年，主要为：1832 年出版《灰阑记》译本、1833 年为诺代（Josepe Naudet, 1786-1878）编辑出版的《普劳图斯戏剧集》（*Theatre de Plaute*）提供了《看钱奴》剧情梗概和第三折摘译[6]、1833 年为《文学欧洲报》撰写了《西厢记》剧情梗概并译出第一本

2　Stanislas Julien, "Langue et littérature chinoises", *Recueil de rapports sur les progrès des lettres et des sciénces en France*, Paris: Librairie de L. Hachette, 1867, p.180. 笔者按：原报告未署名，但时任法兰西文学院常务秘书的法国历史学家、政治家瓦隆（Henri Wallon, 1812-1904）后来在回忆儒莲的文章中提到这份报告由儒莲撰写（参见 Henri Wallon, "Notice historique sur la vie et les travaux d'Aignan-Stanislas Julien, membre ordinaire de l'Académie", *Mémoires de L'Institut National de France*, Paris: Imprimerie Nationale, Tome Trente Et Unieme, 1884, p.443.）。

3　Stanislas Julien, *P'ing-Chan-Ling-Yen, Les deux jeunes filles lettrées*, Paris: Imprimerie de Pillet Fils a Iné, 1860, p.ix.

4　Paul Demiéville, "Aperçu historique des études sinologiques en France", *Choix d'études sinologiques (1921-1970)*, Leiden: E. J. Brill, 1973, p.458.

5　儒莲《灰阑记》译本序里按照《元人百种》的顺序，开列了他阅读过的 20 个剧本的序号：3、7、8、13、19、22、25、32、53、61、73、75、76、80、85、86、89、91、94、100，我们因此能够还原这些剧本的名字。（Stanislas Julien, *Hoeï-lan-ki, ou L'histoire du cercle de craie, drame en prose et en vers, traduit du chinois et accompagné de notes*, London: printed for the Oriental Translation Fund of Great Britain and Ireland, 1832, p.ix.）

6　最初刊载于诺代《普劳图斯戏剧集》里《一坛黄金》（*le la Marmite*）一剧的注释中，后收入戴维斯《中国》一书法译本的附录部分。（J. F. Davis: *La Chine, ou Description Générale des moeurs et des coutumes, du gouvernement, des lois, des religions, des sciences, de la littérature, des productions naturelles, des arts, des manufactures et du commerce de l'empire chinois*, traduit de l'angalais par A. Pichard, revu et augmenté d'un appendice par Bazin Ainé, Bruxelles: Société Belge de Librairie, 1838, pp.385-389.）

第一折、1834 年翻译出版《赵氏孤儿》全译本以及写出了《货郎担》译稿（缺大部分唱词）[7]、后来儒莲还提到翻译了《汉宫秋》。[8]由此可见，儒莲事实上翻译了更多的戏曲作品，但出于某种原因未能出版齐全，十分可惜。

其时儒莲大约在三十五六岁的年纪，野心勃勃地计划出版一个戏曲译本系列。但儒莲的计划未能付诸实施，估计种种占据大量精力的工作，干扰了他的决心。我们知道这期间他翻译出版了《白蛇精记》（1834）、《太上感应篇》（1835）、《功过格》（1835）、《蚕桑辑要》（1837）、《老子道德经》（1841）、《大慈恩寺三藏法师传》（1853）、《大唐西域记》（1858）、《百句譬喻经》（1859）、《中国小说选》（1860）、《玉娇梨》（1864），撰写了《中国瓷器的制造及其历史》（1856）、《辨认梵文名称和用音标示它们的方法》（1861）、《亚洲地理和中国与印度哲学杂文汇编》（1864）、《汉文指南》（1866）、《汉语新句法》（1864-1870）等一系列著作。此外，儒莲还整理了法国皇家图书馆的中文书籍，完成了《皇家图书馆的汉文和满文藏书目录》[9]。这是巨大的工作量和研究实绩，而且覆盖了文学、宗教、科技、语言等宽广的界域。小安培（Jean-Jacques Ampère, 1800-1864）1838 年曾说："在法国和欧洲，儒莲先生可以自己选择翻译一本国王的诗、一部戏剧、一部小说或一本关于桑树文化的书。"[10]这大概是对儒莲兴趣广泛、视野开阔的一个生动注解。儒莲因而对戏曲翻译的兴趣没能维持太久，也或许是对中国文化选择性攻坚的战略设计，他很快就将这一部分任务交给了他最年长的学生巴赞。

事实上就在 1832 年儒莲出版《灰阑记》译本时，巴赞已经译出了他 1838 年出版的《中国戏剧选》里 4 部剧作里的两部，因为儒莲在《灰阑记》译本序里说："我们打算很快出版我们刚刚翻译的四部作品：《看钱奴》（91）、《冯玉兰》（100）、《窦娥冤》（86）和《合汗衫》（8）。"[11]（笔者注：剧目后面序号是儒莲根据《元人百种》排的次序号。）很明显，《窦娥冤》《合汗衫》两部

---

7 儒莲写出了《货郎担》译稿一事参见李声凤《中国戏曲在法国的翻译与接受》，北京：北京大学出版社，2015 年，第 45-46、167-168 页。

8 Stanislas Julien, "Langue et littérature chinoises", *Recueil de rapports sur les progrès des lettres et des sciencés en France*, Paris: Librairie de L. Hachette, 1867, p.182, Note 1.

9 *Catalogue des livres chinois, mandchous, mongols et japonais*, 1853.

10 Jean-Jacques Ampère, "Du Théâtre chinois", *Revue des Deux Mondes*, quatrième série, tome xv, 1838, p.771.

11 Stanislas Julien, *Hoeï-lan-ki, ou L'histoire du cercle de craie, drame en prose et en vers, traduit du chinois et accompagné de notes*, London: printed for the Oriental Translation Fund of Great Britain and Ireland, 1832, p.ix.

作品是巴赞翻译的。1834 到 1835 年期间，巴赞又在《新亚洲杂志》(*Nouveau Journal Asiatique*) 上连载了他的《伍梅香》译本，1841 年出版了《琵琶记》译本。仅从这一事实即可看出巴赞戏曲翻译的实力和专注程度，这或许就是儒莲不再翻译戏曲的原因。儒莲在 1867 年为巴黎世界博览会撰写的中国语言文学研究进展报告里提到此事："儒莲先生的实力是无可争辩的，他暂时放弃了翻译中国诗歌，但他成功的尝试并没有结束。他帮他最杰出的弟子之一巴赞先生掌握了这种困难的体裁，并使他翻译了两本到四本元蒙时代的戏剧，然后是一部喜剧《琵琶记》(包括全部曲词和对白)。"[12]但儒莲临终前还是最后完成了《西厢记》的全本翻译，出版已经是在他的身后了。笔者猜想，尽善尽美全本翻译《西厢记》的工作拖住了儒莲，另外从巴赞 1838 年出版的《中国戏剧选》导言里可以看出，此时巴赞对于中国戏曲历史与体制的知识钻研和钻进深度，已经远远超越了儒莲，这或许也是儒莲放弃继续钻进戏曲的原因。

在阅读剧本的过程中，儒莲正确认识到戏曲曲词除了具有马若瑟、戴维斯所说的抒情功能外，还具备情节连缀功能，他因此坚持译本一定要全译曲词。儒莲在《灰阑记》译本序里强调说："元剧集的所有作品都由两个不同的部分组成，即散文对话和不规则韵文。后者与我们歌剧的咏叹调非常相似，作者把这些抒情文字放在剧情最悲惨和最具激情的地方，往往以一种非常典雅的诗歌风格写成，这在欧洲几乎不为人知。"[13]他委婉批评戴维斯的不译曲词说："我不能对戴维斯先生的做法发表评论，他在中国已经住了 20 年，可能对整个中国戏剧了如指掌。我只想说，从我迄今为止读过的另外 20 部戏曲剧本看唱词扮演着与《灰阑记》中完全相同的角色。因此，我们将让受过教育的公众来决定，词曲段落——通常是对话的一部分，是否可以作为多余的部分省略，以及读者是否能够从前面的内容中填补情节的空白。"[14]毕竟儒莲的汉语是自学的，不如戴维斯在中国多年，有活的语言土壤，因此他说话不敢过于武断。但儒莲坚信自己通过大量阅读中国戏曲剧本所得出的判断：曲词除了抒情外，常常也起到连缀剧情的作用，不能随意删除。他因而提请有文化的法国公众来

---

12 Stanislas Julien, "Langue et littérature chinoises", *Recueil de rapports sur les progrès des lettres et des sciénces en France*, Paris: Librairie de L. Hachette, 1867, p.182.

13 Stanislas Julien, *Hoeï-lan-ki, ou L'histoire du cercle de craie, drame en prose et en vers, traduit du chinois et accompagné de notes*, London: printed for the Oriental Translation Fund of Great Britain and Ireland, 1832, pp.vii-viii.

14 同上，p.ix。

自己判断是非。

但是，坚持全译曲词，儒莲就给自己定了一个太高的标准。儒莲的曲词翻译工作应该说是艰辛的，因为他只能自己摸索、无处讨教。虽然在他酝酿翻译戏曲的时候，恰好有李若瑟等四个中国人来到巴黎，他们是澳门南弥德（Louis François Lamiot, 1767-1831）神父送往法国进修神职的，儒莲可以经常向其探讨，但因这些中国人的文化水平不高，未能具备曲学知识，他一无所获。1834年儒莲在《赵氏孤儿》重译本序言注解里说："我经常有机会去咨询李若瑟先生，1829年来巴黎的四个中国人中最聪敏的一个，但是我从来没有在他那里得到过一句诗的解释。"[15]儒莲在中国语言文学研究进展报告里进一步提到此事："1829年，有几个中国基督徒来到巴黎，儒莲先生和其中的李若瑟（Joseph Li）建立了密切关系。李约瑟比他的同伴受过更好的教育，能流利地说拉丁语。当儒莲打算和他一起阅读一部中国喜剧时，却发现这个年轻人读不懂其中夹杂的曲词，他说在他家乡没有几个文人能理解中国诗歌。"[16]因而，儒莲只有依靠自己。他在工作中克服了无数的困难，最终结果他自己觉得十分满意。他曾在小说《平山冷燕》译者序里自诩说："1835年《赵氏孤儿》被一个人译出曲词，在巴黎出版了全译本。这个人从未踏上过中国的土地，在那里他就可以得到当地专家的帮助。这只是作者勤奋阅读、不懈努力加上智慧的结果。对欧洲人来说，这些困难迄今为止被认为是无法克服的。"[17]这倒是儒莲的真实自画像。

儒莲的元杂剧译本都包含曲词和上下场诗，他把它们放在引号里标出，前面用"她唱"（Elle chante）"他念诗"（Il récite des vers）的指示词导引，这个方法也被巴赞沿用。儒莲是第一个翻译出带唱词的元杂剧全本的，这与他对元杂剧结构与戏曲唱词功能的正确认识有关。他在《灰阑记》译本序里说："这些诗句通常占据了剧本的一半、有时甚至是四分之三的篇幅。令人遗憾的是，马若瑟和戴维斯先生没有考虑给我们提供完整的诗句译本。"[18]因而，为了实

---

15 *Tchao-chi-kou-eul, traduit du chinois par Stanislas Julien*, Paris: Moutardier, Libraire-Editeur, 1834, p.x.

16 Stanislas Julien, "Langue et littérature chinoises", *Recueil de rapports sur les progrès des lettres et des sciénces en France*, Paris: Librairie de L. Hachette, 1867, p.181.

17 Stanislas Julien, *P'ing-Chan-Ling-Yen, Les deux jeunes filles lettrées*, Paris: Imprimerie de Pillet Fils a Iné, 1860, p.xiv.

18 Stanislas Julien, *Hoeï-lan-ki, ou L'histoire du cercle de craie, drame en prose et en vers, traduit du chinois et accompagné de notes*, London: printed for the Oriental Translation Fund of Great Britain and Ireland, 1832, pp.vii-viii.

现翻译曲词的目的，儒莲在着手《灰阑记》工作之前，先用了两年时间进行基础知识准备，下苦功从《诗经》、杜甫诗、李白诗和《唐诗选》里辑录出意象短语 9,000 条，制作成词典以备查。儒莲在 1867 年中国语言文学研究进展报告里描述过他的这一工作："他不得不研究皇家图书馆收藏的主要诗集，并制作了一本词典，为他提供了解读比喻、最常见的隐喻、寓言、神话和主要历史典故的钥匙。"[19]即便如此，他不得不承认："每天仍有新的障碍在困扰我，我感到要像散文一样轻松地读懂任何类型的中国古代和现代诗歌，就需要不少于 2 万到 2.5 万个类似的、经过充分解释的短语。如果我有条件，我应该住在中国，反复接触各种各样的诗歌，读它的评论和解释，更重要的是，我可以随时咨询中国文人，他们可以解决任何难题。我就可以在几年之内，编一本比较全面的汉语诗歌词典，然后选出最好的戏剧词汇来。"[20]儒莲为了知识跨越而作的准备之充分令人动容，尽管这种完全个体的积累仍然难以达到包罗万象，毕竟有了一个切入的起点，而且可以被他的学生巴赞等所袭用。直至今天，中国学者注释古典诗词，仍然在利用历朝历代各种词典对于意象句的辑录。

儒莲终于获得成功。他对自己的戏曲翻译特别是译出全部曲词因而超越了马若瑟和戴维斯很是自负。他在 1867 年的中国语言文学进展报告里说："从前耶稣会传教士中最出色的汉学家马若瑟神父，由于不理解而省略了《赵氏孤儿》中的全部曲词。戴维斯先生尽管有若干学者帮助，仍然放弃了翻译《汉宫秋》的曲词。被这种障碍所激励，儒莲先生开始攻读中国诗歌并取得了成功。"[21]马若瑟未翻译曲词倒不一定是因为不能理解，其主要原因是时间仓促，以及他的兴趣在于汉语研究，并不看重这个剧本翻译成果。但是儒莲却反复强调马若瑟有这方面的欠缺，例如他的《赵氏孤儿》（1834）、《平山冷燕》（1860）译本序里都提到这一点，或许只是为了向法国读者反衬自己的成就。至于戴维斯只是商人，估计没有全力投入翻译工作的精力和条件，而且儒莲强调说戴维斯的翻译受到了中国士人的助力，也有他的根据[22]。不过儒莲还是公允地评价了马若瑟，在充分渲

---

19 Stanislas Julien, "Langue et littérature chinoises", *Recueil de rapports sur les progrès des lettres et des sciencés en France*, Paris: Librairie de L. Hachette, 1867, p.182.

20 Stanislas Julien, *Hoeï-lan-ki, ou L'histoire du cercle de craie, drame en prose et en vers, traduit du chinois et accompagné de notes*, London: printed for the Oriental Translation Fund of Great Britain and Ireland, 1832, p.xxix.

21 Stanislas Julien, "Langue et littérature chinoises", *Recueil de rapports sur les progrès des lettres et des sciencés en France*, Paris: Librairie de L. Hachette, 1867, pp.181-182.

22 戴维斯在《老生儿》译本序末尾描述了自己的翻译工作："哪儿不通了，我就会征询两个或更多当地人的意见，然后采用那些最符合这种语言习惯、也符合原文用

染自己克服的困难后也承认自己的缺陷，他在《赵氏孤儿》重译序最后说："说到普雷马雷译本所缺乏的东西，我们无意质疑他的深邃知识。在欧洲，我们可能无法与之匹敌，因为我们得不到更多不可或缺的词典，更令人遗憾的是，我们不能像他那样随时咨询受过教育的中国人。我们只想让公众了解我们必须克服的障碍。我们承担了一项艰巨的任务，即翻译那些普雷马雷望而却步的唱词，从而显露了许多错误，这些错误使我们无法获得真正学者的宽容。"[23]

儒莲甚至自豪地说："在理解剧中曲词的过程中，汉学家们将会发现一个新的文学分科，这门学科的难度令中国人也望而生畏，对欧洲人则完全是个谜。现在我们可以用这个剧本入门来研究这门学科了。"[24]确实，儒莲打开了戏曲曲词翻译的门径，为后人建立了新的文学研究分支学科，这一点尤其体现在他的出色学生巴赞的戏曲翻译成果里。儒莲1860年在《平山冷燕》法译本序里还激励后学道："对于那些能够找到原文的人来说，如果他们想通过我的翻译和注释来解决阅读中国诗歌的拦路虎，这将是一个有趣的途径。另外还可以通过这个途径来翻译一些类似的剧本，例如巴黎皇家图书馆收藏的《十三种曲》或《元人百种》里的作品，这些作品可以在中国买到。"[25]比儒莲仅小两岁的巴赞这样做了，因而在戏曲翻译上取得了突出成就。为此，巴赞曾充满感激地说到："过去有人认为中国诗歌是欧洲汉学家无法逾越的一道障碍。我们坦率地承认，在翻译一个剧本的抒情曲词时所遇到的种种困难，似乎可以使最有学问、最有毅力的人的努力中途而废。我们推动中国文学的发展要量力而行。不管这个愿望如何，如果没有博学多才、精明能干的大师儒莲先生的学问和热忱，我们也许永远不会选择戏剧作品来作为研究的特殊课题。我们常常想起他的好意，正如所有认真研究汉语而希望得到他的忠告和教诲的人，不会忘记他的好意一样。我们终于克服了已故的阿贝尔·雷慕沙认为在欧洲无法克服的困难。"[26]

意的译法。"（John Francis Davis, "A brief view of Chinese drama and of the theatrical exhibitions", in *Laou-seng-urh or an heir in his old age, a Chinese drama*, London: John Murray, 1817, p.xlix.）

23 *Tchao-chi-kou-eul, traduit du chinois par Stanislas Julien*, Paris: Moutardier, Libraire-Editeur, 1834, pp.xj-xij.

24 同上，pp.x-xj。

25 Stanislas Julien, *P'ing-Chan-Ling-Yen, Les deux jeunes filles lettrées*, Paris: Imprimerie de Pillet Fils a Iné, 1860, p.xviii. 儒莲说的《十三种曲》，李声凤认为是《笠翁十二种》的笔误（《中国戏曲在法国的翻译与接受》第197页）。

26 Antoine Bazin, *Théâtre Chinois*, Paris: A L'Imprimerie Royale, 1838, pp.VII-VIII.

二、儒莲译本《灰阑记》

图五十六、儒莲译本《灰阑记》书影，1832

　　儒莲戏曲翻译的第一个对象是元杂剧作家李潜夫的《灰阑记》。李潜夫并非著名剧作家，在臧晋叔《元曲选》列目里排位也不靠前（儒莲统计序列里在第 64 位），而且只有《灰阑记》一部剧作。是什么吸引了儒莲对《灰阑记》的关注已经无从揣测，但从当时法国作家德勒克吕兹（Etienne-Jean Delécluze, 1781-1863）的议论里可以得到一些启发。《灰阑记》里有一个经典场景包拯判案：二妇争子，包拯置小儿于石灰画出的圈内，令二妇争抢。儿母不忍伤子而松手，包拯遂判其为生母。在德勒克吕兹的回忆录《六十年回忆》（*Souvenirs de soixantes années*）里提到，他 1832 年 8 月 18 日曾经在《论争报》（*Journal des débats*）上撰文评论儒莲译本《灰阑记》，认为"该主题与圣经中所罗门审判场景的异曲同工，剧情冲突背后奇特的中国风俗都激起了公众的强烈好奇"[27]。西方人所熟知的圣经《旧约全书》"列王纪上"里记载的所罗门审判故事，恰与《灰阑记》的主要看点异曲同工：以色列君王所罗门判二女争婴案，提出把婴儿劈成两半每人一半，一人同意一人拒绝。拒绝者说求主放过我的孩子，我宁可将孩子给他。明智的所罗门于是作出了公正判决。不同文明里的故事巧合，自然会引发法国公众的好奇心。而"剧情冲突背后奇特的中国风俗"更是此剧引欧洲人注目的地方，例如妓女从良为妾、大妇小妇争子争家产、衙吏与情妇谋害其丈夫夺取继承权等等，都透示出与欧洲不尽相同的法律基础与民

---

27 Etienne-Jean Delécluze, *Souvenirs de soixantes années*, Paris: Michel Lévy frères, libraires-éditeurs, 1862, p.479.

俗风情。或者，这也就是儒莲最初选定第一篇戏曲译文为《灰阑记》的关注点。
（图五十六）

儒莲翻译《灰阑记》充分吸收了马若瑟（Joseph de Prémare, 1666-1736）和戴维斯（John Francis Davis，1795-1890，旧译德庇时）的经验教训，因而建立起自己有价值的翻译体系。他先根据自己的判断把每一幕场景标明地点，例如楔子为"张夫人家"，第一折（幕）为"马员外家"，第二折（幕）为"郑州法院"，第三折（幕）为"夜总会"，第四折（幕）为"开封府衙"。然后仍然按马若瑟的人物上下场来分场，其原则是：演员上下场为一场，其间如果有另外演员上场，则辟为第二场，而场上演员下场时如果还有人遗留，也作为另一场，以此类推。楔子为序幕，后面正戏 4 幕，一共分为 5 幕 38 场。儒莲的结构组织法被巴赞（Antoine Bazin, 1799-1863）继承，但儒莲后来译的《赵氏孤儿》《西厢记》却不再标明场景地点，或许他已经认识到这种做法的缺陷。为每一个演出场景标明地点是西方戏剧的标准做法，但却与戏曲时空自由的舞台展现不合，因而引起许多矛盾。

儒莲将元杂剧《灰阑记》里的曲词和人物上下场诗一一译出，这使他的工作量翻倍。首先在剧本的总体篇幅上，儒莲体会到中国戏曲里诗词所占比重极大："这些诗句通常占据了剧本的一半、有时甚至是四分之三的篇幅。"[28]因此，儒莲的主要精力都放在了对诗词的翻译上。其次由于曲词里充满了典故、史实、隐喻，给异体文化环境中儒莲的读解带来极大困难，他必须逐一克服，这耗费了他更多的精力。例如儒莲翻译第一折张林说的"结草衔环"一词，先在正文里译作"结草救婿的老人、送手镯给恩人的青年"（A l'exemple du vieillard qui noua l'herbe, pour sauver l'époux de sa fille, et du jeune homme qui rapporta une paire de bracelets à son bienfaiteur）[29]，再在后面的注释 83 里对其中蕴含的两个历史故事作出详细介绍。这需要大量的查找考证功夫，常常会一无所得。儒莲的《西厢记》翻译之所以持续了四十多年，恐怕就与其中一些词汇的解释须待时日逐步补充完善有关。儒莲翻译戏曲剧本坚持全部译出曲词的做法，成为后来西方人戏曲翻译的标高。

以儒莲的曲词翻译与戴维斯尝试性的译曲进行比较，可以看出质量有了

28 Stanislas Julien, *Hoeï-lan-ki, ou L'histoire du cercle de craie, drame en prose et en vers, traduit du chinois et accompagné de notes*, London: printed for the Oriental Translation Fund of Great Britain and Ireland, 1832, p.viii.

29 同上，p.23。

很大的提高。儒莲是尽力围绕原词原意来进行解读的，绝不允许戴维斯那样天马行空地随意发挥。以原文第一折里正旦扮演的从良妓女张海棠唱的两只曲子为例：

【仙吕点绛唇】月户云窗，绣帏罗帐。谁承望，我如今弃贱从良，拜辞了这鸣珂巷。

【混江龙】毕罢了浅斟低唱，撇下了数行莺燕占排场。不是我攀高接贵，由他每说短论长。再不去卖笑追欢风月馆，再不去迎新送旧翠红乡。我可再也不怕官司勾唤，再不要门户承当。再不放宾朋出入，再不见邻里推抢。再不愁家私营运，再不管世事商量。每日价喜孜孜一双情意两相投，直睡到暖溶溶三竿日影在纱窗上。伴着个有疼热的夫主，更送着个会板障的亲娘。[30]

儒莲译文回译为：

我的窗户上挂着丝质窗帘，上面布满月光和云彩形状的刺绣。我可曾想到有一天放弃这卑劣的职业，做正当的工作，告别这条罪恶的街道？

这是事实：不再狂欢，不再放荡地歌唱。我和妓女们永远分手了，无怨无悔地离开了寻欢场。他们若愿意，就会讥笑和辱骂我。我不再向富人和尊贵的人伸手，再不去贩卖我的美丽，也不再追求疯狂的享乐。我不会再回到这种强颜欢笑的日子，去听一个新情人的甜言蜜语，转头送走旧人。我不再担心治安官会把我从爱的宫殿里强行带走，不再被媒人的反复无常所奴役，不会再忍受那些持续涌来的客人和朋友。我再也不会看到房子被无礼的邻居强占，再也不会为有限的资源和前景而烦恼，再也不担心世事和它的空话。我找到了一个丈夫，我在他家里感到非常和谐，他对我的关心每天都给我的温柔以回报。当最后一缕阳光照在窗帘上，牵着一个充满激情的丈夫的手，我会让这个嫉妒的女人回到家里和他一起品尝睡眠的甜蜜。[31]

比较一下原文可知，儒莲已经尽力还原文义，虽然颇费周章，但大体译出了剧作家所要表达的意思。仅仅读一遍，我们就体味到了儒莲当年的工作难

30 〔明〕臧懋循《元曲选》，北京：中华书局，1958年，第三册第1109-1110页。
31 Stanislas Julien, *Hoeï-lan-ki, ou L'histoire du cercle de craie...*, London: printed for the Oriental Translation Fund of Great Britain and Ireland, 1832, pp.12-13.

度。然而，儒莲也有许多因不理解而对原文的侈译之处，文化的跨越总是难于文字语言本身。例如把渲染美丽雅致女性居室的"月户云窗，绣帏罗帐"解作窗帘上的刺绣，把官方对妓女进行点卯和派差的"官司勾唤"解作官方抓捕，把妓女营业的"门户承当"解作"媒人欺诈"，把妓院争夺生意的"邻里推抢"解作"邻居占房"，尤其是，把"日上三竿"解作"最后一缕阳光"，而最后一句"会板障的亲娘"则是进行了自由发挥。

图五十七、明万历吴兴臧氏刊《元曲选·灰阑记》书影

对于典故和俗词含义，儒莲的处理有多种方法，当然错误也有不少。例如张海堂唱的："我如今弃贱从良，拜辞了这鸣珂巷。""鸣珂巷"是唐代长安妓女集中居住的地方，因而宋元文学作品里经常以之代指妓院。儒莲把"鸣珂巷"译作"罪恶的街道"，很好地回避了俗语的使用，将妓院比作"罪恶的街道"，读者和观众也都能理解，原意没有改变。唱词里还有"风月馆""翠红乡"等同义词，儒莲干脆不译了。而在注释62里揣摩"风月馆"的词义说："在汉语中，'风和月亮'指勇敢，嫦娥（Tchang-ngo）是爱的女神。"在注释63里试图解释"翠红乡"说："来自绿色和红色地区。"这些推测之词就和本意完全风马牛不相及了。接着是"撇下了数行莺燕占排场"一句，本意是再不去参加妓女们的营业竞争，却译为将妓女们留在了寻欢场上。这里的错位在于把"排场"（场面、门面）理解成了妓院。再如第二折有"绷扒吊拷"、第三折有"吊拷

绷扒"一词，用作动词，意谓扒掉衣服捆吊起来拷打，儒莲译作"全部酷刑"
（tous les genres de torture）；第二折有"宁家"一词，意谓回家，儒莲译作"安
静地回家"（tranquillement chez eux），都属望文生义。后面这些词汇属于元代
民间俗语，在前代文学作品里是找不到用例的，更增加了儒莲翻译的难度。（图
五十七）

　　人物上下场诗是元杂剧特征之一，译出它们对于理解元杂剧表演形式乃
至中国戏曲表演形态都会有帮助。儒莲坚持全部译出，就大大提高了译本的精
度。但由于人物上下场诗兼有白报家门的功能，其内容常常会涉及戏曲脚色行
当的特征，这又给儒莲设置了路障。以原文第一折搽旦登场诗为例：

　　　　我这嘴脸实是欠，人人赞我能娇艳。只用一盆净水洗下来，倒
　　也开得胭脂花粉店。[32]

儒莲译文转译回来是：

　　　　男人们总是称赞我的魅力，我嘴唇的朱红色和脸颊上的各种颜
　　色都是为了取悦他们。但只要一盆干净的水，一眨眼就可以洗去这
　　红红白白。[33]

　　儒莲未能正确解释后一句所蕴含的意义。搽旦是元杂剧里插科打诨的女
性脚色，一般装扮品行不正的女人，脚色特征是脸上用大量色粉涂抹得滑稽丑
陋。[34]例如《酷寒亭》杂剧第二折描绘搽旦扮像说："这妇人搽的青处青、紫处
紫、白处白、黑处黑、恰便似成精的五色花花鬼。"[35]因而《灰阑记》里搽旦插
科打诨说自己一洗脸，就能洗出一盆红的白的水来，只是用以进行脚色自嘲。
同样的例子亦见于元杂剧净脚，净脚也是进行滑稽涂面化妆的脚色，因此《灰
阑记》第一折净扮赵令史开场白说："那一日马员外请我吃酒，偶然看见他大
娘子（笔者注：即搽旦所扮），这嘴脸可可是天生一对、地产一双，都这等花
花儿的。"[36]这是元杂剧增添喜剧色彩的常用手法，儒莲作通常理解翻译就不
准确。待下面赵令史出场诗里说到"毕竟心中爱着谁？则除脸上花花做一对"

32　〔明〕臧懋循《元曲选》第三册，北京：中华书局，1958 年，第 1108 页。

33　Stanislas Julien, *Hoeï-lan-ki, ou L'histoire du cercle de craie, drame en prose et en vers, traduit du chinois et accompagné de notes*, London: printed for the Oriental Translation Fund of Great Britain and Ireland, 1832, p.9.

34　参见王天婵《元杂剧搽旦脚色刍议》，《闽江学院学报》第 35 卷第 3 期，2010 年 5 月。

35　〔明〕臧懋循《元曲选》第三册，北京：中华书局，1958 年，第 1007 页。

36　同上，第 1109 页。

[37]时，儒莲因不理解脚色自嘲语，就译成了"但现在占据我心的是谁？一位面颊与最美丽花朵竞放的女士。"（Mais au fait quel est l'objet qui occupe maintenant mon coeur? Une dame dont les joues rivalisent avec les plus belles fleurs.）[38]

儒莲仍然偶尔略去上场诗，这造成了遗憾。例如省去了第三折丑扮店小二上场的自报家门："我家卖酒十分快，干净济楚没人赛。茅厕边厢埋酒缸，裤子解来作醡（榨——笔者注）袋。"[39]这是丑脚的自嘲式喜剧表演，代店小二自讽酿酒过程的肮脏不堪，删去就减弱了其喜剧性。（图五十八）

图五十八、儒莲译本《灰阑记》插图，1832

一些名物制度也是儒莲翻译中的障碍，官名就是一例。第一折张林提到"经略相公种师道"，儒莲抹去"经略相公"不译。种师道是北宋末驻延安府经略安抚使（军区司令），镇守西北边陲，系宋元明俗文学里时常出现的名将，见于《水浒传》《水浒后传》与元杂剧作品里，还是应该注出。第四折包拯出

37 同上。

38 Stanislas Julien, *Hoeï-lan-ki, ou L'histoire du cercle de craie, drame en prose et en vers, traduit du chinois et accompagné de notes*, London: printed for the Oriental Translation Fund of Great Britain and Ireland, 1832, p.10.

39 〔明〕臧懋循《元曲选》第三册，北京：中华书局，1958 年，第 1121 页。

场自报家门："……官拜龙图待制、天章阁学士，正授南衙开封府府尹之职。"
包拯的实职是开封府府尹，龙图阁待制与天章阁学士则是特殊荣誉加衔，属于
皇帝顾问一类的虚职，加在实职前面以示皇帝恩宠，儒莲将其译作"古物阁成
员、档案管理官"就相去十万八千里了。对于这类词汇，今天的中国学者也须
依赖词典理解，就无法苛责儒莲了。儒莲还有不少其他误译之处，学界也有人
指出。[40]由此我们可以见出一个西方学者当年在异质文化环境里坚持单打独斗
翻译戏曲的艰辛与困苦。

　　儒莲在《灰阑记》剧本后附录了大量的注释，从页数看，剧本占 94 页，
注释占 52 页，注释达到了剧本的一多半篇幅。儒莲的目的很明确：为读者留
下详尽的处理记录，以便核对和验证。这体现了他的科学态度。儒莲解释了这
么做的理由："在把这部戏剧翻译成法语的过程中，我经常被迫改变甚至抹去
所有在我们的语言中无法理解的语言和人物……然而我担心，为使翻译具有
所需的清晰性，我被迫做出的改变往往损害了翻译的忠实性，可能会给几乎没
有接触过的人留下许多疑问，或者使他们相信那些因我的回避造成的假象。这
些困难因此会毫无理由地增加我可能犯下错误的总和。考虑到这些因素，我决
定在书的末尾加注释。"[41]儒莲所说的翻译策略可以理解，每一个人都会碰到
实际问题，总要有一个解决方法。儒莲说："我有责任坦率地说出所有这些表
达方式，并尽可能多地对之作出解释。我尽量不隐藏任何我仍然存疑的地方
（就像注释员经常做的那样）。这样，学者们就可以纠正我所犯的错误，从而
给我的翻译一个我不敢坚持的更正。我想他们会考虑到我在没有外援的情况
下工作所遇到的困难，考虑到我完全缺乏各种资源，会对我不得不逃避的许多
错误表现出宽容。"[42]拓荒者的足迹总是步履蹒跚的，而儒莲的科学态度将这
种蹒跚步迹涂上了亮色。但这只是儒莲的尝试步履，他的注释大量是在题外行
走，过于考究出处，也有炫耀学问之嫌。

40　参见张明明《儒莲译〈灰阑记〉研究》，《汉学研究》第 21 辑，北京：学苑出版社，
　　2016 年。此文专门论述儒莲《灰阑记》法译本的优长与缺失，仔细比较了原文与
　　译文，一一指出译文的加译、转译、未译与脱译、误译之处，并对戏曲文本翻译
　　需面对的文化跨越作了精辟分析。又见李声凤《从〈灰阑记〉译本看儒莲戏曲翻
　　译的思路与问题》，《汉语言文学研究》2013 年第 2 期。

41　Stanislas Julien, *Hoeï-lan-ki, ou L'histoire du cercle de craie, drame en prose et en vers,
　　traduit du chinois et accompagné de notes*, London: printed for the Oriental Translation
　　Fund of Great Britain and Ireland, 1832, pp.xxix-xxx.

42　同上，p.xxxi。

儒莲的注释大体有这样一些内容：一、对于语词含义进行注解；二、指出翻译策略的考虑，例如原词字面意思是什么，翻译成什么；三、解释有关历史背景和典章制度。其中儒莲的一个贡献是，试图对元杂剧的脚色名称作出初步解释。如说"老旦"（Lao-tan）指老妇人（如张夫人），"正旦"（Tching-tan）是女主角（如张海棠），"冲末"（Tchong Mo）为男次角（如张林），"孛老"（Peï-lao）指老父亲，"邦老"（Pang Lao）指强盗等等。他说："中国剧本里几乎所有人物进场时都会标明他们所扮演的脚色名称……这些名称多数都在 100 部元剧中使用。"并且以西方戏剧作类比说："我们也有脚色的戏剧术语。"于是列举了骗子、情人、吝啬鬼、推理者等类型人物的名称，并举戏中人物实例说明。最后指出："但其间有区别，我们使用这些名称不像中国作家那样，他们的剧本里每次演员上台都标明。"[43]解释元杂剧脚色名称这项工作，后来由巴赞在 1838 年出版的《中国戏剧选》导言里加以丰富和完善。但对曲牌名称（如【仙吕·赏花时】【混江龙】之类）的解释儒莲和马若瑟一样阙如，巴赞同样如此，这项工作要等待 20 世纪的汉学家来完成了。

儒莲法译本《灰阑记》的问世，标志着法国戏曲探索的正式展开，尤其他的曲词全译，使之超越了马若瑟和戴维斯，受到普遍赞扬。儒莲《灰阑记》之后，欧洲对之不断有不同语种的转译和改编，直至现代还有德国布莱希特（Bertolt Brecht, 1898-1956）编导的《高加索灰阑记》一剧上演，可见这部剧作在欧洲产生了持续的影响力。

三、儒莲译本《赵氏孤儿》《西厢记》

还在翻译《灰阑记》时，儒莲就制定了一个系列戏曲翻译计划。他说："无论我的条件有多么缺乏，我都会继续钻研中国曲词，并尽我所能从最受推崇的剧目中选出一个系列。《灰阑记》将是我打算出版的书的样本。"[44]儒莲翻译的第二个剧本是《看钱奴》，事实上是写了一个详细的剧情介绍和一点摘译，提供给诺代（Josepe Naudet, 1786-1878）1833 年编辑出版的《普劳图斯戏剧集》使用。[45]古罗马喜剧家普劳图斯（Titus Maccius Plautus，约前 254-前 184）的

---

43 同上，p.98。

44 同上，1832，p.xxix。

45 Josepe Naudet, *Théâtre de plaute, traduction nouvelle accompagnée de notes*, Paris: Panckoucke, 1833, tome deuxième, pp.375-385. 诺代说："我把对这部作品（指《看钱奴》）的了解归功于我年轻而博学的同事斯坦尼斯拉斯·儒莲先生，他好心为我进行了翻译。"（p.375，①）

剧作《一坛黄金》（*De la Marmite*）里的吝啬鬼形象在欧洲影响深远，成为莫里哀讽刺喜剧《悭吝人》（*L'avare*）的原型。诺代在法兰西学院教授拉丁语诗歌，与儒莲系同事，他请儒莲翻译《看钱奴》的触动点应该就是它与《一坛黄金》的相似性，他一定听儒莲讲起过。小安培在《中国戏剧》里评论说："中国人也有性格喜剧。吝啬鬼的话题在中国已经讨论过很多次了。儒莲向诺代先生提供了对喜剧《看钱奴》的详细分析材料，诺代把它放在《一坛黄金》之后。这部中国戏剧与普劳图斯的喜剧有许多相似之处，也有许多不同之处。又一次，上帝把守财奴放进了他的宝藏里。对一个刚见到钱的人来说，描绘他对钱的过分贪婪是很巧妙的。普劳图斯的滑稽夸张仍然被中国作家超越。"[46]为何说中国作家超越了普劳图斯？小安培饶有兴致地举出《看钱奴》的一个细节来说明：吝啬鬼去世前要求养子不要买棺材，而用旧马槽装殓自己，马槽不够长就用斧头把自己剁成两截，斧头要借邻居的，以免砍卷了自己家的斧头刃。小安培一定是被这种极度夸张的描写震撼了。

1834 年儒莲在马若瑟之后重译出版了《赵氏孤儿》，其动机显然是对于马若瑟不译曲词进行纠偏，从而为世人提供一个更加完整的译本，而《灰阑记》等剧的翻译成功又极大增强了儒莲的自信心。他在《赵氏孤儿》重译序里说："众所周知，伏尔泰在这部戏中开掘了他的《中国孤儿》的主题。但人们普遍不知道的是，普雷马雷的译本只是对原著非常不完美的体现……读者可以通过删除我们版本里用引号标出来的唱段，来了解普雷马雷节译的效果。"[47]也就是说，他特别强调了自己的译文对马若瑟的超越。儒莲因而对自己的成果十分骄傲，他说："如果伏尔泰有这部中国戏剧的全文译本，尤其是有机会读到我们下面将发表的版本的话，他很可能会从曲词中得到新的灵感，并巧妙地利用司马迁的叙述。"[48]确实，伏尔泰当年如果见到的是儒莲而不是马若瑟译本，就不会得出中国戏曲缺乏情感、激情、雄辩的说法，正如儒莲的学生巴赞所指出：儒莲的《赵氏孤儿》全译了曲文，就恢复了原著所体现的情感、激情、雄辩的优点，从而使得伏尔泰的指摘失去了依据，因而"儒莲的工作是值得称颂的，它可以被奉为圭臬"。[49]

46 Jean-Jacques Ampère, "Du Théâtre chinois", *Revue des Deux Mondes*, quatrième série, tome xv, 1838, p.762.

47 *Tchao-chi-kou-eul, traduit du chinois par Stanislas Julien*, Paris: Moutardier, Libraire-Editeur, 1834, pp.ix-x.

48 同上，p.x。

49 Antoine Bazin, *Théatre Chinois*, Paris: A L'Imprimerie Royale, 1838, p.L.

儒莲先介绍了战国时期屠岸贾族灭赵盾家族的史实，然后把《赵氏孤儿》分为五幕 33 场，较马若瑟译本多出两场，基本是在马若瑟基础上稍作调整，主要是对人物上下场的理解略有差别。由于儒莲采取逐字逐句翻译的方法，加上全部译出上下场诗和所有的曲词，其译本的篇幅较马若瑟译本大大扩充。马若瑟译本一共大约 26,000 个字符，儒莲译本则有大约 94,000 个字符，后者体量扩大了三四倍。儒莲还把曲牌名称也放了上去，例如【仙吕·点绛唇】（Sien-liu-tien-kiang-chin）、【混江龙】（Hoen-kiang-long）之类。从儒莲把【幺篇】理解为"同样的曲调"（le même air）或"第二首"（seconde partie），把【三煞】【二煞】【一煞】理解为"同一套曲调"（suite du même air）或"第二首"（seconde partie）"第三首"（troisième partie）[50]看，他对曲牌进行了一定的研究了解，知道【幺篇】和【三煞】【二煞】【一煞】是前一支曲牌的重复，只是没有试图解释曲牌的含义。但，他标示曲牌的做法在后来的《西厢记》译本里没有继续，可见他自己否定了这种尝试。

儒莲译文仍时有错误。例如第一折【仙吕·点绛唇】："列国纷纷，莫强于晋。才安稳，怎有这屠岸贾贼臣，他则把忠孝的公卿损。"[51]包含两层意思：一、争雄扰攘的各国里，晋国最强大。二、晋国朝政刚刚平稳，又出了个奸臣屠岸贾擅杀大臣。儒莲译文回译为：

> 帝域各国都被武器的喧嚣声淹没。没人能抵挡住晋国，很快他们都会降伏。像屠岸贾这样的野蛮人有否可能无情消灭那些堪称忠孝模范的诸侯臣子？[52]

两相对照，意思的偏差还是很大的，其中儒莲有误解也有错会。又如儒莲把"一不做二不休"译作"如果你第一次不成功，不要灰心，再做第二次"（Si vous ne réussissez pas la première fois, ne vous découragez pas la seconde），就更是理解得风马牛不相及了。

儒莲着手翻译《西厢记》始于 1833 年，当年他已经翻译了《西厢记》第一折并在《文学欧洲报》（*Europe litteraire*）上发表[53]，但一直到 1872 年他才

50 *Tchao-chi-kou-eul, traduit du chinois par Stanislas Julien*, Paris: Moutardier, Libraire-Editeur, 1834, pp.62, 116-117.

51 〔明〕臧懋循《元曲选》，北京：中华书局，1958 年，第四册第 1479 页。

52 *Tchao-chi-kou-eul, traduit du chinois par Stanislas Julien*, Paris: Moutardier, Libraire-Editeur, 1834, p.25.

53 参见李声凤《中国戏曲在法国的翻译与接受》，北京：北京大学出版社，2015 年，第 168 页。

译出全剧，在刚创刊几个月的东方学期刊《集之草》（*Atsume Gusa*）上连载，其间长达 39 年的时间。此前巴赞已经于 1863 年谢世，而将《西厢记》译本结集完整出版则是在儒莲身后的 1880 年由出版商实现了。儒莲为何用了这么长时间才译完《西厢记》，原因我们不得而知。但他 1860 年已经在《平山冷燕》法译本序里宣布："我打算很快出版一部十六幕喜剧《西厢记》，它被视为中国戏剧的代表作。这部优美作品的曲词典雅动人，或表达忧郁的哀伤，或表达激情的热烈，极富诗歌魅力。它在中国极其流行，五百年来一直是最受推崇的浪漫曲词。"[54]可见那时他已经将全本翻译完毕，并且准备出版了。从儒莲对《西厢记》的高度评价来看，他极其重视这部作品的翻译，毕竟它是"十大才子书"之一，而西方早期对于中国小说戏曲的译介深受"十大才子书"影响，还有一点是，此时他的学生巴赞早在 1841 年已经翻译出版了"十大才子书"中两部戏曲作品的另外一部《琵琶记》，儒莲在时间上已经落后，因而他必须在质量上超越巴赞。或许是其中还有一些词汇和典故的翻译没能彻底解决，儒莲决定等待，想做到尽善尽美，因而他一直把译文带在身边[55]。儒莲对于翻译工作的这种认真态度，在《平山冷燕》译本序里就有所表达，他谈到自己为了解决书中典故作了长期研究，当剩下最后十几个词汇时，他寻求住在中国的西方汉学家的帮助。（图五十九）

图五十九、儒莲译本《西厢记》书影，1880

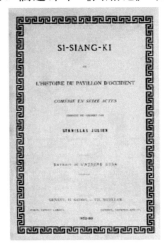

54 Stanislas Julicn, *P'ing-Chan-Ling-Yen, ou Les deux jeunes filles lettrées*, Paris: Imprimerie de Pillet Fils ainé, 1860, pp.xvii-xviii.

55 参见《西厢记》法译本编者按（*Si-Siang-Ki, traduit du Chinois par Stanislas Julien*, Paris: Ernest Leroux, 1872-80, p.II.）。

儒莲翻译的《西厢记》分为 16 幕 49 场，结束于原剧里的"草桥店梦莺莺"一折，而不译第五本，他所用底本应该是金圣叹评点《第六才子书西厢记》（四本 17 折）。清人金圣叹认为《西厢记》第五本并非王实甫原作，乃后人续写，成为权威观点，毛声山等人都同意其说。儒莲或许是受到影响而采用金圣叹删除第五本后的版本，也或许是他只有金圣叹的这个版本，毕竟"第六才子书"当时风靡。儒莲在《欧洲文学》（L'Europe Littéraire）刊发《西厢记》第一折的翻译文字前写道："《西厢记》的版本非常多，它通常与另一部名为《琵琶记》的四十幕喜剧一起印"[56]。查阅儒莲编《皇家图书馆的汉文和满文藏书目录》可知，该馆当时藏有《西厢记》《满汉西厢记》和《六十种曲》里面收录的明代李日华《南西厢》）[57]，儒莲仅在这里就看到了三种《西厢记》版本。他应该是经过仔细选择后确定使用哪一底本的。值得一提的是，儒莲译《西厢记》时或许曾用满语《西厢记》作为对比和参考。儒莲此前翻译小说就曾经参考过《玉娇梨》《平山冷燕》《好逑传》的满语译本[58]，而他译成拉丁语的《孟子》甚至是直接从满语转译而来。因此儒莲可能会利用皇家图书馆收藏的《满汉西厢记》来辅助自己理解剧本内容。

儒莲译本《西厢记》前面没有人物表，打破了马若瑟以来的戏曲译者全都实行的惯例，但或许是因为儒莲逝于《西厢记》出版单行本之前，未能来得及安排。原来的折戏都改为幕，楔子则并入前后幕里。前面的若干幕按照人物上

---

56 参见 Stanislas Julien, "Si-siang-ki: ou L'histoire du pavillon d'occident", *L'Europe littéraire*, Paris: Imprimerie royale, 17 mai 1833, p.159.

57 参见 Stanislas Julien, *Catalogue des livres chinois, mandchous, mongols et japonais*, 1853. 该手稿藏于法国国家图书馆。

58 儒莲在给德国汉学家加贝伦茨（Hans Conon von der Gabelentz, 1807-1874）的信中说："我当然非常同意对满语的论断，这种语言能促进我们对汉语的理解，如果说我对古代和现代汉语文本的理解比别人更深入的话，那主要应当归功于我对满语的了解……几年前，当我想出版一个比雷慕沙的翻译更准确的译本时（指《玉娇梨》——笔者），我仍然参考了满语译本。不过，满语译本并非直译，很多难懂的段落，特别是其中引用的诗词作品，大多被省略了，或者翻译得很糟糕。满语小说《平山冷燕》对我来说也非常有用，不过如果我在汉语本理解方面遇到困难的话，满语本也很少有能提供帮助的地方。我从圣彼得堡借到两本满语版的小说《好逑传》，具有同样的优点和不完善之处。"参见 Hartmut Walravens（Hrsg.）, *Stanislas Julien-Wissenschaftliche Korrespondenz über China mit Schilling von Canstadt, Klaproth, Endlicher, Gabelentz, und A. von Humboldt*. Norderstedt: Books on Demand, 2021. 转引自李雪涛，《法国汉学家儒莲与德国语言学家加贝伦茨之间往复书简十三封》，《中国文化》2023 年春季号。

下场分场，但后面若干幕不再分场。于是我们看到的分幕分场情形如下表：

幕　次	第一幕	第二幕	第三幕	第四幕	第五幕	第六幕	第七幕	第八幕	第九幕	第十幕	第十一幕	第十二幕	第十三幕	第十四幕	第十五幕	第十六幕
场　次	6	8	5	4	12^{59}	1	3	2	1	1	1	1	1	1	1	1

可以看出，前面的分场细而密，后面的分场宽而疏。后面各幕戏不再按人物上下场分场，例如第十二幕先后有老夫人上下场、红娘上下场、莺莺上下场、张生上场、红娘又上场的频繁调度，都不再分场。事实上 9 幕单场戏在原文里都是整折戏，第十三场甚至是合并了原文里一个楔子和一折戏，因此耗时都很长，与前面的小场戏并列，显得分布很不均匀。小场戏的分场还有一个情况：时而把原作里的一首曲子分到两场里面去唱，其内容的连贯性若何可想而知。前后分场疏密不同情形的造成，可能和儒莲的思想发生变化有关，毕竟其翻译前后用了 39 年。

图六十、儒莲译本《西厢记》法汉对照排版示例

儒莲《西厢记》里一个开创性的手法是采用了法汉对照，即将汉字原文放

---

59 第五幕原分为十一场，但却有两个第九场，实际分为十二场。

在法文旁侧（编者按语里提到在法汉对照排印时遇到一些困难[60]）。（图六十）这样，儒莲就给自己定了一个硬性标准：必须把原文里的每一首曲词翻译出来。于是，像巴赞经常做的偷减曲词的情形就不可能发生。这让我们进一步看到了儒莲性格里认真执拗的一面，这一定也是《西厢记》翻译久久不能竣工的原因之一。例如张生登场所唱【仙吕·点绛唇】【混江龙】二曲，儒莲如此翻译[61]（笔者添加了译文回译）：

译　文	原　文	译文回译
Je parcours l'empire pour acquérir des talents.	游艺中原	我穿越帝国去获取才能
Mes pieds, que rien n'arrête, sont comme la racine de pong qui roule Au gré du vent.	脚跟无线如蓬转	没有什么能阻止我的脚，就像风吹着蓬草飘动
Si j'élève mes yeux jusqu'au ciel, le soleil me paraît moins éloigné de Tchang 'an.	望眼连天，日近长安远	我抬头仰望天空，太阳似乎离长安不远
Jusqu'ici, j'ai pâli sur les poésies antiques, les annales impériales et leurs commentaires.	向诗书经传	到目前为止，古诗、史书及其评点令我失色
Je les ai fouillés et creusés comme l'insecte rongeur qui n'en sort jamais.	蠹鱼似不出费钻研	我像一只永远不出来的虫子一样把它们挖出来
J'ai sué sang et eau dans l'enceinte du concours.	棘围呵守暖	我在考场上汗流浃背
A force de broyer de l'encre, j'ai percé un encrier dé fer.	铁砚呵磨穿	磨墨水磨穿了墨水罐
J'ai pris mon essor dans la région des nuages, comme l'oiseau p'ong qui franchit quatre-vingt-dix mille li.	投至得云路鹏程九万里	我凌云而起，像一只飞过九万里的鹏鸟
J'ai étudié pendant dix ans à la clarté de la neige et a la lueur des vers-lui-sants.	先受了雪窗萤火十余年	我在有虫子荧光的雪地里学习了十年
Avec mes talents relevés, il m'est difficile d'entrer dans les vues étroites du vul gaire.	才高难入俗人机	我的才能提高了，摆脱了庸俗的狭隘视野
Mais le temps m'est contraire, et je n'ai pas encore atteint le noble but où tout homme aspire.	时乖不遂男儿愿	但时光与我相悖，我还没有达到每个人都渴望的崇高目标
Pourrais-je vivre désormais sans approfondir, de toutes mes forces, les vénérâbles textes delà haute antiquité?	怕你不雕虫篆刻断简残编	从现在起，我能否停止尽力研究远古时代的可敬文本？

---

60 *Si-Siang-Ki, traduit du Chinois par Stanislas Julien*, Paris: Ernest Leroux, 1872-80, p.III.
61 *Si-Siang-Ki, traduit du Chinois par Stanislas Julien*, Paris: Ernest Leroux, 1872-80, pp.9-12.

儒莲把他的译文与原文放在一起，好让后人比较，同时这也透示出他对自己译文的充分自信。然而，后人也就更容易看出他对原文的歧义理解和误译，如上引几乎每一句都不够准确，整体意思就更有偏离。原文系张生登场首曲，慨叹自己四处游学，功名未至，整天蠹鱼一样钻在诗书经传里，经受了十年寒窗苦，把考场都捂暖、铁砚都磨穿，却仍然没能够大鹏展翅，原因是才高不被俗世赏识、运乖不能实现宏愿，只好在断简残编里度日月。这是作者对张生的定场诗、自画像，告诉观众和读者张生的年龄段、身份、才情、志向和时下状况等一系列信息。儒莲对曲词只是一句一句作了硬译，但缺乏整体意蕴的连贯。硬译的问题不少，更打破了整体意蕴的贯通。例如"日近长安远"一句寓意功名难至，译作"太阳离长安不远"就阻断了意蕴。另外儒莲不断用"失色""停止"等词汇来状摹张生对待科举日课的心境，是对人物心理的强加和扭曲，给读者带来理解偏离。由此可见真正进行诗词翻译，还不仅仅是弄懂了每一个组成词汇即可。马若瑟曾从翻译的角度强调了曲词的难以理解："有些歌曲对欧洲人来说很难听懂，因为它们充满了我们所不知道的典故和隐喻。"[62] 马若瑟说的"典故"和"隐喻"两道难关，儒莲还只是在力图攀越第一道。

事实上，中国古典诗词里更为重要的是诸多特定词汇的意象，这些意象带给人们以丰富而鲜明的联想与感触，不在这个文化语境中的人是很难体味的。例如《西厢记》里的名句："碧云天，黄叶地，西风紧北雁南飞。晓来谁染霜林醉，总是离人泪。"[63] 其中的"西风""雁南飞""霜林""离人"都是带有特定文化内涵的意象词，与"紧""醉""泪"等词组组合后呈现为动态情感，共同渲染出一种哀伤破碎的心境。词面是一幅绚丽的画，内感是一种深切的情。儒莲虽尽力译出了字面意思，但难以传达其全部语境。儒莲译文为：

> 天空拥着蓝色的云，大地被黄叶覆盖。西风呼啸，大雁从北方飞往南方。清晨，是什么弄湿了霜冻的树林？是那个离我而去人的眼泪。[64]

整体情境是很美的自然诗，意思也传达到位，但无法译出其中的文化内

---

62 Sorel Desflottes, "Eassi sur le théâtre des Chinois", *Tchao-Chi-Cou-Eulh, ou L'Orphelin de la Maison de Tchao*, traduite par le P. de Prémare, a Peking, 1755, p.86.

63 此系儒莲译本引文。（*Si-Siang-Ki*, traduit du Chinois par Stanislas Julien, Paris: Ernest Leroux, 1872-80, p.300.）

64 *Si-Siang-Ki, traduit du Chinois par Stanislas Julien*, Paris: Ernest Leroux, 1872-80, p.300.

涵。例如"离人"一词，并非专指眼前一人，而是统指普天下所有离别亲人、友人、情人的人，看到此词人们就会联想到种种离境，感受到许多词情，例如"离人愁苦""离人肠断""离人凝泪""离人怨""离人恨""离人梦"种种，情感普泛而阔大，意境深邃而悠远。又如，"霜林醉"是汉语的拟人化修辞，意象鲜明美丽而传神，但也实在难以译出。更别提传达中国诗词的韵律和文体之美了，戴密微曾说："在使用我们的分析性和多音节语言时，中国诗歌韵律和文体所带来的效果也消失了，这使译者感到绝望。"[65]

即使是"典故"这第一道关，儒莲攀越得也极其艰难，他毕竟无所凭依，只能靠自己猜测。例如张生上场带有一个书童（俫儿扮），儒莲引经据典地将其解释成女孩，就越绕越远。他在正文里提示说："张生带着一个女琴童进场。"（Tchang-seng entre avec une jeune fille ayant la qualité de Kin-thong, Julien 1872, 6）这个提示误判了"俫儿"的性别，元杂剧里的"俫儿"是男性小厮，例如关汉卿杂剧《鲁斋郎》第三折："（俫儿上云）我是张孔目的孩儿金郎。"[66]而男主人公的随身书童更全部都是男性，以别男女之大防，这是由中国传统伦理观所决定的。儒莲随后在脚注里的解释就更是牛唇不对马嘴了，他引用了清雍正四年（1726）张廷玉等人编纂的《骈字类编》（P'ing-tseu-loui-pien）："《江行杂录》：京都中下之户，不重生男，每生女则爱护如捧璧擎珠。甫长成，则随其姿质，教以艺业，用备士大夫采拾娱侍。名目不一，有所谓'身边人''本事人''供过人''针线人''堂前人''剧杂人''拆洗人''琴童''棋童''厨娘'，等级截乎不紊。"[67]南宋廖莹中《江行杂录》讲的是北宋时期汴京商业都市里的社会现象，其中说到女孩儿可以做"琴童"。于是儒莲说："后面我们将用'琴童'代替名字来称呼这个女孩。"[68]事实上元杂剧里的琴童通常是男孩。（图六十一）

但无论如何，儒莲的尝试是西方译曲史上的开创和一大进步，拥有筚路蓝缕之功，其《西厢记》译本长期发挥影响。1997 年法国汉学家雷威安（André Lévy, 1925-2017）在《西厢记》再版序里仍然对之推崇有加。他说："这部著作在当时很了不起。考虑到当时的研究状况，我们不能说斯坦尼斯拉斯·朱利

65 Paul Demiéville, "Aperçu historique des études sinologiques en France", *Choix d'études sinologiques(1921-1970)*, Leiden: E. J. Brill, 1973, p.290.

66 〔明〕臧懋循《元曲选》，北京：中华书局 1958 年版，第 2 册第 849 页。

67 〔宋〕廖莹中《江行杂录》第 1001 册，台北：商务印书馆，1988 年影印文渊阁四库全书，第 9 页上栏。

68 *Si-Siang-Ki, traduit du Chinois par Stanislas Julien*, Paris: Ernest Leroux, 1872-80, p.7.

安的作品提供了最完善的译本——不存在最完善的译本，但它是法语中唯一的一本。它只要提供了新的、更准确的信息，它就完成了使命。"[69]

图六十一、明崇祯十二年（1639）刊《北西厢秘本》插图

四、余言

作为法国文学界的权威批评家，小安培的推崇为儒莲的戏曲翻译做了盖棺定论："对那些没有完成这项任务的人来说，这部分是最困难的，他们声称不可能理解中国诗歌中经常见到的那些我们不知道的事实、用法和迷信，为他们无法翻译这些内容找到了不后悔的很好理由。但这些所谓不可能和怀疑没能阻止我们的一位巴黎同胞。除了具备惊人的语言知识之外，他得不到任何帮助，戴维斯先生认为他不应该尝试。但儒莲先生出版了一部完整的中国戏剧，包括所有的曲词和对话。他还完整翻译了《赵氏孤儿》，补充了普雷马雷神父删掉的曲词。"[70]小安培还补充道："儒莲先生和巴赞先生这两位法国人在巴黎做了一位中国文人在广州做不到的事情，这对我们来说是光荣的。"[71]儒莲对于戏曲翻译工作的开创，确实载入了史册。

69 Wang Shifu, *L'Histoire du pavillon d'Occident texte intégral, traduit du chinois par Stanislas Julien, préface d'André Lévy*, Genève: Fleuron Slatkine, 1997, p.22.

70 Jean-Jacques Ampère, "Du Théâtre chinois", *Revue des Deux Mondes*, quatrième série, tome xv, 1838, pp.737-738.

71 同上，p.758。

拾貳、論巴贊的戲曲翻譯

内容提要：

19 世紀西方漢學家里巴贊的戲曲翻譯成績最為引人矚目，他翻譯和譯介了最多的元雜劇和南戲劇本，並對戲曲進行了系統研究，這成就了他一生的事業。巴贊對於元雜劇的翻譯和研究，使西方得以了解其完整面貌及內涵，而他翻譯的《琵琶記》又為西方打開了接觸南戲劇作的窗口。在前行者馬若瑟、戴維斯和儒蓮開辟的戲曲翻譯路徑上，巴贊做出了明顯的拓寬與延長，並探討一條"直譯"和"意譯"結合的道路，積累起更加成熟的譯曲經驗。

關鍵詞： 巴贊 戲曲翻譯 元雜劇 《琵琶記》

巴贊（Antoine Bazin, 1799-1863）是 19 世紀西方漢學家里戲曲翻譯成績最為引人矚目者，他把元雜劇譯介工作長期堅持下去，做成了一生的事業。1838 年巴贊出版《中國戲劇選》，收錄了《㑇梅香》《竇娥冤》《合汗衫》《貨郎擔》四個劇本，並為之撰寫了論述中國戲曲歷史的長篇導言。這是西方人出版的首部中國戲曲劇本集，也是西方人首篇戲曲通論。1841 年巴贊翻譯出版了《琵琶記》，這是歐洲人戲曲翻譯的對象第一次從元雜劇轉移到元明南戲。1842 年巴贊被巴黎東方語言文化學院（Institut National des Langues et Civilisations Orientales）聘為漢語教授，不能說不是他翻譯和研究成果的促成。1850 年巴贊出版《元朝的世紀》[1]一書，里面收錄了《元曲選》里全部 100 部

---

1 Antoine Bazin, *Le Siècle des Youên, ou tableau historique de la littérature Chinoise depuis l'avènement des empereurs mongolsjusqu'à la restauration des Ming*, Paris: Imprimerie Nationale, 1850. 國內學者多將書名譯作《元代》。但巴贊書名原意為"元的世紀，或從蒙古皇帝登基到明朝復辟的中國文學史考察"，其前言里還特別提到此書的時限是"從 1260 年成吉思汗的孫子忽必烈汗繼位到 1368 年明朝復辟"

戏的简介或梗概（其中 13 种有摘译），后面还刊有元杂剧 41 位作家的简介，从中可以看出巴赞 10 年埋头钻研《元曲选》的磨杵之功，这是一个伟大的功绩，让西方人得以了解《元曲选》里的全部剧情。法国评论家马念（Charles Magnin, 1793-1862）因而由衷赞叹巴赞的成绩说："巴赞先生把更多的中国戏剧提供给了我们，比他所有杰出而勤奋的前辈翻译得还要多。"[2]

一、巴赞《中国戏剧选》的翻译

图六十二、巴赞《中国戏剧选》书影，1838

巴赞对《中国戏剧选》里收录 4 个杂剧剧本的翻译，总结吸收了马若瑟（Joseph de Prémare, 1666-1736）、戴维斯（John F. Davis，1795-1890，旧译德庇时）和儒莲（Stanislas Aignan Julien, 1797-1873）戏曲翻译的经验教训，因而确立了自己的原则。他在《中国戏剧选》导言末尾说："我们为自己设定了最严格的忠实标准，并尽可能再现原作者的典型表达方式。但是，为了使剧本阅读更流畅，我们冒昧地把重复段落放在脚注里。事实上，翻译不能拘泥于原文。我们认为，从方法考虑，逐字逐句地直译和过去传教士那样意译，都会使人无

（p.5）。由于忽必烈是在大蒙古国中统元年（1260）继位的，11 年后的 1271 年才定国号为元，因此巴赞此书囊括的时间超出了元代。哈佛大学汉学教授伊维德（Wilt Lukas Idema, 1944-）将此书名译作《元朝的世纪》（参见伊维德《我们读到的是"元"杂剧吗——杂剧在明代宫廷的嬗变》一文，载《文艺研究》2001 年第 3 期），更加准确并符合巴赞原意，笔者采纳之。又，笔者原来编纂《中国戏曲西方译介研究文献汇编》（北京：学苑出版社 2023 年版）引用此书时，从众采用了《元代》的书名，今特作改正。

2　Charles Magnin, "Théâtre Chinois", *Journal des savants*, Mai 1842, p.266.

法理解。"[3]虽然没有点名，巴赞事实上对儒莲逐字逐句的"直译"和传教士马若瑟的"意译"及其效果提出了委婉批评。巴赞的标准是：第一要忠实于原作，第二还要尽可能再现原作的中国表达方式，第三又不能拘泥于原文。巴赞在探讨"直译"和"意译"结合的另外一条道路。（图六十二）

确实，为了使译文尽量忠实于原著，巴赞想了很多有效的办法。如他所说，他把一些唱词与念白重复的句子放在了脚注里，使得正文读起来流畅。他把正文里的典故直译出来，然后在脚注里解释典故内涵。巴赞的注文较之戴维斯《老生儿》、儒莲《灰阑记》等戏曲译本更为准确和精粹，大体都是直接针对原文内涵的，少有那些离题万里的引申和猜测。

巴赞一些曲词翻译得较为准确而干净，转换为西方语境也恰当。例如《窦娥冤》第三幕第一场窦娥被处斩前的唱词【正宫端正好】【滚绣球】两曲即是如此。让我们来比对一下。

原文：

没来由犯王法，不提防遭刑宪，叫声屈动地惊天！顷刻间游魂先赴森罗殿，怎不将天地也生埋怨。[4]

回译文：

我并没有犯罪却违反了法律，遭受刑罚和羞辱而毫无防备，我的冤屈和呼喊撼动了山野大地。一会儿游魂就会进入黑暗帝国的宫殿，我怎能不公开指责天和地？

译文：

Sans avoir commis aucune faute, j'ai violé les lois de l'État; je suis tombée, sans défense, sous le joug des châtiments et de l'infamie; j'ébranle la terre de mes plaintes; j'épouvante le cieldemes imprécations. Dans un instant, non âme errante entrera dans le palais du sombre empire. Comment n'accuserais-je pas publiquement le ciel et la terre?[5]

原文：

有日月朝暮悬，有鬼神掌着生死权。天地也只合把清浊分辨，可怎生糊突了盗跖颜渊！为善的受贫穷更命短，造恶的享富贵又寿延。天地也做得个怕硬欺软，却元来也这般顺水推船。地也，你不

3　Antoine Bazin, *Théatre Chinois*, Paris: A L'Imprimerie Royale, 1838, p.LII.

4　〔明〕臧懋循《元曲选》，北京：中华书局 1958 年版，第四册第 1509 页。

5　Antoine Bazin, *Théatre Chinois*, Paris: A L'Imprimerie Royale, 1838, pp.369-370.

分好歹何为地！天也，你错勘贤愚枉做天！哎，只落得两泪涟涟。[6]

回译文：

两盏伟大的灯在我们头顶上悬：邪灵和精灵把死人与活人安排。哦，天哪！哦，地呀！你应该区分开恶行和美德，为什么会混淆了盗跖和颜渊？造恶者享受富贵而命长，行善者却遭受痛苦而活得短。唉！我只能叹气，双泪阑珊。

译文：

Il y a au-dessus de nos têtes deux grands luminaires; il y a de mauvais esprits et des génies qui règlent la destinée des vivants et desmorts. O ciel ! ô terre ! il vous suffisait de distinguer le vice d'avec la vertu , pourquoi donc confondez-vous ensemble Tao-tché et Yen-hoeï. Ceux qui fontle bien reçoivent pour rétribution la souffrance et la misère, et encore leur vie est courte ; ceux qui font lemal ont en partage la richesse et le bonheur, et encore leur vie est longuel. Hélas! je ne puis que gémir et laisser couler de mes yeux deux ruisseaux de larmes.[7]

图六十三、明崇祯六年（1633）刊《古今名剧合选·酹江集·窦娥冤》插图

译文比较完整地传达了原意，并且代入了西方语境。可惜巴赞没有将第二曲译完，删去了窦娥呼天抢地、责问人间正道何在的曲词"天地也做得个怕硬

6　〔明〕臧懋循《元曲选》，北京：中华书局 1958 年版，第四册第 1509 页。

7　Antoine Bazin, *Théatre Chinois*, Paris: A L'Imprimerie Royale, 1838, p.370.

欺软，却元来也这般顺水推船。地也，你不分好歹何为地！天也，你错勘贤愚枉做天"，就抹去了原文里内含的一层寓意：再温良顺从的底层人物遇到不平之事也会抗争，减弱了窦娥形象的丰富性。另外，巴赞只是音译了"盗跖""颜渊"两个人名，并没有试图解释，是一缺漏。（图六十三）

事实上巴赞的翻译工作是困难重重的。例如《伯梅香》里他遇到的第一个拦路虎就是楔子里的【仙吕·赏花时】【幺篇】和第一折里的【仙吕·点绛唇】【混江龙】这4支曲子的曲词，全部都是引经据典，却又都和剧情无关，其中点到的人名就有孟母、董仲舒、嬴政、孔丘、孔安国、马融、左丘明、伏生、杨雄、郑玄等等，每人都有典故，注释都注释不过来。巴赞只有采取一个办法：删除。也许是无法弄懂曲牌名称，巴赞放弃了儒莲《赵氏孤儿》每首曲子前面都标明曲牌的办法，重新回到"他唱"的标注模式，因为单纯标出曲牌的汉字读音毫无意义。

巴赞更大的困难大概在于注释名词典故，因为他只能依靠当时可以得到的"巴氏字典"[8]和马礼逊（Robert Morrison, 1782-1834）《华英字典》，字典里没有的，他就无计可施。例如《货郎旦》卅场巴赞注释"货郎旦"一词说："货郎旦：这部戏的中文标题有些难解，字典里找不到'货郎'一词。通常错误地理解为一个品德暧昧、用唱曲谋生的女音乐家。'旦'是中国作家用来指代女性角色的名词之一，所以张玉娥在剧中每次上台都标作'外旦。"[9]巴赞说"通常错误地理解为……"，大概指他周围的汉学者从《货郎旦》剧情推测出来的含义，而他并不认可（事实上货郎只是一个挑着担了串街走巷唱小曲卖日用杂货的小贩）。但巴赞对于"旦"的理解有了进展，因此解释尚可（"货郎旦"即充作货郎的旦）。正是由于巴赞不理解"货郎旦"一词的含义，因而他无法知晓此剧的根基就建立在正旦张三姑唱【货郎儿】上，此剧的得名也在此，他于是删去了原作里的9支【转调货郎儿】曲词，只在括弧里写了一行字："张三姑唱了一首二十四联的哀歌，庄重而朴实地讲述了李彦和家的不幸，春郎怀着强烈的感情听了这首歌。"[10]《货郎旦》写的是李彦和一家受匪人迫害骨肉分

8　"巴氏字典"原指意大利传教士巴西里奥（Basile de Glemona, 1648-1704，汉名叶宗贤）以拉丁文释义的《汉字西译》（Dictionnaire Chinois-Latin）。后法国汉学家小德经受拿破仑命，在其抄本基础上略加补充，加上法文注释，出版为《汉、法、拉丁文字典》（*Dictionnaire chinois-francais et Latin*, Paris: De l'imprimerie Impériale, 1813），欧人仍称之为"巴氏字典"。

9　Antoine Bazin, *Théatre Chinois*, Paris: A L'Imprimerie Royale, 1838, p.259.

10　同上，p.314。

离的故事，后来儿子张春郎被别人养大做了官，他儿时的奶妈张三姑借卖艺唱九转【货郎儿】告知他身世，最终惩治恶人、一家团圆。因此，唱【货郎儿】是原作戏眼，删除难免失去剧名立意。

巴赞继承儒莲《灰阑记》的办法，在译本里力图为每一个演出场景标明地点。这是西方戏剧的标准做法，但却与戏曲舞台不合，因而引起许多矛盾。例如《㑳梅香》序幕第一场白敏中登场，巴赞标明地点为"白敏中家"，就过于想当然。因为白敏中说要到晋国公裴度家里去打探亲事，明显是行路之词，接着就来到了裴家。这是戏曲时空随意的表现手法，不能拘泥于某处。然后第二场是裴家一场戏，巴赞标明地点是"晋国公府"。但在第二幕开场时，巴赞又把同样的场景标为"韩夫人家"，韩夫人是晋国公遗孀，"韩夫人家"事实上就是"晋国公府"，标作两样容易让观众糊涂，也不符合欧洲剧本规范。第一幕第五场白敏中住地标作"晋家花园"，第三幕第一场同样地点又不标，待第二场樊素登场时，又标作"晋家花园"。又如《合汗衫》第四幕第一场标作"陈虎家"，第三场地点改为"窝弓峪隘口"不标，第五场陈虎在窝弓峪隘口经过时又标作"窝弓峪"。这些都是巴赞的疏漏。更有甚者，巴赞在《合汗衫》里硬要区分场景地点，造成了剧情的割裂。《合汗衫》第一折写开封马行街张员外在自家看街楼上望雪吃酒，看见附近旅店的店小二把不交房钱的陈虎赶到门外，冻饿将死，于是让儿子吩咐人去扶他过来烤火吃酒，救他一命。巴赞把张员外出场算作第一场，地点标明为"张家"；把店小二赶陈虎出门算作第二场，地点标明为"马行街旅馆"；把张员外吩咐下人扶陈虎来烤火吃酒算第三场，地点应该同第一场。于是，在戏曲舞台上简单的一个场景两处同台演出以及楼上楼下的表演，就被割裂成了三场转换地点的戏。而第二幕标明地点为"张家"，可是后来张义夫妇前去追赶儿子媳妇，台词里说追到了黄河岸边，事实上地点已经大转换了。《货郎旦》同样，如第二折写李彦和与张玉娥、张三姑、春郎逃难，走了一夜，来到洛河边。张玉娥的相好魏邦彦假扮艄公划船上来为他们摆渡，把李彦和推下水。这一切在戏曲舞台上都是虚拟的，而巴赞翻译时一定会觉得时空场景总是变来变去的，弄得不好处理，因此这一幕就没有标出地点。到了《窦娥冤》里，由于人物总是处在行进和环境变化中，因此基本上都不标示地点了，但在巴赞确认能够确定地点的地方，还是偶尔标出，例如第二幕第四场、第四幕标作"楚州法庭"，反而显得很突兀，而第三幕整个背景是对窦娥行刑的法场，却又没标示。事实上硬要用西方固定地点的演出模式来套戏曲场景，势必造成方枘圆凿现象，也给译者带来无限麻烦。站在中国立场上看，可以说巴赞的这种尝试是失败的。但是我们也要考虑到这种努力的成因，那就是面对西方观众和读者，译者试图弥缝文化沟壑，让其便于理解，或许有一定效果。（图六十四）

图六十四、明万历顾曲斋刊《古杂剧·㑇梅香》插图

巴赞的分场规则继承马若瑟和儒莲，但也没有全部贯穿。例如《㑇梅香》第三幕白敏中出场为第一场，樊素出场为第二场，但后面的小蛮上、韩夫人上却都没有再分场，打破了规则，也使得第三幕只有两场戏，而其中第二场戏格外的长。于是《㑇梅香》的分场十分不均匀，我们看到的是序幕 5 场、第一幕 5 场、第二幕 7 场、第三幕 2 场、第四幕 12 场。看来这是巴赞第一次翻译戏曲剧本，没能把握好。而事实上什么地方该分场、什么地方不该分场，从马若瑟到儒莲到巴赞都处理得不尽得心应手与自我统一。

巴赞的翻译也有错误和不尽胜意的地方。例如《窦娥冤》里的"赛卢医"是一个称呼词，本意为"赛扁鹊"（古代卢国名医扁鹊），巴赞音译作"Saï-lou"或"Docteur Saï-lou"，并把他自报家门的台词"自家姓卢，人道我一手好医，都叫做赛卢医"译作："我姓卢，是著名医生。世界上只有赛卢医生！"（Mon nom de famille est Lou; j'ai la réputation d'être un excellentmédecin. Il n'est question dans le monde que du docteur Saï-lou.）巴赞明显是把"赛卢"当作了这位医生的名字。又如《㑇梅香》开篇白敏中登场诗第一句："黄卷青灯一腐儒。"这是文人自夸饱读诗书语，但却用"腐儒"一词来自谦。巴赞在注文里译为："J'étudiais les livres à la lueur bleuâtre de ma lampe, pour devenir un lettré consommé."意思就成了："我在蓝色的灯光下读书，成为一个完美的文人。"两者相较，前者是典型的中国文人，说话转弯抹角，后者则是西方学者，说话直来直去。又如小蛮曾自言："我是一女子，不习女工，而读书若此，不为癖症乎？"她是在自诩爱读书。巴赞译作："Pourtant n'est-ce pas une espèce de démence de négliger les travaux de mon sexe pour me livrer sans partage à l'étude des livres?"（"然而，忽视我的女性工作，沉迷于读书，难道不是呆傻吗？"）意思变成了谴责自己读书，就背道而驰了，另外也曲解了"女工"一词的特殊含义。还有，第一折白敏中上场诗："寂寞琴书冷竹床，砚池春暖墨痕香。男儿未遂风流志，剔尽青灯苦夜长。"[11]巴赞翻译成：

> Dans cette solitude, où je vis avec ma guitare et mes livres, il me semble que le froid vient glacer mon lit de bambou. La chaleur du printemps développe le parfum de l'encre étendue sur la pierre à broyer. Quand un jeune homme n'a pas réalisé les veux de son coeur ardent et passionné, en coupant jusqu'au bout la mèche émoussée de sa lampe, il s'afflige de la longueur des nuits.[12]

> （吉他和书陪伴着我的寂寞，寒冷似乎要把我的竹床冻上，春天的温暖使磨石上的墨水散发出芳香。年轻人没有实现心里的炽热愿望，把灯芯剪完，他就为漫长的夜晚而悲伤。）

很明显，巴赞译文的文意有偷减也有暗增。原文"冷竹床"只是形容孤单吊影，用以状摹白敏中的形单影只，期盼有佳偶相遇，谈不到寒冷，况且理解为寒冷又与后句的春暖相抵触。后一句说的仍然是白敏中身边无偶，只能独守孤灯，巴赞完全没有理解原文的意思。另外他不了解油灯燃烧一段时间就要剔捻儿，即剔去一截枯捻儿才能更明亮，而译成了剪完灯芯，这是文化距离造成的误会可以理解。至于"寂寞琴书冷竹床，砚池春暖墨痕香"诗句里蕴含的美丽意象和雅致韵味，就无法期待译文传达了。由中也可以见出中国古典诗词翻

---

11 〔明〕臧懋循《元曲选》，北京：中华书局 1958 年版，第三册第 1148 页。

12 Antoine Bazin, *Théatre Chinois*, Paris: A L'Imprimerie Royale, 1838, p.18.

译确实难度极大，马若瑟所说译不出寓意是肺腑之言[13]。

对于西方人来说，中国戏曲里插科打诨的闹剧场景常常脱离了情境、徒增一段莫名其妙的插曲、干扰了主题表达，因而马若瑟、戴维斯、儒莲都会作出删减的处理，巴赞也不例外。例如《伱梅香》第四折大团圆时，有官媒婆在中间不断搅局，就被删去了胡搅蛮缠部分，其他各剧里的上下场诗也经常被删除。

但巴赞的一些内容误介之处也长期影响了后人。例如德国学者戈特沙尔（Rudolf von Gottschall, 1823-1909）曾在《中国戏曲和演剧》（*Das Theater und Drama der Chinesen*, 1887）一书里用很人篇幅来讨论《薛仁贵》，但他讨论的一个细节却受到巴赞介绍文字的误导。张士贵争夺薛仁贵的战功，英国公徐茂功令二人比箭以辨真假，薛仁贵射箭得胜，被加封天下兵马大元帅，张士贵遭贬为庶民。随后演薛仁贵醉酒做梦，返回家乡探望十年不见的父母，忽然张士贵奉圣旨带人前来，以私自还家罪名将其锁拿归朝，醒来却是南柯一梦。巴赞未细看做梦情节，把剧情直接说成了薛仁贵擅离职守还乡而遭捕，他甚至还在此处惊诧说：上一幕被流放的张士贵此时又回来执行任务，"真是令人难以置信！"[14]戈特沙尔于是据以抨击这个细节失真、仅仅是为了增加廉价效果而设置。他说："薛仁贵为什么没有假期？……一切都是为了一种廉价的效果。"[15]文字译介不准确带来的误解，令《薛仁贵》剧作被歪曲。再如巴赞把《来生债》里庞居士的姓氏译作龙（Long），使得戈特沙尔一直称之为龙先生（Herrn Long）。

二、巴赞译本《琵琶记》

《琵琶记》是元明南戏的代表作，选择对之进行翻译显示了巴赞的学术眼光与功力。由于篇幅冗长（42 出），相对于四折一楔子的元杂剧，其翻译与理解难度亦成倍增加。事实上，巴赞之后直至 19 世纪结束，也没有第二个西方人再次翻译宋元南戏或明清传奇全本，仅见到《琵琶记》的零星折出被译为拉丁文、英文等，致使巴赞的成果成为空谷足音。（图六十五）

---

13 参见 Sorel Desflottes, "Eassi sur le théâtre des Chinois", *Tchao-chi-Cou-Eulh, ou L'Orphelin de la Maison de Tchao*, traduite par le P. de Prémare, a Peking, 1755, pp.86-87.

14 Antoine Bazin, *Le Siècle des Youên, ou tableau historique de la littérature Chinoise depuis l'avènement des empereurs mongolsjusqu'à la restauration des Ming*, Paris: Imprimerie Nationale, 1850, p.215.

15 Rudolf von Gottschall, *Das Theater und Drama der Chinesen*, Breslau: Verlag von Eduard Trewendt, 1887, p.102.

图六十五、巴赞译本《琵琶记》书影，1841

巴赞译本《琵琶记》并没有完全按照原本回目顺序来译，而是有所调整和删节，毕竟他要考虑欧洲读者的接受。例如他把原来的第一出"副末开场"巧妙转换成导演与后台演员互动开场并介绍剧情，然后删除游离剧情的第二出"高堂称寿"，直接将第四出"蔡公逼试"作为第一场，将第三出"牛氏规奴"作为第二场。事实上巴赞把原本里的42出戏删除了16出，另将第十出"杏园春宴"删去，而将其中谈论御马一节加入第十二出"奉旨招婿"作为第七场，因而译本一共为25场戏。[16]巴赞不再像翻译元杂剧那样，按照人物上下场来划分场次，而与原来的分出保持了一致。每一出为一场，开场标出故事地点，例如"蔡员外家""牛丞相府"等等。由于《琵琶记》各出里的场景相对固定，因此巴赞标明场景没费什么力气。只有原第十出"杏园春宴"里有状元骑马游街的转场情形，巴赞将其删除。

巴赞的译曲进行了大量削减，只保留那些对接续故事情节有用的，一些纯粹抒情唱段就删除了。例如原第四出"蔡公逼试"开头曲【一剪梅】及后面蔡伯喈为了奉亲力辞朝廷辟召一段念白，都被删除，径从次曲【宜春令】开始。【一剪梅】曲词确实有些文字游戏的味道，内容又与念白重复："浪暖桃香欲化鱼，期逼春闱，诏赴春闱。郡中空有辟贤书，心恋亲闱，难舍亲闱。"[17]其中掌故、暗典很难理解和翻译，例如汉代郡县征辟贤士、唐代以后朝廷春天开科

---

16 参见李声凤《中国戏曲在法国的翻译与接受》附录四"大巴赞《琵琶记》译本与中文原作回目对应表"，北京大学出版社2015年版第195、196页。

17 钱南扬《元本琵琶记校注》，上海古籍出版社1980年版，第26页。

考试、考中者即为鱼龙之化等等，内蕴复杂，巴赞一删了之。但【宜春令】同样有出典，巴赞翻译时有的译对了，有的就误解了。

原文：

> 虽然读万卷书，论功名非吾意儿。只愁亲老，梦魂不到春闱里。便教我做到九棘三槐，怎撇得萱花椿树。我这衷肠一点孝心，对谁人语？[18]

回译文：

> 我研究了所有的东西，我读过的书加起来有十英里长。但是名声、荣耀，哦！我从没想过。如果有一件事让我难过的话，那就是看到我的父母开始衰老。我在哪里能找到菖兰花？谁能为我找到椿树和檀树？（原注：根据诗人和神话学家的说法，菖兰花具有提振生命的美德。椿树和檀树属于中国人称之为借用或隐喻一类的物象，这里指的是父母。）

译文：

> J'ai tout étudié; les livres que j'ai lus ne formeraient pas moins de dix milte cahiers; mais courir après la réputation, les faveurs, oh! je n'y ai jamais songé. Si je m'afflige d'une chose, c'est de voir que mon père et ma mère commencent à pencher vers le déclin de l'âge. Où trouverai-je des fleurs de glaïeul? Qui découvrira pour moi l'arbre Tchun et l'arbre Hiouen? (Fleurs qui, suivant les poëtes et les mythologues, ont la vertu de rappeler à la vie. Les caractères tchun et hiouen sont de la classe de ceux que les Chinois appellent empruntés ou métaphoriques, et désignent ici le père et la mère.) [19]

认识到椿树和檀树指代父母是正确的，但"撇不下父母"的意思没译出来，而把指代三公九卿的"三棘九槐"译作提振生命美德的花就错了。后面点题的"一点孝心"没有译，失去题旨。实际上【一剪梅】【宜春令】两曲强调的都是蔡伯喈因为父母年老不忍离家去参加科举考试，这一点巴赞忽略了。

巴赞按照欧洲剧本习惯，在译本里增添了不少人物心理说明，放在括弧里。例如上面蔡伯喈唱完【宜春令】后，巴赞增添说明语："他看起来很激动。"

---

18 同上，第 26 页。

19 *Le pi-pa-ki*, traduit sur le texte original par M. Bazin Aîné, Paris: L'imprimerie Royale, 1841, pp.27-28.

（Il paraît dans une grande agitation）[20]同场还有"带着悲伤""困惑的表情""愤怒的语气""保持平静"等等指示词。这类由编剧安排的剧本提示在戏曲里是没有的，戏曲全靠演员对上下文关系的理解和人物心理的感悟来表演。巴赞根据自己的理解将提示词加上，以引导西方读者读解，可谓用心良苦。

三、巴赞戏曲译本的欧洲回响

巴赞翻译戏曲的努力很快有了回响。《中国戏剧选》出版当年，法国史学家、文学评论家，被誉为法国比较文学之父的小安培（Jean-Jacques Ampère, 1800-1864），就在《两大陆评论》（*Revue des Deux Mondes*）第 4 系列第 15 卷发表长达 34 页的文章《中国戏剧》（*Du Théâtre chinois*），站在当时可以见到的 8 部元杂剧译作[21]的基点上，论述了中国戏曲，同时对于刚刚出版的巴赞四部作品也仔细做了评析。随后法国评论家马念（Charles Magnin, 1793-1882）在巴黎《学术杂志》（*Journal des savants*）1842 年 5 月号、10 月号和 1843 年 1 月号上分期发表《中国戏剧》（*Théâtre Chinois*）长文，其前面的提示词明确标示这篇文章是为巴赞《中国戏剧选》和《琵琶记》出版而发。

巴赞的戏曲译本受到欧洲好评，19 世纪西方汉学家和有关人士读过的人很多，经常能够见到他们对其中剧情和人物发表见解。例如法国学者慕理耶（Louis Athénaïs Mourier, 1815-1889）曾论及《㑇梅香》说："……这种情境、场景和性格表明，除了制度和自然状况不同，任何地方的人心都一样。《㑇梅香》的作者郑德辉（Ching Te Hoei）并不比《爱情的怨恨》（*Dépit amoureux*）的作者莫里哀更像中国人。樊素也和她的姐妹玛丽内特（Marinette）这位法国侍女一样诡计多端，同样一边帮助一对情侣一边又在捉弄他们。"[22]其中中欧戏剧的相似性是激起好奇心的重要原因。又如他指出"《琵琶记》是已知中国戏剧里最重要的一个"，"我们并不惊讶许多评论家在谈论《琵琶记》时，都把它描述为中国戏剧里最突出、最哀婉动人的作品。"[23]

---

20 同上，p.28。

21 小安培文章里所说的 8 部元杂剧作品，指马若瑟《赵氏孤儿》（1735）、戴维斯《老生儿》（1817）《汉宫秋》（1829）、儒莲《灰阑记》（1832）、巴赞《合汗衫》《货郎担》《窦娥冤》《㑇梅香》（1838）。事实上小安培还评论了儒莲为诺代《普劳图斯戏剧集》提供的《看钱奴》（1833）故事梗概和片段译文。

22 Mourier, "Un chef-d'oeuvre du Théâtre chinois", *Revue de Paris*, nouvelle série, année 1843, Tome dix-neuvième, p.264.

23 Mourier, "Un chef-d'oeuvre du Théâtre chinois", *Revue de Paris*, nouvelle série, année 1843, Tome dix-neuvième, pp.264, 269.

但马念对于巴赞翻译《琵琶记》时的删减提出了严厉批评,指出这个在翻译《中国戏剧选》时曾经极其准确严格的人,现在却放任了自己。他说:"我们希望从中国戏剧和小说的译者那里得到的,不是他按照欧洲艺术的规律重塑这些作品,而是应该遵照它们的体例、在必要时甚至按照它们的自然畸形来展示它们。"[24]所谓"自然畸形",指的是《琵琶记》毛声山评语里说的:"人以《西厢》之十六折为少,而欲续之;以《琵琶》之四十二出为多,而欲删之。夫诚知《西厢》之不必续,则知《琵琶》之不可删矣。凫胫虽短,续之则伤;鹤颈虽长,断之则悲。"[25]不能因为鹤的脖子太长就把它截短,同样也不能因为《琵琶记》的场次太多就将其删减。

巴赞译作成为 19 世纪西方人了解中国戏曲的重要窗口,西方批评家和史家都从巴赞译本出发来品评中国戏曲的内容与文学成就,一些西方戏剧史著也开始把中国戏曲列为人类戏剧样式之一来进行系统研究,例如法国梅里尔(Edélestand Du Méril)《喜剧史》(*Histoire de la comédie*, 1864)、德国克莱因(Julius Leopold Klein, 1810-1876)《戏剧史》(*Geschichte des Drama's*)、法国罗耶(Alphonse Royer)《世界戏剧史》(*Histoire universelle du théâtre*, 1869)、丹麦曼奇乌斯(Karl Mantzius, 1860-1921)《古今戏剧艺术史》(*A History of Theatrical Art, In Ancient and Modern Times*, 1903)等等皆如此,德国学者戈特沙尔甚至写出了首部《中国戏曲及演剧》专著,里面以巴赞译本为基础分析了59 个元杂剧剧目和《琵琶记》。小安培由此热情赞扬了巴赞专注于戏曲翻译的成绩,他说:"在我看来,巴赞先生必须完成一项他光荣开始的任务……(巴赞)致力于戏剧研究,现在他掌握了中国文学的这一重要部分。让他从一开始就专注并快乐,让他从他刚刚向我们展示的 100 件藏品以及我们拥有的其他藏品中挑选出最有趣的,让他对那些他没有翻译的藏品作一个详细和明智的分析——他将把他的名字镌刻到一项广泛而有用的工作上,这项工作肯定会赢得公众的支持,并鼓励他掌握它。"[26]或许正是小安培这样的权威批评家的热情鼓励和称赞,才使得巴赞把戏曲译介工作长期坚持下去,做成了一生的事业。

---

24 Charles Magnin, "Théâtre Chinois", *Journal des savants*, Janvier 1843, p.39.

25 毛声山《第七才子书总论》,《声山先生原评绣像第七才子书》卷首。郭英德、李志远《明清戏曲序跋纂笺》,北京:人民文学出版社 2021 年版,第 1 册第 91 页。

26 Jean-Jacques Ampère, "Du Théâtre chinois", *Revue des Deux Mondes*, quatrième série, tome xv, 1838, p.762.

拾参、西方早期中国戏曲研究的集大成者：巴赞

内容提要：

　　19 世纪的西方汉学家里，巴赞是研究中国戏曲成绩最为引人瞩目者，他翻译了最多的戏曲剧本，并对戏曲历史和体制进行了系统研究。巴赞的元杂剧研究使西方得以了解其完整面貌及内涵，巴赞对于《西厢记》《琵琶记》的推崇与介绍使这两部戏曲杰作扩大了在西方的影响力，巴赞对于戏曲历史、体制与内容的探讨与把握，直接构筑和丰满了 19 世纪西方对于中国戏曲的认识框架。

关键词： 巴赞　元杂剧研究　《琵琶记》研究　戏曲史研究

　　与此前的偶一为之不同，19 世纪西方汉学家开始对中国戏剧进行专业研究，其中成绩最为引人瞩目者为法国学者巴赞（Antoine Bazin, 1799-1863）。巴赞是法兰西学院汉学大师儒莲（Stanislas Julien, 1797-1873）的得意弟子，继承了儒莲戏曲翻译的兴趣与方法，但他的戏曲译介数量远远超过儒莲。巴赞不像儒莲那样兴趣广泛四处出击，而将研究精力主要集中于中国戏剧，致使他对戏曲历史与体制的知识钻研和钻进深度也远远超越了儒莲。由此，巴赞不但翻译了最多的戏曲剧本，而且在元杂剧研究、《琵琶记》研究、戏曲史研究各个方面都取得了突出成就。可以说，20 世纪前西方对于中国戏曲的知识框架里，巴赞提供的成果占据了最大的比重。

一、巴赞的元杂剧研究

　　巴赞首先对元杂剧进行了整体研究。他对元杂剧作家和作品重要性的判定，主要依据臧懋循《元曲选》前面"元曲论"里收录的元杂剧作家和剧目的

排序，巴赞自己曾讲到这个排序："我们认为这些作者的姓名及剧目并不是编者随意开列在这里的。事实上，马致远的名字排在最前面，他是《汉宫秋》的作者，而这部作品的戏剧性在欧洲所知的四部剧作中是最强的，也排在最前面。因此我们可以假设马致远在元代剧作家中居于首位。编者把他排在第一，可能是因为他的作品比其他人更富想象力和深度。"[1]万历年间臧懋循所列元杂剧作家与剧目，主要在明初洪武三十一年（1398）成书的朱权《太和正音谱》"群英所编杂剧"基础上调整增减而成。例如作家排序略有不同，举前 10 人为例：

朱　　权：马致远、费唐臣、王实甫、宫大用、关汉卿、白仁甫、乔梦符、尚仲贤、庾吉甫、高文秀

臧晋叔：马致远、王实甫、关汉卿、白仁甫、乔梦符、费唐臣、宫大用、尚仲贤、庾吉甫、高文秀

很明显，臧懋循把朱权列在第二位的费唐臣和第四位的宫大用后拉了，而把关汉卿、白仁甫和乔梦符提前，这种排序更为符合诸人剧作的实际成就与影响力。作为藩王的朱权排序更多考虑的是曲词的文学品位，其标准打有鲜明的贵族色彩，而将剧作内容和民间上演效果放在其次。例如他品评费唐臣、宫大用、关汉卿说："费唐臣之词如三峡波涛"、"宫大用之词如西风雕鹗"、"关汉卿之词如琼筵醉客"[2]，十分明显在抑关而扬费、宫。到了万历时期，元杂剧作家和作品已经在民间流传了 200 多年，历史的淘洗早已分出高下，关汉卿的地位不容贬抑，而费唐臣、宫大用就自然下沉了。臧懋循是万历戏曲名家，自己也创作戏曲，具有极高的鉴赏力，他自然不满意朱权的论断，而依据自己心得与万历水准来判定元杂剧的高下。例如他调整了一些作者的首部作品：马致远《汉宫秋》（朱权排《误人桃园》）、关汉卿《救风尘》（朱权排《哭香囊》）、尚仲贤《柳毅传书》（朱权排《秉烛旦》）、纪君祥《赵氏孤儿》（朱权排《韩退之》）、郑光祖《㑇梅香》（朱权排《细柳营》）等等。臧懋循排定的各人首部作品，确实都为其最有影响的代表作。巴赞幸运地得到了《元曲选》，也幸运地得到了臧懋循而不是朱权的排序，又凭借他的细心发现了每位作者的首部作品一般是最有价值的，自然为他理解和接近元杂剧打开了一扇方便的大门。

1　Antoine Bazin, "Note du traducteur", *Nouveau Journal Asiatique*, tome xv, Février, 1835, pp.175-176.

2　〔明〕朱权《太和正音谱》，中国戏曲研究院编《中国古典戏曲论著集成》，北京：中国戏剧出版社 1959 年版，第三册第 17 页。

　　由巴赞所说马致远《汉宫秋》的"戏剧性在欧洲所知的四部剧作中是最强的"，可以看出他评价戏剧作品的首要标准为"戏剧性"，即由人物性格、心理活动和戏剧冲突所构成的戏剧内在张力，这也是欧洲普遍的戏剧标准，由此可以见出欧洲人对于戏曲作品艺术性的基本着眼点，它与中国人强调唱词的抒情性和达意性是有距离的（戏曲曲词表现人物心理活动的生动细致欧洲人较难体会到）。至于说"欧洲所知的四部剧作"，指的是 1735 年马若瑟（Joseph de Prémare, 1666-1736）出版 1834 年儒莲（Stanislas Aignan Julien, 1797-1873）再译的《赵氏孤儿》、戴维斯（John F. Davis，1795-1890，旧译德庇时）1819 年翻译出版的《老生儿》与 1829 年翻译出版的《汉宫秋》、儒莲 1832 年翻译出版的《灰阑记》，巴赞自己刚刚连载完毕的《㑇梅香》没有计算在内。

　　巴赞还高度评价了《西厢记》的艺术成就。他在《元朝的世纪》一书里说："最引人注目的是抒情诗的代表作《西厢记》。中国从未有过比这更真实、更辉煌的成功！它配得上优雅的语言、生动的对话，以及所有评论家所说的诗句的魅力与和谐。"[3]巴赞对于《西厢记》语言的特别赞誉自然是受到了清代文评家毛声山序言的影响，但同时他也认可其他元杂剧作家的戏剧价值，他接着说："必须承认的是，虽然王实甫作为一个诗人，确实比元朝的所有作家都要优秀，但这些作家仍然是非常值得尊敬的，表现出了更大的戏剧力量。"[4]巴赞仍然保持着他的戏剧中心论立场。

　　巴赞比他的老师儒莲的认识前进了一步的是，他仔细研究了元杂剧脚色的行当划分，虽然与马若瑟一样，他仍然把它们与南戏脚色搞混了。他说："中国戏剧剧本里，所有人物都用脚色名称来标识，这与我们早期戏剧里区分为年轻主角（jeunes premiers）、贵族父亲、第一丑角（premiers comiques）、第二丑角（seconds comiques）大致相同。这些名称可分为一般性和特殊性两种。一般性名称有六个：1.末（Mo），2.净（Tseng）、3.生（Tseng）、4.旦（Tan）、5.丑（Tcheou）、6.外（Ouaï）。特殊性名称要多得多，根据人物所扮演角色和性别的不同而变化。"[5]于是巴赞举例介绍了元杂剧男女脚色正末（Tching-Mo）、副末（Fou-Mo）、冲末（Thong-Mo）、小末（Siao-Mo）、外（Ouaï）、孛老（Peï-

---

3　Antoine Bazin, *Le Siècle des Youên, ou tableau historique de la littérature Chinoise depuis l'avènement des empereurs mongols jusqu'à la restauration des Ming*, Paris: Imprimerie Nationale, 1850, p.176.

4　同上。

5　同上，p.XIV。

lao)、邦老（Pang-Lao）和正旦（Tching-Tan）、老旦（Lao-Tan）、小旦（Siao-Tan）、旦儿（Tan-Eue）、搽旦（Tcha-Tan）、外旦（Ouaï-Tan）、卜儿（Po-Eul）以及净（Tseng）、丑（Tcheou）、魂（Hoen）等等的扮演情形。例如："正末，主要男性人物，主角。如《汉宫秋》中的汉元帝，《合汗衫》中的张义。正旦，主要女性人物，主角。如《㑩梅香》中的樊素，《窦娥冤》中的窦娥。"[6]巴赞指出："男女人物都来自中国社会的各个阶层。舞台上有皇帝、平民、军人、医生、农夫、船夫、工匠和妓女，甚至还有仙子和仙女。"[7]但是巴赞的举例里面并没有"生"，看来巴赞是从他接触到的南戏剧本如《琵琶记》里提取了"生"的脚色加入了元杂剧的行当体系，因为"生"在《琵琶记》里扮演男主角蔡邕，其地位如此重要。但不幸的是，巴赞不像马若瑟、戴维斯可以直接看到舞台情形，他并不知道元杂剧与南戏属于两种脚色系统，有着不同的脚色区分，即：元杂剧分为正旦、正末和其他外脚，南戏分为生、旦、净、末、丑、外、贴。他更不知道从元代到明清戏曲的脚色行当已经发生了变化，因而留下这个混杂的体系介绍。

巴赞注意到了元杂剧歌唱者的功能。他说："对中国人来说，将道德效用确立为戏剧表演的目的是不够的，他们还必须设计出实现这一目的的方法。因此，歌唱者发挥作用是中国戏剧区别于其他戏剧样式的基本特征（这是一种令人钦佩的艺术观念）。在乐队的伴奏下，歌唱者用抒情的、形象的、华丽的语言唱歌，就像希腊戏剧的歌队一样，是诗人和观众的媒介。不同的是，他并不停留在行动之外，相反，他是剧中的主角，每当事件发生、灾难爆发，他都在舞台上，让观众痛苦地流泪。"[8]这是马若瑟之后西方学者第一次全面揭示戏曲的歌唱特征和作用，并以之与古希腊戏剧相比较。巴赞独具慧眼地注意到了戏曲曲词的代入性：它并不像古希腊歌队那样游离于剧情之外、只参与情绪与氛围的烘托，它直接参与剧情构设和人物心理刻画，是剧中主人公体现自身情感的最重要手段。

巴赞对于元杂剧人物个性化的语言高度赞赏。他说："已经有人认识到戏剧作品必须提供所有形式的语言，这是千真万确的……一般来说，中国戏剧中的人物按照他们的年龄和社会地位说话。穿着合身长袍的老张义（《合汗衫》）

6　同上，pp.XIV-XVII。

7　同上，p.XVIII。

8　同上，pp.XXX-XXXI。

总是用动人的严肃感来表达自己，而《㑇梅香》里那对情人的话，却把他们的情感描绘得十分东方化。"[9]为说明问题，巴赞具体举例说，《㑇梅香》的人物语言出现了"四种不同的风格：小姐裴小蛮背诵的那一段'我想河出图，洛出书……'用的是古文（kou-wen），小蛮和樊素的对话是'半文半俗'（pan-wen-pan-sou），樊素唱的曲词'摇叮咚玉声……'是不规则的押韵诗，而小姐的回答则用日常风格（style faiermil）。然而戏剧中最常见的对话部分通常是口语，只有现代剧特别是喜剧俗剧才使用乡谈（hiang-tan）（即方言——笔者）"[10]。这种元杂剧语言审美分析，在西方也是头一次，当然举例不尽妥帖，上述所谓四种风格的区分，有的是由元杂剧的唱白体例而非人物语言造成。巴赞由此得出结论说："从这部元剧代表作我们看到，中国人已经意识到了后来西班牙的维加《论戏剧新艺术》里所讲的道理：'当讨论家庭事务时，模仿两三个人的对话，不要添加严肃的思考和精心设计的俏皮话。但当你描写一个对别人进行规劝、谏阻的人物时，就应该有名言隽语。这样你就可以接近真实，因为一个人在提出忠告时，他会使用不同的语调，使用比平日闲谈更严肃认真的措辞。'他是对的。"[11]举出维加的戏剧名言来印证元杂剧的语言水准，巴赞找到了一个很好的参照物。

巴赞还探讨了元杂剧的官话和方言运用、诗体与白话的组合、四折一楔子的结构等等，这些都构成了戏曲史的专门知识。他甚至探讨了中国戏曲与印度戏剧的特征区别。自 1789 年英国东方学家琼斯译出梵剧名著《沙恭达罗》以来，欧洲的印度梵剧研究取得了进展。针对当时一种说法：中国戏曲来自印度梵剧，巴赞做出了自己的比较和判断。他说："印度戏剧和中国戏剧的特征有着显著区别。"[12]他认为，印度戏剧人物的个性以等级制为前提，中国戏剧人物的个性是自由发展的，两者的基点不同。

当然，汉语翻译仍然是横亘在巴赞面前的拦路虎，在音译元杂剧作家姓名时，巴赞透露出一些汉字的读音错误。例如庾吉甫音译作 Keng-kao-fou，明显念作了"庚告甫"[13]；李直夫译作 Li-tchi-tien，明显念作了"李直天"；沈和甫

---

9 Antoine Bazin, *Théatre Chinois*, Paris: A L'Imprimerie Royale, 1838, pp.XXXIV-XXXV.
10 同上，pp.XXXV。
11 同上，pp.XXXI-XXXII。
12 同上，pp.XVIII-XIX。
13 这个错误被巴赞在《琵琶记》译本里沿用。（*Le pi-pa-ki*, traduit sur le texte original par M. Bazin Aîné, Paris: L'imprimerie Royale, 1841, p.6.）

译作 Tao-ho-fou，鲍吉甫译作 Pao-kao-fou，柯丹丘译作 Ko-tan-ping，张国瑶译作 Tchang koue-pao，都有误读字。另外，巴赞把《元曲选》前面"涵虚子论曲"里的"娼夫"一词译作 Courtisane（妓女）[14]，于是 4 位"娼夫"剧作家张国宾等就被错误地归类为女作家，这导致后来马念、卫三畏（Samuel Wells Williams, 1812-1884）一直到戈特沙尔（Rudolf von Gottschall, 1823-1909）、布罗齐（Antonio Paglicci-Brozzi）等人的错误理解，甚至 1878 年第 9 版《大英百科全书》都承袭了这种说法，造成了 19 世纪西方的一个长期误解。

二、巴赞对《琵琶记》的推崇

巴赞极为推崇《琵琶记》的艺术成就。他从毛声山评点《第七才子书琵琶记》序言里得知，"这部著名剧作，今天引出了如此多的眼泪！在当前的大清（Thaï-thsing）统治下，这部作品被认为有益于道德风化，并被视为中国戏剧的杰作。"[15]清初盛行"十大才子书"的说法，一定对巴赞有重要影响。其中两部戏曲作品，儒莲已经在着手翻译《西厢记》，而译过 4 部元杂剧的巴赞于是对《琵琶记》跃跃欲试。他因而进行了阅读，感受到了《琵琶记》不同凡响的创作水准，他说："描绘《琵琶记》人物的作者绝非俗手。《琵琶记》是那些标志着文学水准并使文学受到尊重的作品之一。高东嘉有着纯真、才思、悟性和吸引力……高东嘉比他之前的剧作家更感兴趣的是对事实的叙述和事件的多样性，以及故事的长处和独特的美。每个角色都有自己的性格区别。"[16]巴赞因而称赞《琵琶记》是"中国最美丽的戏剧丰碑"[17]，而且认为与《西厢记》比，"《琵琶记》的优越性是毋庸置疑的"[18]。他甚至采纳了毛声山的说法，将《西厢记》比作《诗经》里的"风"、《琵琶记》比作《诗经》里的"雅"："《琵琶记》甚至有两种优势：情感优势和风格优势。这两部戏剧的区别就像'国风'（《诗经》第一部分）和'小雅'（《诗经》第二部分）的区别。《西厢记》的情节围绕着风花雪月展开，而《琵琶记》里人们只谈论正义和孝道。《西厢记》

---

14 Antoine Bazin, *Théatre Chinois*, Paris: A L'Imprimerie Royale, 1838, p.LXIII. 后来在《元朝的世纪》一书里，巴赞又强调了张国宾等四位"娼夫"剧作家为妓女。（Antoine Bazin, *Le Siècle des Youên*, Paris: Imprimerie Nationale, 1850, pp.364-366.）

15 *Le pi-pa-ki*, traduit sur le texte original par M. Bazin Aîné, Paris: L'imprimerie Royale, 1841, p.vii.

16 同上，pp.x, xi-xii。

17 同上，p.xx。

18 同上，p.14。

很容易模仿，《琵琶记》却很难模仿。《琵琶记》一直被认为是对道德最有用的作品，尽管如此，今天的人仍然不断地重读《西厢记》，而几乎不愿意读《琵琶记》，或者读了也不像对待一节好课那样去认真思考它。"[19]看得出来，巴赞对《琵琶记》的道德劝善功能推崇备至，认为它远高于《西厢记》的风花雪月，而对于《西厢记》的流行超过《琵琶记》颇有微词。巴赞尤其赞赏赵五娘"乞丐寻夫"一场戏[20]，他通过一个虚拟文人的嘴说："在我看来，最悲惨的是第十九场。赵五娘的独白是一段风格鲜明的文字。她的孝道多么动情、多么感人啊！在这美丽的段落中，每一个字都是一滴眼泪，每一滴眼泪都是一颗珍珠。"[21]巴赞甚至强调："读高东嘉的《琵琶记》而不流泪的人，是一个从未爱过父母的人。"[22]当然，巴赞也指出《琵琶记》有它的缺点，例如里面的怨恨太多，他也同意中国文人指出的一个细节瑕疵：蔡邕见到拐儿假冒蔡公的信竟然认不出是否父亲笔迹。

　　巴赞对于《琵琶记》有着如此高的评价，因而当他在《元曲选》前面附录的涵虚子元杂剧目录里找不到《琵琶记》时，就误以为人们是在故意贬抑它。他说："我翻阅了涵虚子目录……看到从（马）东篱到最后一位剧作家的名单，总共187位。那么，为什么《琵琶记》的作者没有出现在这个目录上？当时是否有人不承认东嘉的功绩？这是肯定的，涵虚子目录（不收）就证明了这一点。大约三百年前，毛子（声山）出版了《琵琶记》，对其进行了权威性的评论，并称这部历史剧为'第七才子书'。东嘉的声誉归功于毛子。"[23]由此，巴赞自认为翻译《琵琶记》又增添了一重道义感，尽管他试图从元杂剧目录里寻找南戏《琵琶记》是路径错误。这也可以看出尽管巴赞翻译了西方第一个南戏剧本，

19　同上，p.15。清刊《声山先生原评绣像第七才子书》卷首自序说："王实甫之《西厢》，其'好色而不淫'者乎？高东嘉之《琵琶》，其'怨悱而不乱'者乎？《西厢》近于'风'，而《琵琶》近于'雅'，'雅'视'风'而加醇焉。"（郭英德、李志远《明清戏曲序跋纂笺》，北京：人民文学出版社2021年版，第一册第72页。）

20　原剧为第二十九出。巴赞译本改作第十九场。

21　*Le pi-pa-ki*, traduit sur le texte original par M. Bazin Aîné, Paris: L'imprimerie Royale, 1841, p.17.

22　同上，p.18。

23　同上，p.9。巴赞这一段议论来自清刊《声山先生原评绣像第七才子书》尤侗序："吾观涵虚子论列元词，自马东篱以下一百八十七人，而东嘉无称焉。岂东嘉之才，当时有未之或知者乎？三百余年毛子出而表章之，而'第七才子'之名始著，则又东嘉之幸也！"（郭英德、李志远《明清戏曲序跋纂笺》，北京：人民文学出版社2021年版，第一册第76页。）

但他实际上对于元杂剧与南戏的区别认知还是模糊的。

巴赞在《元曲选》之外选择了翻译《琵琶记》，还有其他的特别考虑。首先他认为："通过对《琵琶记》的翻译，可以看出中国戏曲艺术在 14 世纪至 15 世纪的百年发展历程。到目前为止，所有翻译剧本都是从元人的剧目中提取出来的，属于 12 世纪末，《琵琶记》则创作于 15 世纪初的明朝。因此，无论把《赵氏孤儿》《汉宫秋》还是《窦娥冤》与《琵琶记》进行比较，我们都会看到进展。"[24]深入研究了元杂剧的巴赞，当然知道当下元杂剧已经不能演出的事实，他希望能够观察到元杂剧之后的戏曲发展。尽管巴赞依据《琵琶记》序言误以为它是 15 世纪初的作品（事实上要提前到 14 世纪中叶的元末），认为南戏《琵琶记》的体制与元杂剧不同是时代演变的结果（事实上早于元杂剧而产生的南戏最初即奠定了另外一套演出体制），但他感觉到了《琵琶记》所反映的戏曲体制的不同，认为应该翻译出来提供给欧洲读者。

其次巴赞认识到："通过《琵琶记》，我们可以非常准确地了解中国人的风俗习惯、宗教和哲学思想的变化……《琵琶记》代表了 15 世纪初的中国习俗。亚洲文明史上也许没有什么能像《琵琶记》追溯人们的行为那样值得历史学家和哲学家关注。"[25]巴赞明显感觉到了《琵琶记》所反映的社会生活和思想观念与元杂剧的差别，他认为应该对之进行开掘。

其三巴赞事实上还对《琵琶记》里的众多序跋感兴趣。他说"我研究过的一个版本的《琵琶记》里，包含了不少于 14 个序言"[26]，他从中看到了"康熙（Khang-hi）统治时期批评艺术的进步"，看到了"一类戏剧批评"，"不再像哲学家朱熹（Tchou-hi）那样混淆艺术规则和道德信条"，也"并不像宋代学者那样只针对古代作家，而是针对现代作家，特别是戏剧家进行研究。他们收集未出版的戏剧作品、旧手稿或整理藏品，编制目录和索引，发表戏剧论文，试图清点每个剧作家的作品"[27]。巴赞敏锐感受到了明末清初毛声山等新型评点派批评家群体的存在，他因而特意将他们的一些观点编译出来作为参考。这些，共同形成巴赞翻译《琵琶记》的促动因素。巴赞《琵琶记》译者序里还提到，他本可以选择一部时代更近的戏曲作品翻译的，但一方面名作很少，另外也为了避免掺杂了欧洲影响（例如基督教文化）的作品阑入，他没有那么做。

---

24 同上，p.xi。
25 同上，pp.xiv, xv。
26 同上，p.viii。
27 同上，pp.xiii, xiv。

28

在译本序的后面，巴赞选用了《琵琶记》毛声山和他人原序里的一些材料，加上自己的理解发挥，编写了一个序言放在译本之前，名之为"中文编辑和一个年轻文人之间的对话"。序言采用对话体，明显受到《绣像第七才子书》康熙四年（1665）尤侗序的启发。尤侗序即用客问方式进行，而且开头一段就被巴赞当作第一段。但这篇对话不完全来自原序译文，一些是巴赞的体会。其中谈论和评价了中国才子高东嘉（则诚）的作品《琵琶记》，认为它的价值高于《西厢记》。（图六｜六）

图六十六、毛声山评本《第七才子书琵琶记》书影

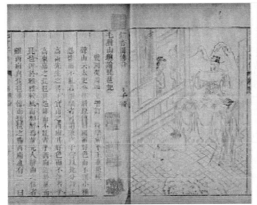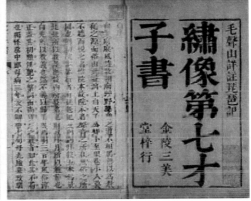

三、巴赞的中国戏曲史研究

巴赞的中国戏曲史研究心得，主要体现在他的《中国戏剧选》导言（1838）里，以及一些戏曲译作的序言和其他著作里，包括《㑇梅香》译者前言（1834）、《琵琶记》译者序（1841）和《元朝的世纪》（1850）、《现代中国》[29]（1853）等。应该说，巴赞是19世纪西方对戏曲认识最深入、最全面的学者，他的欠缺在于未能接触到当时戏曲的真实舞台演出，因而其戏曲知识是书斋式的。

在 1838 年出版的《中国戏剧选》前面，巴赞撰写了一篇 54 页的长篇导言，又把他翻译的《元曲选》前面收录的元代"天台陶九成论曲"一段文字和

---

28 同上，pp.xiv, xv。

29 Antoine Bazin, *Chine Moderne ou Description, Historique, Géographiquel et Littéraire de ce Vaste Empire, D'après des Documents Chinois*, Paris: Fibmin Didot Frères, Éditeurs, 1853. 按：《现代中国》分为上下两卷，上卷作者为鲍吉耶（Guillaume Pauthier, 1801-1873），巴赞负责撰写此书第二卷"文学"部分，主要介绍戏曲小说等通俗文学作品。

明代"涵虚子论曲"里的"杂剧十二科",以及他开列的元杂剧作家姓名表放在导言后面作为参考。看得出来,巴赞受到马礼逊的启发,对《元曲选》前面的系列序跋文字下功夫进行了解读,虽然也仅读解了部分,但却是极其重要的部分,推进了对戏曲历史进程的认识。导言里,巴赞依据陶宗仪的说法,归纳与辨识了前面传教士的众多见解,加上自己的钻研心得,试图理清截止到元代的戏曲发展脉络,并重点研究了元杂剧的体制和内容,这在西方还是第一次尝试。

巴赞不赞成传教士尤其索引派的耶稣会士把中国戏曲史一直上溯到商周时期的做法,例如韩国英依据商汤禁优的历史记载,认为殷商时期就有戏剧演出。巴赞指名反驳韩国英的说法,认为上古时期中国虽然有哑剧和舞蹈一类演出,但不等于戏剧已经形成。他说:"唐玄宗之前中国同世界各国一样,就已经有游戏和聚会、舞蹈和哑剧。但是,这些娱乐活动与戏剧演出没有任何共同之处。"[30]他指出,这是由于对先秦史籍中出现的词汇"优人"的理解和解释不同造成的,优人的出现不等于戏剧成熟。他说:"造成误解的原因是,赛博特神父(P. Cibot,即韩国英——笔者)错误地把中国古代的舞蹈、哑剧等同于'传奇'(Tchhouen Khi)'戏曲'(Hi-Khlo)'杂剧'(Tsa-ki)等正规戏剧。或者说得更准确一些,是因为传教士(如果允许批评那些曾为科学和人类作出如此多贡献的人)对同一个词'优人'(Yeou-jin)有着不同的翻译方法。这个词实际上是指'喜剧演员',不过在唐前作家的文章里,它还指街头艺人或舞蹈、哑剧中的下层演员。"[31]巴赞认为真正的戏剧产生在唐代,以"传奇"为表征(把"传奇"理解为剧本自然是一个误解),断言"中国戏剧演出的起始时间不会早过公元 8 世纪。"[32]但是巴赞也从传教士翻译的先秦古籍里梳理了中国乐舞表演向戏曲发展的脉络:舜命夔执掌乐舞、周代宫廷祭祀乐舞《大武》包含有一定的哑剧因素等。

巴赞把戏曲发展史归纳为三个阶段:唐、宋、金元,明以后未论。他接受当时中国士大夫的一般看法,把戏曲的成熟归因于唐玄宗的爱好戏剧和懂音乐,在西方第一次指出:"戏剧的诞生依赖于中国音乐体制的变革,而变革归因于天才的玄宗(Hiouen tsong),因为他创建了一所皇家音乐学院,并亲自指

---

30 Antoine Bazin, *Théatre Chinois*, Paris: A L'Imprimerie Royale, 1838, p.VII.

31 同上,p.XIII。

32 同上,p.XI。

导。"[33]继而依据元人陶宗仪的说法，认为宋代发展出"戏曲"，金元演变为"院本"（Youen-Pen）和"杂剧"。巴赞认识到："中国戏剧是以其创作的时代为背景的。此外，（唐）传奇仅限于描绘非凡事件，而以歌唱者为主角的戏曲、杂剧和其他戏剧种类之间也存在着本质和特征的差异。"[34]认识到戏曲形式随时代发展而变化，是西方人的一大进步，马礼逊已经有了这种朦胧意识，巴赞进一步走向清晰。大概意识到明代以后戏曲已经发生变化，出于学者的严谨，巴赞限定自己的研究范围说："在这篇导言中，我们只讨论元代戏剧。"[35]

虽然没有条件亲历考察，巴赞还是关注到了中国戏曲的场上情形，这十分难能可贵。他在《中国戏剧选》导言里提到："根据旅游家所撰写的文章来看，（中国）戏剧人物的服装，是非常适合于人物所扮演的角色的，有时这些服装还极为华丽。大家会注意到，一旦某个人物加官晋爵，剧本里一定会提示演员变换服装。"[36]巴赞所说"旅游家所撰写的文章"，或许就是克鲁士等人的著述。巴赞更进一步为中国戏曲服装一定要符合人物作出注脚：当人物升了官，就会有剧本提示演员要变换服装。事实上我们今天在明代脉望馆抄校本古今杂剧里见到的演出服饰规定——"穿关"，详细注明了人物每次出场时的穿戴样式，都是依据人物身份确定的。

巴赞特别注意到了中国有三类戏曲剧场，他说："在中国北方，有一些专供音乐、舞蹈、歌唱演出的公共场所，节假日里也可用于戏剧演出……在南方各省没有向公众开放的固定演出场所，但朝廷总是提倡这一类娱乐活动，并允许通过在居民中募捐的办法，在街上建造临时剧场，官员也提供必要资金……除了中国人所说的戏台这种临时剧场外，在有钱人家里和客栈酒店里，也建有演艺厅，供流动艺人演出。"[37]巴赞指出第一类是北方的固定剧场，第二类是南方的临时剧场，第三类是家庭或客栈、酒馆剧场。他是根据传教士的记述、戴维斯的说法以及其他信息源作出的汇总。本论集第一章提到法国耶稣会士韩国英《中国戏剧》一文[38]谈及北京南城的固定剧场，戴维斯在《老生儿》译

33 同上，p.II。
34 同上，p.XIII。
35 同上。
36 同上，p.XLV。
37 同上，p.XLI-XLII。
38 Pierre-Martial Cibot, "Du Théâtre chinois", *Mémoires concernant l'histoire, les sciences, les arts, les moeurs, les usages, etc. des Chinois*, par les missionnaires de Pékin, Tome VIll, Paris: Nyon l'aîné, 1782, note 38, p.228.

本序里提到南方的临时剧场,家庭的堂会演出剧场是传教士们经常见到的,巴赞另外又补充了客栈和酒馆剧场。应该说,巴赞的总结是比较全面的,虽说他仍然不知道中国南北存在着大量的神庙固定戏台。

巴赞还注意到了中国戏曲演员的社会地位低下问题,因为《元曲选》前面的附论里,一直在说戏曲艺人是下贱等级,朱权(丹丘先生)甚至说女艺人等同于妓女,呼为"猱",是一种好淫的动物。巴赞对此作出了自己的解释:"正如罗马的演员被人看不起,并非因为他们的职业,而只是由于他们的出身低下。同样,中国的演员得不到人们的尊重,也是因为戏班的班主无视法律规定,经常购买童奴来培养成演员,演员因此遭到社会的排斥。"[39]利玛窦(Mathew Ricci, 1552-1610)《中国札记》里曾谈及班主买卖童优,巴赞因而以为戏曲演员身份低下只是这一现象造成,当然是对中国文化弊端的误解。事实上戏曲演员在中国社会里一直处于最底层,是政治因素、阶层划分和文化观念长期共同作用的结果,童优遭人买卖只是结果而不是原因。

对于元杂剧剧本许多都有作者署名,巴赞 1834 年在《㑇梅香》译者前言里作出了解释。他说:"元代的历史剧是所有受过教育的人的杰作,我们都知道其作者的名字,他们享有永久的声誉。"[40]显然,由于不了解元代文人沉沦下僚的历史背景,巴赞在这里作出了错误的判断。并非是元代尊重剧作家,恰恰相反,文人正是由于只能在勾栏瓦舍里讨生活、卖笔为生,因而写剧本时必须署名以宣扬自己的著作权,他们的姓名才得以留存,这与明清文人不屑在属于"小道""末流"的戏曲剧本上留下自己的痕迹不同。

或许因为在钻研《元曲选》序跋中尝到了甜头,巴赞对于《琵琶记》的众多序跋也下足了研究功夫,从而为他接近《琵琶记》的创作背景以及了解其影响力提供了前提条件,而巴赞的论说又长期影响到后来的西方研究者。对《琵琶记》序跋的深入研究又导致巴赞形成他的戏曲发展观,在写《琵琶记》"中文编辑和一个年轻文人之间的对话"时,他借翻译尤侗序言的文字,表达了对《琵琶记》之后的明代戏剧的厌恶。他说:"阅读明朝(1384 年至 1573 年)的戏剧'南词'(nan ssé),你会发现什么?滑稽对话和一堆场景,在这些场景里,人们听到的是大街上的喧嚣与污言秽语,看到的是魔鬼和灵魂的享乐、违背道德的爱情阴谋。那会发生什么?会使人的目光混乱迷离,会使人心追随着

---

39 Antoine Bazin, *Théâtre chinois*, Paris: A L'Imprimerie Royale, 1838, pp.XLII-XLIII.

40 Antoine Bazin, "Note du traducteur", *NouveauJournal asiatique*, tome xv, Février, 1835, p.178.

激情的洪流最后被淹没。"[41]巴赞这种认识固然来自尤侗，大约也与马戛尔尼（George Macartney, 1737-1806）使团以及后来一些接触当时戏曲演出的西方人所形成的总体印象有关，这或许成为阻挠巴赞探究明清戏曲的因素。

四、结语

总之，巴赞对于元杂剧和戏曲的理解朝前推进了一大步，使得西方汉学中的戏曲研究得以成形并具备了系统性，他的影响一直延伸到 20 世纪。然而，巴赞的研究截止于元杂剧和《琵琶记》，而对当时的明清戏曲发展不闻不见，也给 19 世纪西方的戏曲认知带来负面影响。我们从法国国家图书馆东方手稿部收藏的儒莲当年为之编撰的中文图书目录知道，其时该馆已经人藏了许多明清传奇和地方戏的剧本及选集，如《牡丹亭》《玉茗堂四种》《六十种曲》《风筝误》《藏园九种曲》《西江祝嘏四种》《砥石斋二种曲》《寒香亭》《长生殿》《桃花扇》《双鸳祠》《石榴记》《缀白裘》等[42]，巴赞一概未曾涉及。以至于 1887 年德国戏剧史家戈特沙尔（Rudolf von Gottschall, 1823-1909）出版西方第一本戏曲史著作《中国戏曲及演剧》[43]时，所依据的材料仍然停留在元杂剧阶段。

---

41 *Le pi-pa-ki*, traduit sur le texte original par M. Bazin Aîné, Paris: L'imprimerie Royale, 1841, p.6. 尤侗原文为："明之南词……大半街谈巷说，荒唐乎鬼神，缠绵乎男女，使人目摇心荡，随波而溺。"（郭英德、李志远《明清戏曲序跋纂笺》，北京：人民文学出版社 2021 年版，第 1 册第 75 页。）

42 参见李声凤《中国戏曲在法国的翻译与接受》附录五"儒莲书目中戏剧类作品文体表述列表"，北京：北京大学出版社 2015 年版，第 197-199 页。

43 Rudolf von Gottschall, *Das Theater und Drama der Chinesen*, Breslau: Verlag von Eduard Trewendt, 1887.

拾肆、文化障碍与跨越——18-19世纪英语世界的中国戏曲研究

内容提要：

　　西方人接触中国戏曲并留下评论文字，始自16世纪来华的基督教传教士。18世纪中叶以后，英国人因其东方贸易的便利，赫德、帕西、温特伯瑟姆等人获得了对戏曲的初步认识。19世纪欧洲兴起的专业戏曲学英国先行一步，由1793年英国马戛尔尼使团出访大清看戏肇端，戴维斯则成为西方第一个有成就的戏曲专家。鸦片战争后戏曲英译分为两条路径：元杂剧和明清传奇翻译、地方戏剧目翻译，有关戏曲的著述更是日益增多，为20世纪西方戏曲学的深入开展打下了基础。

关键词： 开端　初步认识　戴维斯　新进展

　　中国戏曲是在欧亚地理板块的东方、中华腹地独立形成并发展起来的独特表演艺术。世界史进入地理大发现时代后，戏曲开始被另外一种文明"发现"，并被用"他者"视角进行端详和审视。事实上，中国戏曲确立本体意识，正是由于借助了"他者"的眼光。由早期传教士和西方观众的视角，戏曲觉察出了自己不同于西方戏剧的本质特征；由西方将戏剧置于文学圣殿的崇高位置，戏曲认识到自己具有传统经典之外的美学、社会学和民俗学意义；由梅兰芳和程砚秋的西方演出与理论碰撞，戏曲体认了自身特殊艺术样式和美学凝聚体的价值。

　　由此，我们认识到深入了解和观察西方"他者"对戏曲定位的必要性，并经由对其演进史的追溯把握这种定位的变化和修正，以期得出客观比较与界

定的结果，最终实现中国戏曲的自我体认。本文即梳理早期英语世界对中国戏曲的阶段性认识。

一、开端伊始

西方人接触中国戏曲并留下评论文字，始自 16 世纪来华的基督教传教士，例如葡萄牙多明我会士克鲁士、西班牙奥古斯丁会士拉达、意大利耶稣会士利玛窦等人都有有关文献。1735 年，在华法国耶稣会士马若瑟翻译的元杂剧剧本《赵氏孤儿》，被杜赫德收入在巴黎出版的《中华帝国全志》介绍给欧洲，引起西方世界的广泛关注，西方人开始对戏曲进行专门研究。法国人首先对《赵氏孤儿》和中国戏曲发表了系列评论，从马若瑟和杜赫德开始，弥漫到法国社会。然后是英国人。英国人不久即见到《赵氏孤儿》的三种英译本，第一种是《中华帝国全志》的瓦茨译本于 1736 年出版，第二种是同书的凯夫译本于 1741 年出版，第三种则是英国德罗莫尔主教帕西专门将马若瑟法译本《赵氏孤儿》转译为英文，收入他编纂的《中国杂记》一书。

18 世纪中叶以后，英国人逐步开始了对中国戏曲的研究。例如英国作家、诗人赫德（R. Hurd, 1720-1808）1751 年发表《论中国戏剧，特别是关于前述的悲剧》（*On the Chinese Drama With a Particular Reference to the Foregoing Tragedy*）一文，是现今可查的英国最早一篇论述中国戏曲的文章。赫德认为《赵氏孤儿》的故事跟古希腊悲剧作家索福克勒斯的《厄勒克特拉》为家族复仇的主题很相似，剧本大体符合"三一律"原则，其中的唱相当于古希腊戏剧里的歌队，文中充满了对这部中国戏曲作品的热情评论。赫德的观点对后来的研究者影响很大。

英国第二个关注中国戏曲的就是帕西（T. Percy, 1729-1811）。帕西 1761 年在伦敦出版英译本中国小说《好逑传》，里面附录了一部广东戏的故事梗概，他为之写了一个编者按介绍中国戏曲，谈到如何判断中国戏曲是悲剧还是喜剧，以及一些有关戏俗。1762 年帕西又将他从法文转译的《赵氏孤儿》收入《中国杂记》，同时收入赫德上述论中国戏曲的文章，并为之写了简短的导言。但帕西不懂中文，他对戏曲的了解都来自杜赫德《中华帝国全志》和其他在华传教士的札记。

传教士的传导和前驱者的研究，使得英语世界对中国戏曲有了一定的了解。18 世纪末英国人对于中国戏曲的认识大约可以用历史学家温特伯瑟姆（W.

Winterbotham, 1763-1829）的概括作为代表。他 1795 年在伦敦出版的中国通史性著作《关于中华帝国的历史、地理和哲学》里这样说："中国人不知道欧洲戏剧创作的规则。他们既没有注意到我们的三一律，也没有注意到情节的规律性和可能性。他们的戏剧不局限于一次行动，而是展示出一个英雄的一生，其间可能跨越四五十年的时间。他们不区分悲剧和喜剧——它们的特征和语言都不同，因此没有针对这不同戏剧类型的规则。他们的每一部戏都分成几个部分，前面有序幕，称为'楔子'，其他部分称为'折'。每一个角色登场时，首先要告诉观众他的名字和特征。一个演员常常在同一部戏里扮演不同的角色，一部喜剧可能由五个人演，但他们却扮演十到十二个角色。中国悲剧里虽然没有我们的歌队，但他们经常唱曲，曲词表达人物内心的强烈情绪，如愤怒、欢乐、喜爱、悲伤等。当一个角色被恶棍激怒时、被复仇欲望驾驭时或准备赴死时，他都会引亢高歌。中国人不喜欢那种生动活泼的朗诵，那些富于表现力的手势，以及强有力的语调，而这些往往有助于我们在欧洲的戏剧演出与公共演讲里的成功。"[1]温特伯瑟姆的说法主要来自马若瑟和杜赫德，以及他对《赵氏孤儿》译本和戏曲的感知，可以看作是当时欧洲学界对于中国戏曲看法的概括，即：不遵照"三一律"、时间和行动无限定、不分悲喜剧、自报家门、一角多饰、用唱曲表达激烈情感等。另外他还通过比较，认识到欧洲戏剧用朗诵表达激情，而中国戏曲用歌唱表达激情。在这一点上，温特伯瑟姆对马若瑟和杜赫德的认识有了推进。应该说，这些概括还是初步把握住了中国戏曲不同于西方戏剧的某些特征与个性，为后来汉学家的进一步研究奠定了基础。

二、专业汉学／戏曲学的兴起

19 世纪以后在西方兴起的专业汉学研究，承自 18 世纪前的传教士汉学，但摆脱了宗教目的，从纯粹学术研究的角度切入，并且在大学里辟为专门学科，衍变为经院式汉学。早期的传教士汉学主要在汉语言文字与四书五经等经典领域里取得了丰硕成果，19 世纪兴起的专业汉学研究除了继续深入与丰富这些成果以外，更进一步广泛开掘中国文化的方方面面，其中中国戏曲也正式进入了西方视野。应该说，由于马若瑟开辟了一个传统，西方汉学在 19 世纪兴起的时候，戏曲翻译与研究就是其内在组成部分，或者换句话说，西方汉学开张伊始，戏曲学就是其题中应有之义。

1　William Winterbotham, *An historical of the Chinese empire*, London: J. Ridcwat and W. Button, 1795, pp.404-405.

　　尽管整个 19 世纪里欧洲充斥着对中国文化的毁损之声，然而我们看到，脱离了传教士宗教动力的欧洲，却有一些学者发展出了对中国文化的学术兴趣，开始对之进行深入研究，因而推动了西方专业汉学的产生和初步形成。其中一些人努力从事戏曲翻译和介绍，获取了初步的成绩。与 18 世纪前叶法国马若瑟神父在中国译出《赵氏孤儿》的宗教目的不同，这些专业学者对东方文化有着浓厚的个人兴趣，他们既探究中国的精神、伦理、法律、道德，也探查中国的民俗生活、文学和艺术。他们不信任早期游记和传教士著述里的中国记述，而认为通过戏曲、小说等描写性文学作品来了解中国人的日常生活与风俗更为直观。正如帕西在小说《好逑传》译本序言中所说："（小说戏曲）提供了一幅忠实的中国风俗画，它把中国民众的家庭政治经济状况描绘得非常精确，这只有本土作家才能做到……通过例子而不是说明文字来解释一个民族的种种奇异风俗习惯更容易让人理解，这些许多都是外国人难以知晓的。一个国家的完整礼仪体系，只有他们自己才能彻底了解。"[2]法国文艺评论家马念（C. Magnin, 1793-1882）也说："哪个外国人能自诩对一个民族的观察能与他们的自我审视相媲美？……当这些本土的诗人与小说家将他们的演员放置于世俗生活自然生发出的各种关系之中，让这些人物按照他们所设想的内心情感去说话和行事时，他们已在不知不觉中告诉了我们：这些习俗如何影响到人的内心，以及在何等程度上改变了它们的观念、情感与嗜好。"[3]这构成了欧洲学者翻译研究中国戏曲小说作品的原初动力。

　　19 世纪初西方汉学的发端，主要酝酿于两个中心：英国东印度公司广州商馆和法国巴黎的高校。前者虽然只是一个商业机构，但出于了解交易对手的目的鼓励对中国文化的深入研究，因而培养了一批有志者。其得天独厚之处是处于前沿位置，可以直接从中国人得到帮助，缺点是汉学研究都是副产品而非专业成果。后者则是法国传教士积累下的专业延展，有着长期的学术渊源和雄厚的知识叠加，但却苦于当下与中国沟通中断的现实，甚至连一个汉语教师都找不到，只能自己苦苦摸索。[4]

2　Thomas Percy, *Hao Kiou Choaan*, London: R. and J. Dodsley, 1761, vol. 1, pp.xv, xvii.

3　Charles Magnin, "Premier article sur le théâtre chinois", *Journal des savants*, mai 1842, pp.261-262. 转引自李声凤《中国戏曲在法国的翻译与接受》，北京大学出版社，2015 年版 141 页。

4　参见法国汉学家雷慕沙《汉文简要》（Rémusat. *Essai sur la langue et la littérature chinoises*, Paris: Treuttel et Wurtz, 1811, p.viii.）

英国东印度公司长期向中国进口茶叶和丝绸，销售粗绒布和鸦片。它的触角伸到广州，1715 年设立商馆，1762 年设立商馆管委会，1779 年改为特选委员会，负责管理英商对华贸易，直至 1834 年被取缔。[5]随着 1763 年英国取得与法国七年战争的胜利，1799 年英国东印度公司占领印度全境，英国排挤了法国在远东的势力，取得了对华贸易的垄断权。在对华开展政治、外交与贸易事务中，英人日益感到必须摆脱说洋泾浜英语的中国通事（翻译）的控制，尤其 1793 年英国马戛尔尼使团访华缺乏懂汉语人才带来深刻的教训，英国东印度公司广州商馆于是开始开设汉语课程培训本部职员，同时建起一座成规模的中文图书馆，帮助其进行中国研究，公司还设立了东方翻译基金会资助其成果出版。1814 年公司又在澳门设立印刷所，1829 年附设图书馆和博物馆各一座。至 1834 年关闭的 20 年间，澳门印刷所共印行有关中国历史、文化、语言、文学书籍 25 种，包括最早的英译小说《三与楼》（戴维斯译，1815）和《花笺记》（汤姆斯译，1824）。[6]

随着英国的远东战略取代了法国传教士形成的东方关切，英国汉学乘势而起，英国的戏曲学也先行一步。英国东方学家琼斯（W. Jones, 1746-1794）曾经在印度接触过中国典籍，帕西主教则从间接渠道翻译了一些中国小说和戏曲。1793 年英国马戛尔尼使团出访大清，多次受到看戏接待，使团成员对天津白河码头上临时搭起的戏台上的演出、热河皇帝行宫里三层大戏台的演出以及木偶戏，都留下深刻印象，在他们的日记里详细记叙了演出场景并进行了评价，另外在他们沿京杭大运河到广州的回程里也看了不少官府衙门和士绅家里的堂会戏，对戏曲产生了整体印象。其中巴罗（J. Barrow, 1764-1848）《中国行纪》里除了记叙天津、热河的演出之外，还认真叙写了英国使团在纵贯中国南北省份而返程时看到的戏曲演出，尤其是谈出了他自己的看法，并与欧洲戏剧作了一定的比较，这是其他成员著述里没有的，十分珍贵。不得不说，巴罗的艺术感觉力真的惊人，他在西方人里，第一个看懂了戏曲表演程式的意蕴，例如虚拟表演、景随人走、时空自由、以人拟物，全靠调动观众的想象来补充完成戏剧情境，他称之为"异想天开的办法"[7]。巴罗也是第一个发现戏

5 参见潘毅《清前期英国东印度公司对华贸易管理机构探析》，《凯里学院学报》2017 年第 4 期。
6 参见 Susan Reed Stifler, "The Language Students of the East India Company´s CantonFactory, "*Journal North China Royal Asiatic Society*, 1938, Vol. 69, pp.46-81.
7 John Barrow, *Travelsin China*, Philadelphia: Printed and Sold by W. F. M'Laughlin, 1805, p.148.

曲以人代物造景法的西方人，并且用莎士比亚戏剧里的做法来印证，说明英国戏剧也曾经用过类似的手段。

11 岁即随马戛尔尼使团访华、1816 年担任阿美士德使团副使再次访华的小斯当东（G. T. Staunton, 1781-1859），1821 年从中文翻译出版了清代图里琛的《异域录》（译名 *Narrative of the Chinese embassy to the Khan of the Tourgouth tartars*）一书，在附录中收入《元人百种曲》里四部元杂剧的提要（包括《窦娥冤》四折一楔子内容介绍、《隔江斗智》人物表、《留鞋记》人物表及梗概、《望江亭》人物表及梗概），并写有前言论及戏曲，主要谈到了马若瑟译本《赵氏孤儿》放弃翻译曲词的无奈，而称道戴维斯译本《老生儿》翻译曲词的努力。他同时代的戴维斯（J. F. Davis, 1795-1890）长期在英国东印度公司广州商馆工作获得便利，看了不少广东戏，翻译了中国小说《三与楼》《好逑传》和元杂剧《老生儿》《汉宫秋》，并发表了许多戏曲研究论文，在西方产生了极大影响。可以说戴维斯是在马若瑟之后，打破欧洲长达八十余年沉寂，19 世纪初第一个再次从中国挑选戏曲剧本翻译到欧洲的人，更是西方第一个有成就的戏曲研究专家。

三、戴维斯的推进

戴维斯曾经在众多场合发表他的戏曲见解，这些早期认识影响了欧洲后来的汉学家。1817 年戴维斯在他的元杂剧《老生儿》译本前面写了《中国戏剧简论》一文作为前言，1829 年又在《汉宫秋》杂剧英译本序和《好逑传》小说英译本前言里论及戏曲，1836 年更在他出版的《中华帝国及其居民概述》第十六章里论述戏曲。1865 年戴维斯出版了论文集《中国杂记》（*Chinese Miscellanies*），收入他的《19 世纪上半叶中国文学在英国的兴起与发展》《戏剧、小说与浪漫故事》二文，全面论述中国文学以及戏曲对英国产生的影响。从这些文献里可以看出戴维斯对戏曲的兴趣浸润了他的一生，其戏曲认识也在逐渐深化。

《中国戏剧简论》是早期欧洲最重要的一篇全面论述戏曲的专论，戴维斯在其中说明了中国人对戏曲普遍爱好及戏曲的劝善功能，随后沿着巴罗的思路，对于戏曲不用布景、景随人走的特点发表了进一步的看法，批评了西方戏剧里增饰布景的虚假，认为戏曲的虚拟方法比在舞台上堆积拙劣的块状物质要高明。在戴维斯继巴罗指出戏曲的虚拟原则之后，19 世纪整整一个世纪里，西方再也无人认识到并谈起这一点，一直要等到 20 世纪 30 年代梅兰芳的欧美巡演了。戴维斯之后的评论持续并日益强烈地对戏曲缺乏布景发出了抨击之声，再没有一个人像巴罗和戴维斯这样深入理解戏曲的美学原则与东方智慧。

接着戴维斯探讨了中国人不尊重戏曲演员、女艺人不能登台的社会原因，介绍了中国剧团众多、流动演出、家庭宴会演戏、寺庙搭台唱戏的情况，重点转述了俄罗斯、英国、荷兰使团在中国的看戏经过及看到的剧目内容，这些都依据传教士和使团成员的记叙和评论写成，并针对他们的看法发表自己的见解。戴维斯针对伏尔泰批评戏曲缺少情感、性格、修辞、激情等要素，指出是马若瑟不译曲词造成的误解："在马若瑟的译本中，确实缺少其中的一些东西，因为他省略了大部分的曲词，或者说那些可以与希腊歌队类比的部分，在这些部分中，情感、修辞、激情都得到了表现。也就是说，他省略了该剧最精彩的部分。"这种认识促成了戴维斯自己翻译《老生儿》和《汉宫秋》时尽力译出曲词，奠定了后来法国儒莲、巴赞翻译戏曲所坚持的原则。戴维斯得出的最终结论是："无论中国戏剧的优点和缺点是什么，都无疑是他们自己的创造。"并且针对当时欧洲的一种说法：戏曲可能来自印度梵剧，提出了否定性意见："由于印度戏剧与中国戏剧的不同之处比中国戏剧与希腊、罗马、英国或意大利戏剧的不同之处更多，因此说中国戏剧借鉴过印度戏剧是没有根据的。事实上，它们之间有本质上的区别：一个严格遵照自然，描述人的动作和人的感情；另一个超越自然，进入一个错综复杂又怪诞的神话迷宫。"[8]这些见解极有见地。

《中华帝国及其居民概述》里，戴维斯延续了《中国戏剧简论》的思维方式，一些问题得到进一步的认识深化。他再次强调了中国人以象征性表演指示出环境的"默契式舞台布景"给人们带来更大的想象空间，指出："事实似乎是，虽然布景和其他辅助无疑会帮助产生幻觉，但它们绝不是必要的。事实上，最好完全相信观众的想象力。"[9]他还分析了中国戏曲的开场白形式与古希腊戏剧的类同，并通过比较说明古希腊戏剧和中国戏曲一样不是那么遵守"三一律"。尽管在特殊语境下戴维斯仍然需要用欧洲标尺作为度量衡，但我们可以体会到他的良苦用心。

8　J. F. Davis, "A brief view of Chinese drama and of the theatrical exhibitions", *Laou-seng-urh, a Chinese drama*, London: John Murray, 1817, pp.xxxiii, xliv-xlv, xlv.

9　J. F. Davis, *The Chinese*, London: Charles Kniget & CO. , 1836, vol. 2, p.180.

四、英法戏曲学的消长

法国发展汉学和戏曲学有着较英国更加便利的条件，那就是 18 世纪法国耶稣会士在中国的传教势力占了上风，传回欧洲的中国文化信息量大而精，又有法国第一代非教会汉学家傅尔蒙和他的两位出色学生戴索特莱与德经贡献了研究成果，而太阳王路易十四时代的巴黎成为欧洲风尚的引领者，也成为融合中国文明的策源者。有法国学人的长期积累，有传教士带回的大量中文典籍、包括马若瑟当年搜集并捐献给法国皇家文库的 217 部几千卷汉籍供使用，尤其里面的万历刊本《元曲选》（又名《元人百种曲》）成为后来法国学者连续翻译元杂剧剧作的文本来源，法国汉学／戏曲学得天独厚。而 1814 年法兰西学院开设了汉学讲座，这是一个非凡的创举，汉学研究作为一个专门学科进入了西方大学的圣殿，从此展开了一种全新的面貌。

因此，法国的汉学家对于英国汉学／戏曲学研究的先行开展，尤其对于英国帕西、戴维斯先于他们而行动，接续了马若瑟、杜赫德戏曲小说翻译出版的事业而感到耿耿于怀。法兰西学院首任汉学教授雷穆沙（J. P. A. Rémusat, 1788-1832）1815 年就在开席演讲里强调："如果我们不希望从此丧失我们旧日的权利，不希望在这个由我们开拓的领域中落于人后；如果我们仅仅是希望在我们原本是高枕无忧的唯一的拥有者的地方保住平局，那我们也需要集中力量做出新的努力。"[10]1822 年他又在汉学讲席创办八年总结中说："最近这些年，英国人做了比我们更多的工作，因为他们对中国语言的研究现在与我们在同一水平上，为了保住传教士为我们所赢得的领先状态，我们要做的还很多。"[11]这之后，儒莲（S. A. Julien, 1797-1873）和巴赞（A. Bazin, 1799-1863）奋起直追，最终将《元曲选》翻译、节译或提取剧情梗概完毕，全部介绍给了欧洲，并翻译了全本《西厢记》和《琵琶记》。19 世纪法国成为欧洲汉学／戏曲学研究的中心，法国学者充分利用早期传教士的汉学研究成果，使之在经院环境中进一步深入与扩大，取得令世人瞩目的成绩。当然，这一时期由于法国已经失去了远东的立足之基——先是 1721 年康熙皇帝发布禁教令阻断了其传教士之路，后又被英国夺取了远东支配权，法国在中国很少经济利益，法国人也很少

---

10 Rémusat. "Discours prononcé à l'ouverture du cours de langue et de littérature chinoise"，转引自李声凤《中国戏曲在法国的翻译与接受》，北京大学出版社，2015 年版 29 页。

11 Rémusat, "Lettre au rédacteur du journal asiatique sur l'état et les progrès de la littérature chinoise en Europe"，转引自李声凤《中国戏曲在法国的翻译与接受》，北京大学出版社，2015 年版 29 页。

能够前往中国。法国汉学家许多都没到过中国，一些人甚至不会说汉语，今天法国高等研究实践学院的蓝碁（R. Lanselle）教授形容他们是在"远距离地遥望中国"[12]。但是，他们为西方了解中国戏曲打开了通道，成为筚路蓝缕的历史先行者而被历史铭记。

19世纪中期以后英国汉学再度崛起。与法国早期学院派汉学于语言研究之外偏重于诗歌小说戏曲不同，英国汉学重启传教士的中国先秦经典研究并取得重大成就，例如牛津大学首任中国语文讲座教授理雅各曾在中国学者王韬等人帮助下，翻译了《论语》、《大学》、《中庸》、《孟子》、《书经》、《春秋》、《礼记》、《孝经》、《易经》、《诗经》、《道德经》、《庄子》等系列经典著作，同样，他也受到王韬中国传统观念的影响，不研究属于通俗文学的小说戏曲。（图六十七）美国汉学则因1877年卫三畏（S. W. Williams, 1812-1884）出任耶鲁大学首任汉学讲座教授而奠基，其《中国总论》（*The Middle Kingdom*, 1848）开启了对中国文化与中国现状作结合研究的先河，逐步后来居上。卫三畏对于中国文学的研究是全面的，因为曾长期生活在广州，他对前面英国戴维斯的戏曲小说翻译成果十分熟悉，又关注同时期法国巴赞的戏曲研究，他自己也有戏曲翻译与研究论述出版。

图六十七、理雅各（左）在中国人帮助下翻译中国典籍，H. Room 绘，1905[13]

---

12 蓝碁《法译中国古典小说和戏曲在法国汉学历史上的地位》，《戏曲与俗文学研究》第五辑，社会科学文献出版社1918年版。

13 采自 *James Legge Missionary and Scholar*, London: The Religious Tract Society, 1905, p.52.

五、后续的跟进

鸦片战争促使封闭中国的大门进一步打开，西方人获得了传教和经商、游历的自由，大批涌入中国。从早期游记与传教士笔记里道听途说戏曲，到间接接触到戏曲剧本，到能够直接在剧场里观看戏曲表演，西方人走过了几百年的路途。西方可以直面戏曲的人和机会增加了，直接的清晰印象逐渐取代了间接的朦胧传闻，大家似乎可以逐渐在同一平台上讨论问题了。来到中国的西方人惊讶于戏曲在民间的广泛普及度和极其受欢迎的程度，不时在他们的著述里刻画这一点。例如郭士立（K. F. A. Gützlaff, 1803-1851）1838 年出版的《开放的中国》一书里说："中国人非常喜欢戏曲舞台，尽管统治者理论上认为它有不道德的倾向。他们可以在露天地里持续看戏好几个小时，欣赏那些不真实的表演和刺耳的音乐声。他们兴致勃勃地全神贯注于表演，下意识地鼓掌或叫倒好。没有一个节日里没有戏剧，只有少数寺庙里没有戏台。他们会一夜一夜地看戏，丝毫不感到疲倦，然后欣喜若狂地讲述他们所看到的一切。"[14]这些促成了一些西方人有关戏曲生态的社会调查。

19 世纪中期以后英语世界的汉学家翻译戏曲虽不太集中但也不绝如缕。由于此时中国戏曲已经进入地方戏繁盛阶段，因而西方人接触到的舞台演出多是京剧、粤剧等剧种的演出，于是西方翻译戏曲剧本分成了两条途径：一条是由前人继承来的对于元杂剧和明清传奇的翻译，另外一条则是对当下舞台流行地方戏剧目的翻译。自 1849 年卫三畏从法文本转译了元杂剧《合汗衫》以后，道格拉斯（R. K. Douglas, 1838-1913）1883 年出版的《中国故事集》（*Chinese Stories*）里有《汉宫秋》《灰阑记》介绍，亚当斯（G. Adams）《中国戏剧》（*The Chinese Drama*）里有《琵琶记》片段译文载于 1895 年《十九世纪》（*The Nineteenth Century*）第 37 卷，坎德林（G. T. Candlin）1898 年出版的《中国小说》（*Chinese Fiction*）里有《琵琶记》的"琴诉荷池"一出译文，威妥玛（T. F. Wade, 1818-1895）1867 年出版的《语言自迩集》（*A Progressive Course Designed To Assist The Student of Colloquial Chinese*）里则把《西厢记》改写成了京话小说《秀才求婚》。以上是第一条途径的翻译，另外一条途径的地方戏翻译则有艾约瑟（J. Edkins, 1823-1905）1852 年出版的《中国会话》（*Chinese conversation*）一书，收录了他翻译的京剧《借靴》。英国学者司登得（G. C. Stent, 1833-1884）1874 年出版的《二十四珠玉佩——中国歌曲民谣集》

---

14 K. F. A. Gützlaff: *China opened*, London: Smith, Elder and Co. , 1838, Vol. 1, p.509.

（*The Jade Chaplet in Twenty-four Beads*）一书，内收京剧《汾河湾》译本；他又翻译了京剧《黄鹤楼》《四郎探母》，前者连载于美国《远东》（*Far East*）杂志 1876 年第 1 期、第 2 期，后者载于香港《中国评论》（*The Chinese Review*）1882 年第 10 卷第 5 期。斯坦顿（W. J. Stanton）1899 年出版的《中国戏本》（*The Chinese Drama*，汉字书名系斯坦顿自取）一书，收录了三个粤剧剧本《柳丝琴》《金叶菊》《附荐何文秀》。道格拉斯《中国故事集》里介绍了地方戏《借妻》的内容。翟理斯（H. A. Giles, 1845-1935）1901 年出版的《中国文学史》里介绍了元杂剧《赵氏孤儿》《西厢记》《合汗衫》、南戏《琵琶记》和明清传奇《三疑计》、地方戏《彩楼配》《辕门斩子》的剧情梗概等。

英语学者也写出了一些有关中国戏曲的研究论文，而关于戏曲的专门书籍也开始出现，其他有关中国的著述更是日益增多，其中一些包括了对戏曲的观察和看法。例如美国归正会传教士雅裨理（D. Abeel, 1804-1846）1835 年出版《1830-1833 年旅居中国及其邻国记事》（*Journal of a Residence in China and the Neighboring Countries from 1830-1833*）一书，其中第 90-92 页谈及他在广东看到的民间戏曲活动并表示了厌恶。英国传教士李太郭（G. T. Lay, 1799-1845）1841 年出版《实际的中国人》（*The Chinese as They Are*）一书，其中第 11 章是"中国人的戏剧娱乐"，他以观赏态度进入戏院长时间看戏，客观冷静地观察、记录、分析了戏院里的戏曲演出活动，并与西方戏剧做了一点比较，他的戏院看戏实录为戏曲史留下鲜活的材料。美国学者卫三畏在广州主编《中国丛报》（*The Chinese Repository*）期间，曾在 1849 年 3 月号撰写《中国戏剧》一文评论巴赞的戏曲翻译和研究成果，对之赞誉有加。美国北长老会教士倪维思（J. L. Nevius, 1829-1893）1869 年出版《中国和中国人》（*China and the Chinese*）一书，第十八章讲述中国节日、风俗和娱乐时论及戏曲，从社会考察入手，介绍了戏曲的生存状况，诸如搭戏台、演神戏、戏班学徒、戏班运作以及木偶戏等等，某种程度上是对雅裨理看法的补充和修正，对戏曲民俗持平和态度。比利时人阿理嗣（J. A. Aalst, 1858-?）1884 年用英文出版了《中国音乐》（*Chinese Music*）一书，其中"通俗音乐"部分一般性讲到戏曲音乐，毕竟理解还需要积累。1893 年道格拉斯《中国故事集》前言论及戏曲并推介了元杂剧《汉宫秋》《灰阑记》和地方戏《借妻》。英国斯坦顿《中国戏本》里有一篇《中国戏剧》的文章，提供了相当详细的戏院建筑、戏台和布景、化妆和服装、投资和学徒培养、戏班收入和组班、演员报酬、戏班行当脚色、乐队、编剧、戏神、乘船巡演、开场戏和白天晚上的演出等众多信息，大大补充了倪维思的记录。美国公理会传教士明恩溥（A. H. Smith, 1845-1932）1899 年出版的《中国乡村生活》（*Village Life in China*）一书，第八章为"乡村戏剧"，从社会学角度观察思考中国农村的戏曲活动，诸如教戏、签约、还愿、搭台、行当、戏箱、流动演出等等，描述了戏曲在农村的受欢迎程度及其弊端，尤其生动的是详细描写了村落演戏给村民带来的欢乐与麻烦，最后介绍了一个以教书先生为主角的剧本情节。英国汉学家翟理斯《中国文学史》设专章介绍戏曲。他先简单勾勒了戏曲的起源，然后介绍了纪君祥、王实甫、张国宾、高则诚等剧作家，以及一些戏曲习俗和美学特征。这些先行者的研究著述，为 20 世纪西方汉学／戏曲学的深入开展打下了基础。

当以古希腊悲喜剧和文艺复兴以来的新古典主义、浪漫主义和现实主义戏剧为背景，熟悉了舞台上话剧、歌剧、舞剧样式区分的西方人，遇到了完全不同质的中国戏曲———一种载歌载舞而又写意化、虚拟化、程式化的舞台样式，比较的视野就建立起来。从最初的误解、曲会、抵触到逐步深入了解和理解，西方人的戏曲接受经历了一个长期跨越文化障碍的过程。对这个过程的追溯与学理分析，有助于我们对于人类不同质艺术、继而对于人类文明交融规律的理解与把握。

拾伍、17-19 世纪西方绘画中的中国风

内容提要：

经由瓷器等器物层面传达的中国形象，体现在十七八世纪欧洲的"洛可可"绘画作品里。而旅游者、传教士和外交使团携回的绘画中国图像，推动了欧洲绘画中国风的形成。在欧洲铜版画印刷技术成熟的基础上，欧洲图书中的中国图绘大行其事。19世纪广州十三行中国画匠绘制的众多外销画更是为欧洲绘画注入中国元素。

关键词： 西方想象 中国形象 中国风 绘画中国

一、早期西方想象里的中国形象

西方人的中国想象可以追溯到纪元前后，早期传说中的东方"丝人国"形象虚无缥缈，充满了虚构与夸饰的神奇变形。以后随着丝路交通的日益扩大与频繁，商人、探险家、旅行者、宗教与政治使者口中与笔下的中国形象逐渐真实化与具体化，虽然仍然有着隔雾看花的迷蒙与动机不一的增饰夸张，并辅以大量真假难辨的道听途说，毕竟逐步贴近了地面。12世纪以后，随着《光明之城——一个犹太人在刺桐的见闻录》《柏朗嘉宾蒙古行纪》《鲁布鲁克东行纪》《马可·波罗游记》《鄂多立克东游录》《曼德维尔游记》等日益增多的旅行著作的流行，东方那个遥远而神秘、富庶而强大的国家的身影逐步在中世纪晚期西方的文化视野里清晰起来。当匆匆过客的记录被落地生活的传教士书信和札记取代之后，实录性的文字带给了西方人以更加真实准确与具体细致的想象土壤。此时绘画想象也开始在这种苗圃里萌芽，直至19世纪长出枝叶与树干。

西方对中国人的好奇最初是人种学观察方面的，长什么样、穿什么衣服、

有什么样的行为举止，有着许多奇怪的臆想，就像《柏朗嘉宾蒙古行纪》《鲁布鲁克东行纪》里描述的那样。当十七八世纪欧洲"中国风"刮起来以后，上流社会以中国服装为时髦装饰。例如1699年勃艮第公爵夫人为参加舞会想穿中式服装，命人把自己的忏悔神父、从中国回来的李明（Louis le comte, 1655-1729）喊来，让他快速画出中国的女性装束，李明只好凭印象作了一个大致勾勒。[1]当时偶然到达欧洲的中国人则成为生物学样本受到围观与热捧。例如1684年八月随耶稣会士柏应理到达巴黎的南京教徒沈福宗在凡尔赛宫受到路易十四接见，为其君臣表演用汉语朗诵祷告词、用筷子吃饭、用毛笔写字等，路易十四还命人给他画像后镌刻为铜版画向充满好奇心的公众销售以盈利。直到1866年大清出访欧洲第一个使臣斌椿还记叙说，在柏林住店，"店前之男女拥看华人者，老幼约以千计"；访问荷兰时，"每日自晨至夕，所寓店前男女老幼云集，引领而望。乘车出时，则皆追随前后，骈肩累迹"；而巴黎人对他"多有请见，并绘像以留者。日前在巴黎照相后，市侩留底本出售，人争购之，闻一像值银钱十五枚"[2]。1868年王韬随传教士理雅各到达欧洲，还在其《漫游随录》卷二"道经法境"里记载："……见余自中华至，咸来问询。因余衣服丽都，啧啧称羡，几欲解而观之。"[3]西人围观，大概不是王韬以为自己"衣服丽都"的原因。又卷三"海滨行纪"载："余偶游行乡间，男妇聚观者塞途，随其后者辄数百人，啧啧叹异。巡丁恐其惊远客也，辄随地弹压。"同卷"游亨得利"载："西国儒者，率短襦窄袖，余独以博带宽袍行于世。此境童稚未睹华人者，辄指目之曰：'此Chinese Lady也。'或曰：'否，瞻五（笔者：一位因巨人症在欧巡展的华人名字））Wife耳。'……噫嘻！余本一雄奇男子，今遇不识者，竟欲雌之矣。"[4]都折射出公众对中国人强烈的好奇心甚至误解。欧洲人的中国想象在这里跨越了物质载体的引发，开始与真实样本以及与之沟通所形成的形象构想结合了。

二、18世纪欧洲绘画中的中国风

18世纪欧洲的"中国风"形成，与戏剧家在舞台上展现想象中的中国题

1　*Lettres historiques et galantes*, tome I, p.255，转引自d' haussonville, *La Duchesse de Bourgogne*, 1901, tome II, p.12以及H. Belevitch-Stankevitch, p.171。

2　〔清〕斌椿《乘槎笔记》，长沙：岳麓书社1985年板，第562、539、113页。

3　〔清〕王韬《漫游随录》卷二，长沙：岳麓书社1985年版，第82页。

4　同上，第129、133页。

材一样，画家们也用画笔在画布上描绘其心目中的中国形象。见到偶尔访欧中国人的机率虽然很少，但中国瓷绘上琳琅满目的中国建筑、园林、家具、人物及其服饰、装扮、举止形象，成为催生出欧洲绘画轻快浮华的洛可可（Rococo）风格的条件之一。我们从 17 世纪后欧洲画家的静物画里，已经看到许多中国瓷器的身影，折射了其在欧洲生活里的普及度与重要性。例如法国画家里纳德（Jacques Linard, 1597-1645）把中国瓷器画入《中国花瓷碗》（*Chinese Bowl with Flowers*, 1640）、《五种感官》（*The Five Senses*, 1638）等作品里，法国画家德波尔特（Francois Desportes, 1661-1743）、荷兰画家范斯特雷克（Juriaan van Streek, 1632-1687）、卡尔夫（Willem Kalf, 1619-1693）的画作里也常有中国青花瓷器作为点缀，这些瓷器上会模仿实物画出中国人物，有时还画出汉字字型。[5]瓷器上的中国人形象及其服饰引起 18 世纪欧洲画家的悬想，法国华托（Jean-Antoine Watteau, 1684-1721）、布歇（Françoise Boucher, 1703-1770）、比勒芒（Jean-Baptiste Piliment 1728-1808）等人都在此基础上展开了充分的想象与补充，从而形成其绘画的中国风。华托是 18 世纪法国洛可可艺术最重要的画家。他年轻时在巴黎曾随剧院舞台布景画家基洛（claud e Gillot, 1673-1722）当学生和助手，对戏剧发生浓厚兴趣，后来画有《小丑》（1718）、《意大利喜剧演员》（1720）等著名作品，其油画经常性吸收了舞台场面的构图方式。受中国风影响，华托画有著名的中国人物系列，其人物体态、服饰都处理得纤巧飘逸、仙气十足。布歇曾被路易十五授予"国王的第一画家"称号，他根据瓷器绘画并融合自己的想象，用洛可可画风描绘中国宫廷和民间的生活场景，在 1742 年的巴黎沙龙展上展出了八幅中国题材作品：《宴席》《舞蹈》《庙会》《渔情》《捕猎》《花园》《召见》《婚礼》，人物形态华丽闲适、雅致优美，画面透示出强烈的异域风格和浓郁的田园牧歌情调，引起轰动，后法国皇家博韦工厂将其制成壁毯。（图六十八）比勒芒擅长中国风装饰画，他 50 至 70 年代出版了《各式中国版画汇编》[6]，模仿散点透视的构图和中式水墨画的表现手法，都使其

5　参见：丹尼尔先生，中国风，流行了几个世纪之后，依然是难以超越的经典，http://www.shejipi.com/367509.html，发布日期 2020.05.07，引用日期 2020.5.24；前线，中国风，才是世界美学巅峰！搜狐，https://www.sohu.com/a/307209984_166982，发布日期 2019.04.10，引用日期 2020.5.24。

6　Jean Pillement(1728-1808). *Recueil de différents panneaux chinois, inventé et dessiné par Jean Pillement*, Paris, Leviez, 1759-1773. 这部作品内容包括《中国风景与图案》《中国人形象代表的一年十二月》。

画作带有强烈的东方韵味。[7]但是，他们想象中的中国图像和笔下绘出的中国风味却仍然是欧式的，与真实的中国形象风马牛不相及。

图六十八、布歇绘《召见》里的中国皇帝

三、17、18 世纪西方画家绘制的中国

与欧洲"中国风"画家凭借想象图绘中国不同，十七八世纪已经有少数到达印度和中国的欧洲人留下了真实的写生图画，例如 17 世纪前叶英国船员蒙迪（Peter Mundy）的旅行日记以速写插图的形式绘出了他的亚洲印象。[8]在华传教士在发往欧洲的文字里也偶尔添加有中国插图。逐渐欧洲访华的使团和自由旅行者开始增多，其中的画家有机会对中国的自然山川建筑人事物产劳作及动植物方方面面进行认真的写真图绘，带回众多的绘画中国作品。它们的出版向西方提供了真实基础上的中国形象，受到广泛欢迎。

---

7 此节参见丹尼尔先生《中国风，流行了几个世纪之后，依然是难以超越的经典》，http://www.shejipi.com/367509.html，发布日期 2020.05.07，引用日期 2020.5.24；前线，中国风，才是世界美学巅峰！搜狐，https://www.sohu.com/a/307209984_166982，发布日期 2019.04.10，引用日期 2020.5.24；张朴好时光，Chinoiserie：西人心中的中国风已风靡了几个世纪，搜狐，https://www.sohu.com/a/216749340_556727，发布日期 2018.01.15，引用日期 2020.5.24。

8 《彼得·蒙迪欧亚游记——1608-1667》（*The travels of Peter Mundy, in Europe and Asia, 1608-1667*）第二卷《亚洲游记》（Travels in Asia, 1628-1634, Cambridge: University Press, 1914. Volume Ⅱ. R. C. Temple 1913 年编辑并序）有 29 幅速写图。

最早的绘画中国作品见荷兰纽霍夫（Johann Nieuhoff, 1618-1672）《荷兰东印度公司使团访华纪实》（*Het Gezantschap der Neerlandtsche Oost-Indische Compagnie, Aan den groote Tartarischen cham*, 1665）一书，里面有铜版画速写插图 150 幅。其时还没有照相术，担任管事的纽霍夫是东印度公司专门为使团配备的素描画家，对一路的所见所闻创作了许多速写写生，真实记录了当时的中国现状，包括山川地理民情风俗等。使团虽然无功而返，绘画却使欧洲人第一次见到中国的系统视觉形象，其中的南京报恩寺塔以及不下一二十座塔的绘图成为欧洲人热衷建造中国塔的摹本。

德国基歇尔（Athanasius Kircher, 1602-1680）于 1667 年出版了拉丁文本《中国图说》（*China Illustrata*），有铜版画插图 50 幅。基歇尔是 17 世纪欧洲著名学者，一生兴趣广泛，在物理学、天文学、机械学、哲学、历史学、音乐学、东方学上都有建树，也是耶稣会传教士。他从未到过中国，但对中国文化有着极浓的兴趣，通过与在华耶稣会士的书信联系获取了许多有关中国的信息，接触到众多来自中国的材料。1560 年前后，基歇尔还曾与永历朝廷派往罗马教廷求救的波兰籍耶稣会士卜弥格（Michael Pierre Boym, 1612-1659）和南明官员陈安德有过直接接触，并要求他们把 1625 年在西安附近发现的《大秦景教流行中国碑》译为拉丁文，收录在《中国图说》里。此书的文字资料主要参考利玛窦（Mathew Ricci, 1552-1610）、卫匡国（Martino Matini, 1614-1661）、白乃心（Johann Grueber, 1623-1680）、卜弥格等耶稣会士的中国论述，辅以自己的见解。图片资料主要取材于传教士带回的中国画、木版画和纽霍夫插图，一些加上了基歇尔对于中国宗教信仰的理解、想象和加工，马可·波罗中国旅行路线图是基歇尔深入研究后亲自手绘。《中国图说》是 17 世纪欧洲介绍中国最具影响的图册之一，在相当长的时间里一直是欧洲读者认识中国的必读物。

1662、1663 年荷兰东印度公司继续派使团出访中国，仍未达目的，但两次随团医生达帕尔（Olfert Dapper, 1635-1689）于 1670 年出版《第二、三次荷兰东印度公司使节出访大清帝国记闻》（*Gedenkbwaerdig bedryf der Nederlandsche Oost-Indische maetschappye, op de kuste en in het keizerrijk van Taising of Sina*）一书，附有 95 幅铜版画，丰富了第一次出访所获内容。1668 年蒙塔纳斯（Arnoldus Montanus）根据荷兰人三次出使记编译出版了《中国图集，从联合省东印度公司到中国》（*Atlas Chinensis: Being a Second Part of a relation of Remarkable Passages in two embassy from the East-India Company of the United provinces, to the viceroy singlamong and general Taisnglipovi, and to Konchi, emperor of China and East-Tartar*）一书在伦敦出版，内有插图 144 幅，许多取自前书。

　　30 年后的 1697 年，法国耶稣会士白晋（Joachim Bouvet, 1656-1730 年）在巴黎出版《中国现状记: 满汉服装图册》（*L'estat présent de la Chine, en figures dédié à Monseigneur le duc et à Madame la duchesse de Bourgogne*）一书，内有手工上色铜版画 43 幅，系法国皇家版画师吉法特（Pierre Giffart, 1638-1723）据白晋图画绘制。白晋是 1687 年 7 月 23 日由法王路易十四选派入华的 6 名耶稣会士之一，被康熙皇帝留在宫廷里供职，向康熙讲授过几何学和算术。1693 年 7 月 4 日白晋和张诚两人进献的奎宁治愈了康熙的疟疾，康熙任命白晋为特使，携带赠送路易十四的绘画、屏风及珍贵书籍 49 册，回法国招募更多的传教士来华。白晋于 1697 年 5 月抵达巴黎，同年出版《满汉服装图册》。与前述图绘不同的是，此书以单个人物全身肖像画形式彩绘了从皇帝到后妃、从满族将军到汉族大臣、从王公贵族到儒道僧侣的各种人物形象 46 幅（部分图像被杜赫德《中华帝国全志》采用）。逼真写实的画面形象使得欧洲人可以逼近审视中国人的衣装穿戴、动作举止，为 18 世纪中国剧热里塑造中国人物形象提供了想象基础。（图六十九）

图六十九、白晋《满汉服装图册》清代人物画像，1697

　　另外随着欧洲人对中国建筑、园林、家具兴趣的增长，18 世纪中叶欧洲集中出现了一批这类图绘书籍，例如英国哈夫彭尼父子（William and John Halfpenny）的《中国庙宇、牌坊、花园坐凳、栏杆等的新设计》（*New Designs*

for Chinese Temples, Triumphal Arches, Garden Seats, Pallings, etc. 1750)、《中国园林建筑》(*Rural architecture in the Chinese taste*, 1752),苏格兰钱伯斯(William Chambers, 1723-1796)的《中国式建筑的设计》(*Desseins des edifices meubles, habits, machines, et ustenciles des Chinois*, 1757)、奥韦尔(Charles Over)的《哥特式、中国式和现代派中的装饰建筑》(*Ornamental Architecture in the Gothic, Chinese, and Modern Taste*, 1758)等,推动了欧洲的中国风设计。

以上是欧洲早期得到的中国图像,稀有而珍贵。到了 19 世纪以后,这种图像已经蜂拥进欧洲,笔者初步统计一下有关出版物图册,就得到四五十种的概念,当然其中只有一部分图像为原创,许多是互相复制加工而成。

四、19 世纪广州外销画与西方绘画的相互为用

中国图像流向欧洲一方面得益于欧洲铜版画印刷技术的成熟,另一方面则得益于广州十三行画匠生产了众多的外销画(export painting)。15 世纪中叶意大利佛罗伦萨人发明的铜版画此时已经普及,图册绘制风行一时,上述图册都是铜版画印刷的成果。铜版画成为对社会影像进行记录、再现与传播的主要工具,万里之外的异国景致、异域他乡的生活图景得以借其翅膀栩栩如生地飞向欧洲。欧洲对于中国图像的强烈需求,又刺激起 18 世纪中叶以后广东外销画市场的兴隆。许多欧洲画家不远万里来到中国作画,例如著名的英国画家钱纳利(George Chinnery, 1774-1852)在澳门呆了 27 年,留下大量中国画作,并教授了林官等中国外销画家西画技法[9],其他还有英国画家丹尼尔(Thomas Daniell, 1749-1840)、韦伯(John Webber, 1750-1793)等。此时帝国的丧钟尚未敲响,牧歌的回声仍在飘荡,西方画家笔下的中国仍然静谧而温馨。又有众多的中国画匠聚集在五口通商之前大清帝国唯一的对外贸易口岸广州,在珠江北岸的十三行同文街上设立作坊为外销而画画。根据 1835 年的《中国丛报》记载,有 30 家外销画店坐落于众多洋行之间。外销画多为油画、版画、水彩画、水粉画、玻璃画等,系流水线作业的批量复制产品[10],其口味迎合西方人的审美趣味,技法吸收了焦点透视原理和光影画法,内容主要为风景民俗写生(包括戏曲场面画),销售对象则是来华的大量外国商人和游客。在这些外销画上用西文留下笔名的画匠都以 "gua"(官)为称,例如 Lam qua(林官)、Pu

---

9 据李士风《晚清华洋录》(上海人民出版社 2004 年版第 35 页),"林官"名"林华"。
10 参见徐堇《试论外销画生产——有限的产业化》,《中国书画》2008 年第 5 期。

Qua（蒲官）、Sun qua（顺官）、You qua（煜官）、Ting qua（廷官）等[11]，其绘画已经透示出明显的西画影响，虽然仍保留中国画的线条勾勒和白描手法，但融入了透视、明暗、投影技法，风格走向写实，成为西画东渐之初的橐本。广东外销画批量流向西方，为西方绘画注入了更多的中国元素。

　　1800 年英军第 102 团上校梅森（George Henry Mason）在伦敦出版了英法文合版的《中国服饰》（*The costume of China: Illustrated by sixty engravings: with explanations in English and French*）一书，内有 60 幅彩绘图像，描绘清代社会五行八作人物的服饰和举止。次年梅森又在同一出版社按相同版式出版《中国酷刑》（*The punishments of China*），收 22 幅彩绘两广部堂刑法图像。图皆由英国工匠戴德利（Dadley）制版印刷并手工上色。每幅图像的署名都是"Pu Qua"，因而是广州画匠蒲官的作品。蒲官的创作开始于 18 世纪中期，据说他曾于 1769 至 1771 年在英国逗留。或许因为这一名字在西方甚盛，后来的广州画匠也借用其名，这个署名就一直用到了 19 世纪末。两书图画是梅森在广州服役期间，搜购而得的蒲官作品的合集，梅森自称收集这些画作 10 年，最初只为收藏，后来经不住朋友怂恿而出版。从图版同时用英文和法文介绍看，颇有扩大读者覆盖面而提升牟利空间的意图。但这两部书将白晋关注上层的视角下移，来到了中国社会的芸芸众生之中，因而影响独具，后来的西人中国画册多走这一条路。

11　一直以来，中国美术界出版物里都把"qua"音译作"呱"，例如"林官"写作"林呱"，这是对外译粤语"qua"字的误解。"qua"即"官"，系俗世尊称。通常称人，取其姓或名字里的一个字加官字，称作"某官"，其用法略如"某先生"。例如 19 世纪二三十年代广州十三行里为西方人所熟知的重要行商有浩官（Howqua）、茂官（Mowqua）、潘启官（Puankhequa）和章官（Chungqua），他们是由广州官府挑选的承包洋商贸易的中国商人，他们承担保证洋商行为合乎法规的责任。十三行里一家洋行 19 世纪 20 年代就以章官命名，称"章官行"（Chungqua hong），到了 30 年代又改以明官命名，称"明官行"（Minggua hong）。参见〔美〕孔佩特《广州十三行：中国外销画中的外商（1700-1900）》，于毅颖译，北京：商务印书馆 2014 年版，第 7-8 页（但于毅颖在正确译出中国行商浩官、茂官等人之后，遇到画家时却又回到美术界做法，仍然译作"呱"，例如"林呱""庭呱"。同样为"qua"的音译，一译作"官"，一译作"呱"，造成了矛盾）。曾积极参与林则徐虎门禁烟的清朝官员李致祥的曾孙李士风（Dominic Shi Fong Lee，美籍），1839 年依据家传资料写有英文《*The American Missionaries, the Mandarins, and the Opium War*》一书，后自己译为中文《晚清华洋录》，2004 年由上海人民出版社出版，里面即把广州十三行里的画家某"qua"写作某"官"，如"兰官""定官"。李士风是对的。即使是清人为分尊卑看人下菜把"qua"分别译作"官"和"呱"，我们今天也不能够继续低看民间画师而继续称之为"呱"。

五、19世纪西方画家绘制的中国

图七十、亚历山大画中国官宅[12]

1805年英国画家亚历山大出版另一部《中国服饰》[13]，内有用腐蚀凹版印刷的水彩画48幅（图七十），又9年后他的《中国衣冠风俗图解》（*Picturesque Representations of the Dress and Manners of the Chinese*）出版，有同样画作50幅。与梅森画源来自中国外销画不同，亚历山大的画源是真正的中国实地写生。曾在英国皇家美术学院学习过7年绘画的亚历山大，在傲慢的马戛尔尼勋爵1792年出使中国时担任随团绘图员，经行了天津、北京、承德、杭州、广州、澳门等地，沿途写生创作了大量的速写画和水彩画，返英后整理加工出几千张作品，陆续出版。他还为使团副使斯当东《英国使团访问中国纪实》、事务总管巴罗《中国行纪》等书制作了插图。亚历山大后来担任大马洛军事学院的美术教授，一生以中国写生为基础创作了绘画3000余幅，展现了外强内荏的康乾盛世的浮华与弊端。亚历山大大规模图画中国的影响深入西方画坛，其作品经常被人辗转使用，例如1825年法国人马尔皮耶尔（D. B. de malpiere）在巴黎出版的《中国的风俗、服饰、工艺、古迹与风景》（*La Chine: moeurs, usages, costumes, arts et métiers, peines civiles et militaires, cérémonies religieuses,*

---

12 William Alexander, "The habitation of a Mandarin", *The Costume of China: illustrated in forty-eight coloured engravings, with descriptions*, London: William Miller, 1805.

13 William Alexander, *The Costume of China: illustrated in forty-eight coloured engravings, with descriptions*, London: William Miller, 1805.

monuments et paysages）一书，收入 175 幅西方画家的中国图绘，其中许多是亚历山大的作品。

比亚历山大《中国服饰》晚五年的 1811 年，法国人布列东（Joseph Breton, 1777-1852）在巴黎出版《中国服饰与艺术》（La Chine en miniature: ou choix de costumes, arts et métiers de cet empire）一书。布列东是法国国会的会议速记员，参与创办了《司法报》《分庭速记员》《箴言报》等，翻译出版诸多著作。他辗转得到贝丁神父（Henri Bertin, 1719-1792）生前搜集的众多中国图画资料，整理出版为此书。贝丁 1762-1780 年担任法国国务秘书，并负责北京地区的耶稣会传教工作。他曾资助北京青年教徒孔某、杨某赴法留学，并资助晁俊秀（François Bourgeois, 1723-1792）和钱德明两位神父远赴中国。贝丁是法国重农学派的代表人物，认为中国农业和科技处于领先地位，因此委托旅行者和传教士大力搜集有关资料。他家中设有中国室，专门陈列中国珍宝和标本。他曾让孔、杨二人带到法国 400 幅艺术品及工艺品的图画，也曾一次得到 31 个中国泥人和纸人，这些资料为布列东所得。《中国服饰与艺术》1811 年初版 4 卷收图 79 幅，1812 年又增补两卷增图 29 幅共 108 幅图，内容范围涵盖了祭典、服饰、武器、军队、车船、器物、玩具、日常用品等。

法国作家巴尔扎克（Honoré. de Balzac, 1799-1850）的好友、画家博尔热（Auguste Borget, 1808-1877）1838 到 1839 年间游历中国，用西方风俗画的手法描绘中国风景，绘制了大量速写、水彩画和油画，回巴黎后在沙龙展出引起轰动。他发现了这个国家与任何其他国家的不同，把自己的观察思考用文字和画笔记录下来，1842 年出版了当时唯一一部用法语写作的中国插画游记——《中国与中国人》（La Chine et les Chinois）。书中收录了 32 幅水彩中国风景速写，由版画家欧仁·西塞里（Eugène Cicéri）制版。博尔热经常在中国的树荫下作画，沉浸于眼前的风景与气息，这使其作品风格细腻、画面恬静、意境深邃、富有美感，观之令人陶醉。[14]（图七十一）他还为法国作家老尼克（Paul-Émile Daurand-Forgues, 1813-1883）《开放的中华：一个番鬼在大清国》（La Chine ouverte: aventures d' un Fan-Kouei dans le pays de tsin, 1845）一书绘制了 211 幅插图。

---

14 参见《奥古斯特·博尔热的广州散记》，钱林森、刘阳译，上海书店出版社 2010 年版。

图七十一、博尔热画广州附近的桥[15]

　　鸦片战争结束，英国朝野都关注自己战胜的这个古老帝国对于，伦敦的费舍尔出版公司（Fisher, Son, & Co.）不失时机地推出了一个中国选题，请作家、历史学家赖特（G. N. Wright, 1790-1877）和建筑家、画家阿洛姆（Thomas Allom, 1804-1872）合作一本中华帝国画册，在"公众对出版者寄予厚望"[16]的氛围中，于 1843 年出版了《大清帝国的风景、建筑与风俗》[17]一书。此书由赖特撰写文字、阿洛姆为之绘制插图 128 幅。赖特是爱尔兰圣公会牧师，在都柏林大学三一学院获文学硕士学位，前期出版了一些地貌学著作，如《莱茵河、意大利和希腊》（*The Rhine, Italy, and Greece*）等。阿洛姆是维多利亚风格的建筑师，为英国皇家建筑师协会（Royal Institute of British Architects）的创始人之一，

15　Auguste Borget, *La Chine et les Chinois*, Paris: Goupil and Vibert, 1842, XXX.

16　Thomas Allom & G. N. Wright, *China, in a series of views, Displaying the Scenery, Architecture, and Social Habits of the Ancient Empire*, London: Fisher, Son, & Co. , vol.I, 1843, P. 3.

17　Thomas Allom & G. N. Wright, *China, in a series of views, Displaying the Scenery, Architecture, and Social Habits of the Ancient Empire*, London: Fisher, Son, & Co. ,1843. 有中译本《帝国旧影：雕版画里的晚清中国》，秦传安译，北京：中央编译出版社，2014 年版。

但他更为世人所知的身份是著名插图画家,擅长水彩画和地貌画,曾为一系列书籍插图,影响深远。[18]赖特和阿洛姆都没有到过中国,但他们已经读到诸多耶稣会士、旅行家尤其是马戛尔尼使团众人的诸多中国记述,见到了纽霍夫、亚历山大、博尔热以及英国海军画师司达特(R. N. Stoddart)等人的众多中国图绘。[19]赖特认真研究了有关中国政治、经济、军事、地理、文化、民俗方方面面的知识,在此基础上写出他的中国介绍。阿洛姆搜集了众多前人素描画稿作参考,加以丰富想象与缜密思考,再创作出了书中的绘画作品,从万里长城到大运河、从雄峙山关到小桥流水、从紫禁城到圆明园、从贵族家居到民间生活、从祭祖拜月到抽烟捕鱼,世间民情、人生百态,林林总总、琳琅满目。人间秘境的遐想充斥画稿,康乾盛世的余晖还在飘荡。虽然有些地方不免画错,但作品的总体格调气势恢宏,绘画效果极为细腻因而生动迷人。铜板绘刻由不同的雕工完成,工艺精湛而完美。图册出版后产生极大影响,成为欧洲最为流行的绘图本中国教科书。(图七十二)

图七十二、阿洛姆仿画博尔热澳门妈祖庙[20]

---

18 参见陈璐《托马斯·阿罗姆绘画中的大清图像》,《南京艺术学院学报(美术与设计)》2015 年第 2 期。

19 参见〔英〕托马斯·阿罗姆《大清帝国城市印象——19 世纪英国铜版画》李天纲前言,上海古籍出版社 2002 年版第 4 页。

20 Thomas Allom & G. N. Wright, *China, in a series of views, Displaying the Scenery, Architecture, and Social Habits of the Ancient Empire*, London: Fisher, Son, & Co., 1843, vol.I, p.67.

　　事实上还有更多西方画家绘画中国的作品。这些形象之作为西方人打开了贴近审视中国的窗户，使其中国想象有了具象物的附丽，逐渐落在了真实的土地上。这些作品既展现了中国瑰奇美丽的自然山川、底蕴丰厚的人文景观、辛苦劳作的芸芸众生、熙熙攘攘的生活百态，也揭示了统治阶级的耽于安逸和鼠目寸光、社会上层的浮华奢靡与强征豪夺，折射出这一古老帝国的衰颓与寿终之势。

拾陆、19世纪西方绘画里的中国戏曲想象

内容提要：

19世纪以后来华的西方人越来越多地运用绘画手段来传递戏曲形象，但由于文化准备不足，这种传递大多产生了审美接受与转换过程中的扭曲，西方画者在其中添加进了先入为主、曲解、误植和自以为是的修饰，导致绘画结果出现虚幻化效果。然而，这种形象传递毕竟较之仅仅依赖于文字想象更直观了一步，其中的少部分自然写实画使得西方人的戏曲认识朝前推进了一大步，也为我们今天研究戏曲补充了历史文献。

关键词： 西方绘画 戏曲画 戏台画 戏曲想象

19世纪前来华记录者向西方传递的中国戏曲印象，大多是通过文字传输的，无以建立起接收者脑海里的直观形象。那时的西方戏曲想象，完全依赖于接收者将文字转化为立体形象的能力，加以个体经验与想象能力的迎合与发挥，其千差万别的图景就体现在18世纪欧洲戏剧中国风里瑰奇夸张的种种形象演绎中。然而19世纪这种情形改变了，越来越多的访问者使用了绘画手段来传递戏曲的直观形象——虽然这种直观多数也只是经过了审美接受与转换过程中的先入为主、曲解、误植以及自以为是的修饰，已经导致了水中观物的光影折线与图像虚幻化效果，但毕竟较之仅仅依赖于文字想象更直观了一步。审视19世纪西方绘画里的中国戏曲想象，可以提供我们对于西方戏曲接受史更加全面与贴近的认识。

一、西方人绘制的戏曲人物

西方人的戏曲图绘首见于 17 世纪中叶纽霍夫（Joah Nieuhof, 1618-1672）的《荷兰东印度公司使团访华纪实》，然后在 17 世纪末亚历山大（William Alexander, 1767-1816）的《中国服饰》和《中国衣冠风俗图解》、18 世纪中叶赖特（G. N. Wright, 1790-1877）和阿洛姆（Thomas Allom, 1804-1872）的《大清帝国的风景、建筑与风俗》里见到多幅，其他则是零星偶见。这类图绘，由于作者并不了解中国戏曲的丰富内蕴与象征符号，又多为匆匆一瞥下的速写与过后凭记忆与理解的补充复原，甚至像阿洛姆那样没见过实物仅凭他人底样绘制，遂融入了他者的主观视界，其折射夹角的形成就不可避免。于是，我们就看到了他者构设的意象图景。

图七十三、纽霍夫绘"中国戏曲人物"（Johan Nieuhof, De lémpire de la chine），1665

纽霍夫是 1656 年 7 月荷兰东印度公司访华使团总管，他回国后于 1665 年在阿姆斯特丹出版《荷兰东印度公司使团访华纪实》一书，详细记录了沿途见闻，并画了大量的速写画，构成书中的一百多幅插图。其"中国戏曲人物"一章里有一幅戏曲插图（图七十三），按照前、中、后分成三重景区。前景区里绘戏曲人物三人：左侧一人为武将，长髯戴冠穿袍系带，肩扛长杆刀、腰跨短刀左行。中间一人为夫人，带披肩、穿大袖袍服，手里拿把折扇随行。右侧一人为侍女，穿褙子、大袖袍，手里也拿一把折扇站立。所画显然不是戏曲场景，而是画家匆匆看戏后凭借想象补充完善画出的戏曲想象图，身段动作、服饰着装都不伦不类，尤其二女子头髻不中不西，画风也非中非西。中景区绘制了一个野外临时搭建的戏台，木条撑起一人多高的台面上正在演出人虎相斗戏，后面是一个类似于欧洲中世纪街头戏那样用布幔罩着的后台，许多观众在

戏台前站立看戏。后景区则是一座中国城池的远景，城墙、门楼历历在目，一方面与书中许多城池画相呼应，另一方面也有意衬托出郊外野台戏的演出背景。虽然这只是西方人初次接触戏曲后经过头脑与手绘折射出来的走形戏曲形象，毕竟开端尝试有其意义和价值在，因为这是我们今天见到的西方人绘制的第一幅戏曲画。

图七十四、荷兰阿姆斯特丹国立博物馆（Amsterdam Rijksmuseum）藏蓝陶，1670-1690

纽霍大在书中描述道："中国人对表演和舞台剧的沉溺超过欧洲。他们的喜剧演员遍及整个帝国，大部分是年轻有活力的人。他们中一部分人从一个地方巡演到另一个地方，另一部分人在主要城镇里为婚礼和其他庄严隆重的娱乐活动演出。他们的喜剧不是讽刺的就是滑稽的，或者表现真实的当代生活，或者是他们自己想象出来的能使人们快乐的新创作，其中大部分都是炫耀历史的……他们总是随身携带一个折子，上面写着演出的剧名。任何人点了戏——这通常是在公众宴会上，他们会一直演出，而晚餐时间有时持续七八个小时。"[1]纽霍夫根据自己的理解谈了对中国戏曲的看法，首先他认为中国人对戏剧的爱好超过了欧洲人，然后介绍了戏曲演员的四处流动演出方式，他把戏曲内容区分为现实生活和历史故事两类，说后者的占比更大，并特意指出宴会演出中有一个"点戏"的环节。纽霍夫的速写图与文字解说，使欧洲人了解到戏曲在中国是一种极为普及的艺术，有着极大的影响力和覆盖面。由于纽霍夫参

1　Johannes Nieuhof, *An Embassy from the East-India Company of the United Provinces, to the Grand Tartar Cham, Emperor of China*, London: John Macock, 1669, p.167.（此书最早为 1665 年荷兰文版，笔者依据的是 1669 年英文版。国内有北京文物出版社 2020 年法文版。）

加的荷兰使团是最早的西方访华团，他的《荷兰东印度公司使团访华纪实》又是第一部真实可信的中国报道，因而在西方产生了极大的影响，很快就被翻译成法、德、拉丁、英文出版，其中的中国戏曲介绍也广远传播，十八、十九世纪的西方研究者对之一再转引。纽霍夫的戏曲老生人物形象很快就被荷兰的仿制瓷用作中国人物图像的底样，烧在了瓷器上。（图七十四）

亚历山大是 1792 年访华的英国马戛尔尼使团制图员，沿途绘制了大量速写与水彩写生画，将有关中国的地理山川、城市乡村、房屋建筑、市井百态、居室生活、风土人情、将军士兵、男女老少都事无巨细地记录下来，为欧洲认识中国社会提供了一个形象窗口。其中包括对戏曲角色和演出场景的精心描绘，为欧洲读者提供了不可多得的戏曲形象展示。1814 年亚历山大在伦敦出版《中国衣冠风俗图解》一书，收入了他画的两张戏曲人物像，一张旦角，一张武生（或净），前者题名为"喜剧女演员"，后者题名为"舞台表演者"。（图七十五）喜剧女演员画得十分温婉，应为小旦角色，戏服搭配却乱拼错接，头戴武旦的双雉翎冠，身穿彩色拖地坎肩罩云肩，内衬极不合宜的大袖袍服并作男子双手合拱姿态。亚历山大为之作说明文字曰：

> 也许将附图称为"装扮女性的喜剧演员"而不是"喜剧女演员"更为恰当，因为从已故乾隆皇帝娶了一个戏曲女演员为嫔妃以后，戏曲舞台上就禁止女演员露面，现在的戏曲女角都由男孩或者太监充任。戏曲服装都是古代样式，但和今天的戏装没有太大的区别。中国年轻女士的头饰展现出极高的想象力与品味，上面插满了羽毛、花朵、珠宝以及各式各样的金银饰品。她们的外衣绣得很漂亮，通常是她们自己动手做的，她们的大部分时间都用于缝纫和刺绣。[2]

可以看出亚历山大有一定的戏曲社会学知识，所以绘图时极力将他知道的一些内容要素揉进去，但说的大体还是戏外功夫。所谓乾隆娶女演员导致戏台上禁止女性露面，是清代西方人一再探讨的话题，因为事实上元明时期有着大量的女演员，而清代女性被禁止登台了。中国女性的服饰装扮，也一直是来华西方人津津乐道的话题。

亚历山大把图中的武生画得动态十足，其穿软靠戴冠的衣饰也还接近民间戏班的行头，但冠上细小的翎毛却不知所来，胡子代替了髯口，尤其所持长

---

2 William Alexander, *Picturesque Representations of the Dress and Manners of the Chinese*, London: W. Bulmer and Co. , 1814, plate xxx.

枪的枪头冲后更不明所以,脱离了舞台实际。亚历山大的文字解释说这个演员代表中国历史上一位伟大的将军或著名的军事英雄,特别指出来一点:"这幅画是现场绘制的。"[3]看来他是在看戏时当场捕捉了动作速写草图,难能可贵,虽然把枪头画反了。亚历山大 1805 年在伦敦出版的《中国服饰》一书里有另外一幅武生(或净)像,题名为"中国喜剧演员"。这个武生虬髯扎硬靠背上插靠旗,一手持斧一手挥刀,雄壮威武、耀武扬威,但斧头朝内却是危险的握持法。背景似乎放在了居室外,但屋门里走出的还是一个穿戏服持长枪的女演员。(图七十六)

图七十五、亚历山大绘"喜剧女演员"和"舞台表演者",1814[4]

图七十六、亚历山大绘"中国喜剧演员",1800

---

3 同上,plate xlv。

4 William Alexander, *Picturesque Representations of the Dress and Manners of the Chinese*, London: W. Bulmer and Co. , 1814, plate 130, 145.

图七十七、伊利斯《中国传统服饰与习俗》插图戏曲脚色

图七十八、马尔皮耶尔《中国的风俗、服饰、工艺、古迹与风景》插图
戏曲武生

　　亚历山大的戏曲形像不断被人在各种场合下使用。1822 年法国人伊利斯
（J. B. Eyriès）《中国人的服装、习俗和传统》一书，就使用了亚历山大的"喜
剧女演员"和"舞台表演者"两幅图画（图七十七）[5]；1825 年法国人马尔皮
耶尔（D. B. de Malpière, 1799-1863）《中国的风俗、服饰、工艺、古迹与风景》
一书，也加工使用了上面两幅武生画（图七十八）[6]。我们今天在英王乔治四

5　J. B. Eyriès, *A Chine, ou Costumes, Moeurset Usagesdes Chinois*, Paris: Librairie de Gide
　　Fils, p.48. 原书未标出版年份，《法国文学或法国学者、历史学家和文人的书目词典》
　　标为 1823 年（*La France littéraire ou Dictionnaire bibliographique des savants, historiens
　　et gens de lettres de la France, ainsi que des littérateurs étrangers qui ont écrit en français,
　　plus particulièrement pendant les 18. e et 19. e siècles*, Paris: Chez Firmin Didot Frères,
　　Libraires, 1829, tome. 3, p.50.），《1956 年以前全美出版物联合目录》标为 1822 年（*The
　　National Union Catalog, Pre-1956 Imprints*, Mansell, 1968, vol. 165, p.52.）。
6　D. B. de Malpière, *La Chine: moeurs, usages, costumes, arts et métiers, peines civiles et
　　militaires, cérémonies religieuses, monuments et paysages*, 1825.

世 1822 年修缮的东方风格的布莱顿英皇阁里，也看到一幅武生图被用在吊灯玻璃画上（图七十九）。另外楼梯窗户上也看到一幅武生玻璃画（图八十），这是英国室内装饰师格雷斯（Frederick Crace, 1779-1859）的手笔，他已细心纠正了斧头的朝向。但我们在法国画家沃莫特（Vaumort）根据法国驻北京大使布尔布隆（Bourboulon）夫人的画册绘制的北京演戏图里看到的，戏台上正在表演的武生形象，仍然是沿袭原来的造型（图八十一）[7]，可见这个形象在西方已经深入人心。不仅如此，我们在从未到过中国的奥地利象征主义画家克里姆特（Gustav Klimt, 1862-1918）的油画背景里，也看到许多戏曲人物的造型，例如穿蟒袍戴侯帽挂满髯的老生、拉山膀的短打武生、穿靠挂满髯插翎子的大花脸等，只是形象与实际的戏曲人物有距离，例如挂满髯却露出嘴巴。（图八十二）由此可知，19 世纪中国戏曲元素已经汇入了欧洲的形象领域，成为其东西方混融风格作品的素材来源。

图七十九、英国布莱顿英皇阁吊灯上的玻璃画戏曲武生

图八十、英国布莱顿英皇阁楼梯窗户玻璃画戏曲武生

---

7 陈雅新曾详细比较了一些西方戏曲图片中的有关形象，参见陈雅新《清代外销画中的戏曲史料研究》，广州：中山大学出版社 2020 年版，第 45-58 页。

图八十一、沃莫特绘北京戏剧演出图[8]（1864）

图八十二、克里姆特《弗里德里克·玛丽亚·比尔肖像》（*Portrait of Friedericke Maria Beer*），1916，特拉维夫艺术博物馆藏

8　采自 *Le Tour du monde journal des voyages et des voyageurs*, Paris: Librairie de L. Hachette et c'e, 1864, p.93.

在斯当东《英国使团访问中国纪实》一书插图里，可以看到一幅戏曲演出场景图，题名为"中国舞台上的一幕历史剧"[9]，系詹姆斯（Heath James, 1757-1834）依据亚历山大所作水彩画"一部中国戏"绘制的版画[10]。图中也处处添加着他者想象的补丁：戴官帽的老生不穿官服、身上衣服冗杂，背上却扎着四面靠旗。夫人宽袍大袖披氅，头上却插着两根长长的雉翎。给夫人打罗伞的一个兵丁头戴官帽、身穿大靠，伞盖是上下两层！演员后面有当场演奏的乐队，这一点倒是实情，传统戏台上乐队是排列在上下场门之间的底幕处的。舞台布景系街道建筑实景，让人想到西方戏剧舞台上的布景设计。（图八十三）这幅画里的老生形象被用在了英国布莱顿英皇阁楼梯窗户的玻璃画上。（图八十四）

图八十三、詹姆斯依据亚历山大绘中国戏剧水彩画制作的版画，1797

图八十四、英国布莱顿英皇阁楼梯窗户玻璃画戏曲老生

9　George Staunton, *An Authentic Account of an Embassy from the King of Great Britain to The Emperor of China*, London: M. Bulmer and Co., 1797, vol.3, pp.73-74.
10　参见陈雅新《清代外销画中的戏曲史料研究》，广州：中山大学出版社，2020 年，第 59 页。

　　亚历山大《中国衣冠风俗图解》图 25 "罕见的表演"还描绘了一种弹簧木偶戏。（图八十五）这种弹簧木偶戏我们在中国史料里没见到过记载，幸亏亚历山大将它画了下来，并且加有说明文字："它是意大利木偶戏的直接来源，即通过装在木偶特定部位的弹簧来使之发出动作。这些跳舞的小木偶不仅仅是孩子们的娱乐，还为皇帝和他的宫廷演出，尤其是为那些深藏在家里很容易满足于任何消遣的女人们提供娱乐——不管这些消遣多么幼稚。"[11]亚历山大看到的是用弹簧发动的木偶戏，像他图绘中的那样，表演者用线扯动几个木偶击鼓敲锣跳舞。亚历山大说图里描绘的是山东临清州的演出，应该是英国马戛尔尼使团返程时沿御河到达临清州改入京杭大运河时所见，据斯当东《英国使团访问中国纪实》，这一天是 1793 年 10 月 22 日。《大清帝国的风景、建筑与风俗》卷 1 第 45 页阿洛姆所绘"临清州杂耍秀"，亦是这样一种弹簧木偶戏的演出，难能可贵的是他还画出了伴奏师和围观的众多观众，阿洛姆应该是从他处得到了底样。（图八十六）

图八十五、亚历山大绘临清州弹簧木偶戏，1814[12]

11 William Alexander, *Picturesque Representations of the Dress and Manners of the Chinese*, London: W. Bulmer and Co. , 1814, plate xxv.
12 William Alexander, *Picturesque Representations of the Dress and Manners of the Chinese*, London: John Murray, 1814, plate 125.

图八十六、阿洛姆绘临清州弹簧木偶戏演出[13]

　　阿洛姆、赖特《大清帝国的风景、建筑与风俗》卷 2 图 28 是一幅在西方十分著名的戏曲演出图，题名为"日月奇观的场景"，绘出了神庙戏台上一个戏曲开打场面，这是难得一见的，当然持月牙铲者右手捉反了。（图八十七）其戏出粉本出自今大英图书馆藏佚名纸本水彩戏画《辞父取玺》，系广州外销画作品，内容是隋唐征战故事。（图八十八）历史演义里有此一节：隋臣宇文化及弑杀隋炀帝杨广自立为帝、纳其萧妃，唐王李渊命其四子李元霸攻宇文化及、夺取传国玉玺。戏曲舞台上多演此戏，戏中李元霸使双锤，宇文化及之子宇文成都使月牙镋，与戏画相合，另一右手举玺女子当为萧妃。[14]但是，或许是从圆锤和月牙道具得到的启示，赖特把剧情与一个什么人说的太阳和月亮的戏搅在了一起，所以题名为"日月奇观"。例如英国传教士李太郭（George Tradescant Lay, 1799-1845）就在广州看到过一个类似的戏，写在了他 1841 年出版的《实际的中国人》一书里："第一场戏是表现居住在天上的仙人们的幸福和华贵，太阳和月亮，以及各种装扮奇特的神仙在周围玩耍。扮演太阳的男子手里拿着一个代表太阳的圆盘，而扮演月亮的女子手里拿着一个新月形的道具。演员们小心翼翼地移动，以模仿这些天体在其球形旋转中的连接和对

13 Thomas Allom & G. N. Wright, *China, in a series of views, Displaying the Scenery, Architecture, and Social Habits of the Ancient Empire*, London: Fisher, Son, & Co., 1843, vol.II, p.28.

14 参见于毅颖《传承与误读——中国戏曲及戏画在欧洲的传播》，《典藏·古美术》中国版 2018 年 12 月刊。

立。"[15]阿洛姆的慧心之处在于他的画中将演出场面移到了戏台上,而且戏台绘制的角度十分巧妙:视点在戏台的旁侧,不但台上表演历历在目,旁边的看台及观众也纳入进来,这样观者就看到了看台观众男女分置、台下立观者人头济济的风俗景观。缺点是将乐队分散在了台前,背部挡住了台下观众的视野,这不符合实际情形,而且奏乐者打扮像西方绘画里的蒙古人、坐地演奏的方式像日本能乐。

图八十七、阿洛姆绘"日月奇观的场景"[16]

图八十八、大英图书馆(British Library)藏广州外销戏画《辞父取玺》

---

15 George Tradescant Lay, *The Chinese as they are*, London: William Ball & Co., Paternoster Row, 1841, p.114.
16 Thomas Allom & G. N. Wright, *China, in a series of views, Displaying the Scenery, Architecture, and Social Habits of the Ancient Empire*, London: Fisher, Son, & Co., 1843, vol.II, p.28.

二、西方人绘制的戏台

西方人绘制的戏台画与戏曲画一样也分为两类：一类是画家在中国考察写生，匆匆留下了速写粉本，另一些没来过中国、没见过中国戏台的画家在其素材基础上发挥想象力再创作的画。这一类戏台画通常会有扭曲现实的情况，例如阿洛姆画的戏台。另一类则是真正在中国进行了认真写生并最终绘制完成的戏台画，以法国风情画家博尔热（Auguste Borget, 1808-1877）的画作为代表，具有逼真写实的性质，可供我们今天作为图像实录参考。

阿洛姆、赖特《大清帝国的风景、建筑与风俗》卷 1 第 83 页 "天津大戏台" 图描绘的是 1793 年 8 月 11 日马戛尔尼使团在天津受到迎迓官员的设戏款待，所见到白河码头边临时搭设的戏台场景。（图四十一）大约是根据使团成员所绘草图，以及他们著述里的描述，阿洛姆大体画出了这座临河戏台演出的全部盛况：河中停泊的船上、岸上、周围楼台上到处挤满了看众，颇有热闹祥和的升平之气。但所绘戏台台口不是架设矮栏杆以便观赏演出、反而封上花墙遮挡视线，戏台没有后台而四面敞开、观众从周围各个角度围观，这些都不符合实际情形。至于后楼庑殿顶下面的西式拱形柱廊恐怕更系阿洛姆的错搭。

这座戏台是清朝直隶总督梁肯堂（1717-1801）奉了乾隆皇帝的圣旨，为欢迎英国使团的到来，特意命人在总督行辕附近的码头边临水搭建起来的，1793 年 8 月 11 日使团乘船到达时，戏台上一直在进行不间断的演出。《马戛尔尼使华日记》里描述道："8 月 11 日，星期日。今天早上我们抵达天津……我们的座船停靠在总督府前，几乎是市中心的地方。在对面靠近水边的码头上，为这一场合修建了一座非常宽敞、宏伟的剧院，用中国传统的方式装饰得富丽堂皇。一个戏班的演员在几个小时内几乎不间断地演出着各种戏剧和童话剧。"[17]马戛尔尼使团事务总管巴罗（John Barrow, 1764-1848）《中国行纪》一书里也描述了这个热闹的场面："戏台前面完全敞开，面朝河道，所有的观众都看得见。戏台上演奏着刺耳的音乐伴随着高声念诵，乐器有深沉的锣、一种驳船上用来指挥纤夫动作的木杖鼓，还有军鼓和号角。临时给总督、法官和其他政府官员搭起的彩棚用丝绸、缎带装饰得富丽堂皇。人群热闹而欢快，与

---

17 George Macartney, *An Embassy to China, being the journal kept by Lord Macartney during his embassy to the Emperor Ch'ien-lung, 1793-1794*, Edited with an Introduction and Notes by j. L. Cranmer-Byng, Senio Lecturer In History at the University of Hong Kong, London: Longmans, Breen and Co. LTD, 1962, p.78.

巴塞洛缪集市[18]里的娱乐情形非常相似，以至于我们不需要多少想象力就会觉得自己走进了史密斯菲尔德。"[19]赖特为此图撰写的说明文字显然来自上述著作及其他有关文献，他描述道：

> 使团驳船停泊在总督府前。码头上建起了一座临时剧院，一个奇特的管弦乐队摆在它的后面，台上按照民族风尚表演戏剧来慰劳使团。这座建筑物的外观装饰着各种绚丽活泼的颜色，通过适当的组合与反衬，中国人能创造出最令人愉悦的效果。剧院的正面向河岸敞开，内部装饰也同样优雅和成功。演出持续了整整一天，没有中断，童话剧和历史剧交替进行。演出服装的要求很严格，演员们统一穿着与故事的时代背景相符的衣服。在各种乐器的伴奏下，对白完全是朗诵。铜锣、壶鼓和小号的声音非常突出，动作的每次停顿都伴随着它们的巨大敲击声，就像我们的铜管乐队有时做的那样。每个演员第一次出场时都会宣示他要表演什么角色，故事在哪里发生，以及其他需要说明的情况，但只有面对外国观众和不熟悉中国话的人时才会严格遵守这一措施。[20]

阿洛姆在亲历者粉本基础上完成的这幅天津大戏台画，总体上透示出了当时的盛大演出场景，尤其是历历绘出的码头上拥挤站立的看戏人群，后面楼廊里攒动的看戏人头，以及水面船舶上也簇拥着围观的人众，在在渲染出欢乐热闹的气氛，为我们保留了这宝贵的历史瞬间。

阿洛姆、赖特《大清帝国的风景、建筑与风俗》卷1第93页插图"一个官员的家庭宴会"，画的是清代家宴演戏的场景，在亚历山大绘图基础上进行了想象性的加工。[21]（图八十九）画中绘出一个长方形的豪华厅堂，梁柱槅扇

---

18 圣巴托罗缪是耶稣十二门徒之一，天主教徒将每年8月24日定为他的节日，英国伦敦史密斯菲尔德老街区在这一天举办盛大的集市。

19 John Barrow, *Travels in China, Containing Descriptions, Observations, and Comparisons*, Philadelphia: Printed and Sold by W. F. M'Laughlin, 1805, pp.53-54.

20 Thomas Allom & G. N. Wright, *China, in a series of views, Displaying the Scenery, Architecture, and Social Habits of the Ancient Empire*, London: Fisher, Son, & Co., 1843, vol.II, p.84.

21 陈雅新《十三行行商与清代戏曲关系考》（《戏曲研究》第108辑，2018年）一文指出："阿托姆画中的戏剧演出场面是模仿亚历山大《一部中国戏剧》（*A Chinese Theatre*）而来。亚历山大画作现藏大英图书馆，为画册 *Album of 278 drawings of landscapes, coastlines, costumes and everyday life, made during Lord Macartney's embassy to the Emperor of China. Between 1792 and 1794* 中第168幅，画册编号 WD961：1792-1794。"

宫灯齐全，中间摆放着一个巨大的长方形木桌，桌边 7 位宾主共坐，主人坐当头、客人列两边。客人面前只有自己的一个盘子或大碗，桌中也只摆花瓶，再无其他杯盘佳肴。大厅的尽头是戏台，上面有挂髯扎靠扬鞭者正在演戏。演出场景没有了中国戏画的提示，就成了单纯想象的附会物，例如不按程式表演而像乐队指挥一样扬手挥棒的老爷、夫人身边穿便袍插靠旗持长斧侍立的随从、直接坐在台口的伴奏人员等等。阿洛姆绘画一贯保持的长处是他精细画出了中国式厅堂的内室结构，从梁坊斗拱到墙饰隔扇、梁悬宫灯到楹联壁挂，加上雕花家具、瓷瓶花架的点缀，尤其是右上侧的强烈用光，衬托出　派富丽堂皇格调。

图八十九、阿洛姆绘清朝官员家宴演戏图，1843[22]

赖特在此处有说明文字，为绘画内容作了注脚："官员家一般来说更像是有趣的艺术品展厅……宴会厅以及所有其他房间里的家具都是昂贵而美丽的，墙壁和天花板上总是装饰着浮雕、硬木雕以及色彩鲜艳的墙纸。用雕刻精美的桌架支撑着的宴会台十分宽大，上面摆放着各种装饰品：玻璃盘、瓷盘或银盘上放着插了鲜花盛着香水的瓷瓶，四周摆着供客人各自使用的碗。在亚洲很少使用的椅子，上有丝绣椅帔和天鹅绒座垫，成为有地位者的日用家具。主人坐在一头，椅子比客人的高一点，客人坐在两侧，就像欧洲的文明国家里一样……餐饮过程中，在宴会厅一头准备演出的剧团来了一个人，拿着剧目单让挑选。但无论你选择哪一部戏，演出时持续不断发出的喧嚣声与噪音，都会使外国人渴望着早点退场。演出的智力部分通常被翻滚、跳跃、杂耍这种展示力量和动作的表演所取代，演员们这时表现出比展示戏剧性更强的能力，而这种

---

22 Thomas Allom & G. N. Wright, *China, in a series of views, Displaying the Scenery, Architecture, and Social Habits of the Ancient Empire*, London: Fisher, Son, & Co., 1843, vol.I, P.93.

能力无疑会在任何这类演出中激起掌声。"[23]赖特的描述透示出广州官员家庭生活习俗受到西方影响而发生了改变：宴会使用共享大餐桌和椅子（中式家宴一般是客人分小桌坐凳子），主人椅子垫高以便突出身份。赖特还依据西方人的众多记载，描写了中国人家宴演戏的点戏程序，特别讲到戏曲的乐声嘈杂、武打表演压过剧情展示等弊病，强调了西方人的不适应。

真正为我们留下了具有极高历史价值图绘的是博尔热。博尔热醉心中国，1838 年 8 月乘船到达香港，在广州、澳门停留 10 个月，每天四处写生，画了大量优美细腻的中国风景画和市井民俗画。博尔热的作品风格细腻、画面恬静、意境深邃、富有美感，观之令人陶醉。博尔热曾经在广州的寺庙里看戏，他的兴趣不在戏，而在观察看戏的观众及演出环境，因此画下一批戏场图。博尔热为他的朋友、法国作家老尼克（Old Nick, 1813-1883）写的《开放的中华》一书配制了 4 幅戏场插图。

图九十、博尔热绘"泉塘老街的中国戏园"，1845[24]

23 同上，pp.93-94。
24 Old Nick, *La Chine ouverte, aventures d'un Fan-Kouei dans le pays de tsin*, Paris: H. Fournier, Éditeur, 1845, p.284.

　　第一幅图是"泉塘老街的中国戏园"，画的是广州泉塘老街上一座民间戏园的内部情景，戏台、演员、看楼、观众历历在目。（图九十）戏园内部空间为方形，正面是戏台，两侧是看楼，中间是地坪，戏台对面应该还有入口和看楼，只是图中没有绘出。戏台很高，有一人半那么高，台前可以看到有一个成人托着孩子在向上爬。台上有大约 10 个演员正在演戏，地坪上挤满了站立的观众，两侧一层二层楼廊里也都是人，还有孩子坐在栏杆外面，甚至爬到了顶层。戏园顶部是露天的，侧楼之间拉有几根横铁杆，悬挂着 7 盏各式宫灯供照明用。这个戏园的建筑形制与当时普遍见于各地神庙的戏园相仿，应该是参照了其样式格局。

　　广州原本没有固定戏园，需要演戏时就临时搭台，所以常驻广州香港的英国人戴维斯（John F. Davis, 1795-1890）1817 年在他的《中国戏剧简论》一文里说："中国没有公共剧院。中国的剧团可以随时在几个小时之内就建造出一座戏台：用竹竿作柱子来支撑当作屋顶的棚子，用木板铺成高出地面六、七英尺的台面，台子的三个侧面都用绘有图案的布幔遮住，前面则完全敞开——这就是建造一个中国戏台需要的全部材料……事实上，一个普通住宅就满足了演出中国戏的全部必要条件。"[25]清代后期，受到北京、上海戏园的影响，广东逐渐建起了固定戏园。例如 1899 年英国人斯坦顿（William J. Stanton）在《中国戏本》一书里说："在香港、澳门、广州和其他一两个地方，建有很人的戏园，戏园后部有固定的戏台。""在香港固定建筑的戏园里，每天演出两次。从上午 11 点开始，黄昏时稍作休息，一直持续到晚上 11 点。"[26]博尔热所绘，就是广东戏园兴起之后的情形。

　　第二幅图是"晚宴"，画的是官员家宴堂会演戏的情景，绘出了客人吃酒看戏的生动场面。（图九十一）图绘一主四客围坐在一张方桌三侧饮酒，旁边仆从环伺，桌子未坐人的一侧对着一个戏台，台上 6 个演员正在演戏。所绘桌椅以及旁边立着的一个大瓷瓶，都具有明显的西式风格，是广州生活西洋化的写实。老尼克书中曾描述他参加行商家庭晚宴看戏的场景，可以作为对比："一个相当大的长方形大厅里，左右两边摆放着四张木桌。一个椭圆形的门洞通向里边，两侧有两个绘满花朵的巨大古瓷瓶，上面插着两把大孔雀羽毛扇。第五

25　J. F. Davis, "A brief view of Chinese drama and of the theatrical exhibitions", *Laou-seng-urh or an heir in his old age* (London: John Murray, 1817), p.x.

26　William J. Stanton, *The Chinese Drama*, Hongkong: Printed by Kelly and Walsh, 1899, pp.3, 5.

张桌子，即繰官（Saoqua）的桌子，摆在大厅入口的一头，正对着另一头的小戏台。吃饭的时候，戏台上翻跟斗的、跳跃的、唱戏的在不停地表演，没有人注意他们。虽然桌子很大，可以容纳四到六个人，但每张桌子只坐了两个客人，留下朝向小戏台那一面以便看戏。"[27]老尼克说得很清楚，宴会客人是分桌坐的，这是中国家宴堂会戏的固定做法，博尔热大约只从一个角度绘出了一张桌子，但也或许是在西方影响下风习发生了改变。

图九十一、博尔热绘堂会演戏图，1845[28]

英国汉学家翟理斯1901年在伦敦出版的《中国文学史》里说："官员和有钱人通常把演员请到他们的私宅里来演出，一般是在举行晚宴时演戏。"[29]广

---

27 Old Nick, *La Chine ouverte, aventures d'un Fan-Kouei dans le pays de tsin*, Paris: H. Fournier, Éditeur, 1845, p.32.
28 Old Nick, *La Chine ouverte, aventures d'un Fan-Kouei dans le pays de tsin*, Paris: H. Fournier, Éditeur, 1845, p.34.
29 Herbert Allen Giles, *A history of Chinese literature*, New York: D. Appleton and Company, 1901, p.258.

州当时是十三行行商聚集的地方，行商都是半官方背景，亦即半官半商，他们富可敌国，都会在家里建私人宴厅戏台，为与外商联谊经常宴请西方人看戏。例如英国人希基（William Hickey, 1749-1830）回忆录记载，1769 年 10 月 1 日、2 日，他在广州同文行行商潘启官（Puanknequa，名潘振承，1714-1788）家参加晚宴，看了打斗武戏和童话剧。[30] 1793 年英国马戛尔尼使团、1795 年荷兰德胜使团、1817 年英国阿美士德使团访华返程抵达广州时，都曾到行商来官（Lopqua，名陈远来）、章官（Chunqua，？-1825，名刘德章）家里赴宴看戏。[31] 马戛尔尼使团成员巴罗《中国行纪》一书记载在行商家看戏说：

> 我们一到这里，就看见一班戏曲演员正在努力演戏，这场戏似乎是从早上就开始演起的。但他们的叫喊声和刺耳聒噪的音乐实在太可怕了，以致于当我们在正对戏台的廊下用晚餐时，艰难地叫停了他们。然而第二天一早，太阳刚一升起，他们又开始演出了。在大使和使团全体成员的特别要求下，他们被遣散了。这让我们的中国东道主感到十分惊讶，根据这种情况他们得出结论：英国人对高雅娱乐缺乏品位。看来演员是按天雇的，他们越是连续不断地演出，就越是受到称赞。他们总是准备好上演一张剧目清单上二三十个剧目里的任意一出戏，清单交给主要来宾，让他做出选择。[32]

当然，马戛尔尼使团粗鲁打断特意为他们准备的接风演出是很失礼的。阿美士德使团第二副使埃利斯爵士（Sir Henry Ellis, 1777-1869）《近期使团访华日志》里也记载他 1817 年 1 月 16 日在广州行商章官（Chun-qua）家宴上看到的戏曲演出说："今天晚上，主要行商之一的章官为大使举行了一场晚宴和'唱曲'（sing-song）或戏剧表演。"[33] 1838 年前后美国商人亨特也曾在广州行商潘

---

30 参见 Edited by Peter Quennell, *The prodigal rake: memoirs of William Hickey*, New York: E. P. Dutton & Co. Inc, 1962, p.143. 后来潘振承的孙子潘正炜（1791-1850，西方人称潘启官三世）继承祖业主理同文洋行。1825 至 1844 年在广州经商的美国人亨特（William C. Hunter, 1812-1891）亦曾在他家里看戏，著有《旧中国散记》记叙其事，并特地点出看过的《补缸》戏名。（参见 William C. Hunter, *Bits of Old China*, London: Kegan Paul, Trench, & Co., 1885, pp.108-116.）

31 参见陈雅新《十三行行商与清代戏曲关系考》，《戏曲研究》第 108 辑，北京：文化艺术出版社 2018 年版。

32 John Barrow, *Travels in China, Containing Descriptions, Observations, and Comparisons*, Philadelphia: Printed and Sold by W. F. M'Laughlin, 1805, p.413.

33 Henry Ellis, *Journal of the proceedings of the late embassy to China*, London, 1817, p.418.

正炜（1791-1850，外商称之为潘启官三世——Puankhequa Ⅲ）家花园里赴宴，看到了流行小戏《补缸》的演出，过后还将剧本翻译成英文，发表在广州出版的《中国丛报》1838 年 4 月号上。亨特在《旧中国杂记》一书里回忆那次潘家演戏说：

> 在重要的私人住宅中举行晚宴时，通常都会演戏。演出在一个开放的亭子上进行，在客人聚集的屋子对面，相隔两三百英尺。中间隔着一个湖，湖面上覆盖着巨大的荷叶。湖上有一座矮石桥跨过，桥上雕刻着鸟、花和古装人物。晚宴接近尾声时，演出即将开始。戏班经理被喊来，取出他的戏单，以便选择剧目。戏单递给客人，选好一个剧目后，经理回去告诉演员戏名。不需要准备，只需穿上该戏的衣服，乐队就位，演出就开始了……场景改换的时候，就在两根台柱上挂上一块雕刻精美、有彩色边框的木板，上面写着镀金大字来表示，聚集在一起的客人可以很容易地看到它。舞台大约有20 英尺深，用一个雕刻精美的隔板与后面的更衣室隔开。隔板前面是乐师，他们站在演员的后面。[34]

可以看出，潘正炜家花园里演戏用的是一个隔水戏台，20 英尺（6 米）深的戏台相当大。客人坐的宴殿和戏台中间隔了一个长满荷叶的小湖，中间有几十米的距离，有一座雕花石桥相通，这是豪贵家花园里的排场，据说借着水音唱戏更动听。亨特描写的点戏过程和以往西方人描写的一样，但他说的换戏时用戏台台柱上悬挂金字雕板写明戏码的做法过去少见，或许是因为行商潘正炜经常宴请西方人看戏，采取了变通的办法。

第三幅图是一幅特殊的"鬼门"图，图中可以看到戏台地板上揭开一个方孔，一位演员正从里面钻出来。（图九十二）值得注意的是，老尼克提到卢坤家宴临时搭建戏台，所搭戏台台面上就有一个"鬼门"，这是其他地方没有见到的。他说："人们在宴会厅的窗户前面，很快就用竹竿搭了一个六七尺高的戏台。戏台的三面用红色的布帘遮挡着。戏台的后部为演员隔出一小块后台，也用一块帘子隔开。有两个门通往前台：左边是进口，右边是出口。台面有一个活板门，用于神仙鬼怪之类角色进出，叫做'鬼门'。有了这种装置就不再需要用移动布景来制造幻觉，但演员必须用口头解释或其他替代标志来指示

34 William C. Hunter, *Bits of old China*, Shanghai: Kelly and Walsh, limited, 1911, pp.108-109.

场景。"[35]我们知道，戏台上的"鬼门"通常就指上下场门[36]，而类似的戏台台面上下通道只在清宫大戏台见到，即三层大戏台第一层的"地井"，也用于神鬼出场，平时有盖板盖上，需要时可以揭开。无独有偶，博尔热为老尼克画的插图中恰好就有一个"鬼门"，是戏台地板上的一个四方开口，掀开盖子有人钻出。这个"鬼门"，我们在法国传教士古伯察 9 年后出版的《中华帝国》的描写里也见到了。古伯察说："在舞台前方有一个活板门，以方便神仙鬼怪之类角色进出，称之为"鬼门"。"[37]从文字看，古伯察沿袭了老尼克的说法，他可能读了老尼克的《开放的中华》一书，但他是否亲眼见到了戏台上的"鬼门"则不得而知。戏曲不用布景的原理不是因为有了这种"鬼门"，这是老尼克的过度理解。

图九十二、博尔热绘戏台台面上的"鬼门"，1845[38]

但是，博尔热最值得重视的一幅图应该是"戏台后面的演员"图，画的是演戏时的戏台背面，从这个视角绘制戏台从未见过，极其珍贵（图九十三）。图中可见戏台为一临时搭建的棚木结构建筑，台面有一人半高，后台朝后敞开。后台上有演员还在化装，右侧有一位包青衣头的临场演员挑开上场门的布帘在向外观看，等待进场。因后台空间过于狭小，一些已经穿好戏装的演员在

35 同上，pp.285-286。
36 宋元时期称戏台的上下场门为"鬼门道"。例如明朱权《太和正音谱》"词林须知"说："拘拦中戏房出入之所，谓之'鬼门道'。鬼者，言其所扮者，皆是以往昔人，故出入谓之'鬼门道'也。"（中国戏曲研究院编《中国古典戏曲论著集成》，北京：中国戏剧出版社 1959 年版，第三册第 54 页。）后来常称之为"鬼门"。
37 Huc, *L'empire Chinois*, Paris: Librairte de Gaume Freres, 1854, pp.289-290.
38 Old Nick, *La Chine ouverte, aventures d'un Fan-Kouei dans le pays de tsin*, Paris: H. Fournier, Éditeur, 1845, p.286.

台下站着或坐着候场，最左边一位穿黑衣戴白色面具扮无常的演员特别醒目。一人正攀爬台架登台，上面另一人在拉扯他。台右上角挑有一盏灯在为他们照明。再右侧看得到有撑开的布帘把观众挡在外面，一些人正向后台这边窥视。这是一幅生动的写生图，一定是博尔热坐在戏台后面某处画出来的。

图九十三、博尔热绘"戏台后面的演员"，1845³⁹

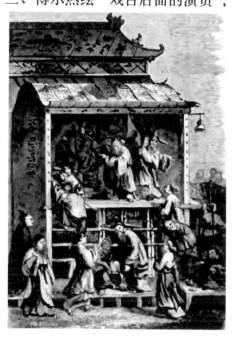

三、西方绘画戏曲想象的文化成因及其价值

正当明清中国戏曲繁盛博兴的时候，世界史也走进了地理大发现和西潮东渐的时代。中国戏曲开始被西方文明"发现"，并被用"他者"的视角进行端详和审视。十七八世纪来华的天主教耶稣会传教士源源不断地向欧洲传回大量中国信息，来华商人、探险家与使者的游记里也日益增多了对中国窥视与揣度的文字，越加诱发起西方对这个古老而神秘帝国的兴趣。兴趣之一即这个国家的戏曲舞台演出，这是一种与西方戏剧相同而又相异的人类艺术结晶，它既说明了人类思维的同质性，又突出表明了东西方文化的异质性，因而尤为引起关注。自 1731 年法国来华耶稣会士马若瑟（Joseph de Prémare, 1666-1736）将元杂剧《赵氏孤儿》翻译和介绍到欧洲开始，后续戏曲翻译研究者络绎不绝，

---

39 Old Nick, *La Chine ouverte, aventures d'un Fan-Kouei dans le pays de tsin*, Paris: H. Fournier, Éditeur, 1845, p.287.

加上上述文字里对戏曲舞台表演的记述，逐渐向西方揭开了戏曲的面纱。但这些记述停留于文字，使得西方人心目中的戏曲仍然扑朔迷离。于是，来华画家开始用画笔还原并直观传递戏曲形象，并借由回国后开办画展以及广为书籍制作插图，将戏曲图景栩栩如生地传向欧洲。

然而，异质文化的传播与接受并非总能像照像那样进行客观转换，它取决于传导方与接受方的观念吻合度和传导手段的畅通度。不同文化的传导转换与审美接受过程中，很容易发生先入为主、自以为是的修饰，从而形成曲解和误植，导致水中观物的光影折射与图像虚幻效果，这就构成了 19 世纪西方绘画里的中国戏曲想象。我们知道，最初西方的中国绘画里想象成分是很多的，例如经常按照西方人体比例把中国人画得过高过长，人的五官也带有明显的西方人种特征，人物服饰更是染上西方风格，这在纽霍夫的早期戏曲人物画里就有着鲜明体现。尤其戏曲表演是动态艺术，西方画家在绘画时只能先临场抓取戏曲场景和人物姿态，绘成结构草图，过后再凭记忆和知识积累来还原与丰富细节。记忆往往是有偏差的，而西方人对于戏剧舞台的知识积累是西方化的，因而绘画只能按照西方戏剧传统和画家对它的理解展开，从而形成对戏曲现实图景的偏差甚至背离。

总之，西方人中国想象的形象化折射在西方绘画作品中，这些作品从早期纯粹依赖于联想到后来的中国实地写生，走出了一条日渐写实的道路。由于对戏曲图像的抓取困难与理解难度，西方人创作的戏曲绘画有着与现实较大的扭曲角度，在为西方世界接近戏曲提供了方便窗口的同时也设置了障碍、增添了曲解成分。

戏曲的他者映像是西方人发现中国的一部分，戏曲成为西方人认识中国的一个重要途径。它事实上是西方的一种自我投影，是西方以自身文明为最高标尺作量具的一种衡量与比对，是以现时西方戏剧舞台为准则对于中国戏曲的量度。就其对中国戏曲的认识来说，与其说是为了再现中国，不如说是为了表述西方与构建自身，是为了用戏曲来为西方戏剧提供自我参照。而对于中国戏曲来说，西方人的言说是一种他者审视，提供了一种自身文明之外的他者视角和文化立场，这种视角和立场使戏曲发现了以往自我忽略的特征和性格。西方人的审美差异性也同时为戏曲提供了审视自身审美范畴、反观戏曲文化内核、反思自我价值取向的新的基点。由此带来的戏曲对自身的重新认识，使其坚持本体立场与矫正衍生部分成为可能，也使其对他者的文化利用成为可能。

拾柒、清代西方人对中国剧场的认知

内容提要：

　　清代西方人带着固定的剧场概念进入中国，体验了中国戏曲多样的演出场所，分别先表看法，就像盲人摸象一样各执一端，经历了一场跨文化理解的歧义碰撞和论辩，逐步理清头绪。笔者从搜集西方文献第一手材料（包括文字和图片）出发，对这一现象进行梳理。其结果有助于我们反观戏曲的文化性格和中国戏园特质，也为中国剧场演进史补充认识资料。

关键词： 西方剧场观　认知　中国戏园

　　莎士比亚时期的西方与中国旧式演剧环境接近，剧场形式比较随意，街头演出、旅馆剧院、露天伸出式舞台常见。但随着戏剧日益朝向写实发展，也随着剧场成为建筑景观和仿真布景与机械舞台设备的日益成熟，18 世纪欧洲剧场已经发生了革命性的飞跃。之后由于远东贸易的迅速开展，西方人进入中国看戏的机会日益增多，仍然处于形制不确定和结构多样化阶段的中国戏园就引起了他们的注意，开始记录和加以论说。

　　中国地域广袤，南北民俗区别很大，就演戏情形来说，京都、城市、乡镇、家庭各自不同，因而剧场建筑也发展不一，而且随着时间的后延一直发生变化。我们今天知道的清代剧场，有戏园、庙台、家台、临时搭台等多种形式。清代进入中国的西方人，带着西方剧场的固定概念，在不同时间和不同地区体验了中国不同的演出场所，分别发表看法，于是就像盲人摸象一样，各执一端，甚至互相争论，经历了一场跨文化理解的歧义论辩，才逐步理清头绪。对这一现象进行梳理，有助于我们反观自身的文化性格和戏曲特质。

一

　　法国耶稣会士韩国英（Pierre-Martial Cibot, 1727-1780）从 1760 年开始，在清宫担任机械师、画师、园艺师长达 20 年之久。他平日留心北京生活的方方面面，包括艺术与民俗，因而了解许多戏曲文化。韩国英曾在《论中国语言》一文里指责中国人轻视戏剧，说"他们野蛮地把公共剧院和妓院一样限制在城市之外，而且说是允许它存在，其实只是容忍。"[1]北京的公共剧院出现于清初，事实上是酒楼戏园，康熙年间（1662-1722 年）知名的有太平园、碧山堂、白云楼、四宜园、查家楼、月明楼、金陵楼等。[2]由于北京内城只准旗人居住，怕他们贪图腐化堕落丧志，清廷屡屡颁布禁令不许在内城开设戏园。如清延煦等编《台规》卷二十五载："康熙十年又议准，京师内城不许开设戏馆，永行禁止。"[3]因此韩国英看到的乾隆年间（1736-1795 年）的情形，北京戏园确实集中在南城墙的正阳门（前门）之外，《台规》卷二十五还说到，乾隆二十七年（1762）时"前门外戏园酒馆倍多于前"[4]，说明了这种情况。乾隆末北京演戏的茶园知道名字的有 8 座：万家楼、广和楼、裕兴园、长春园、同庆园、中和园、庆丰园、庆乐园，见于崇文门外精忠庙乾隆五十七年（1792）《重修喜神祖师庙碑志》，这些都是固定的公共剧院。但这种固定的戏园集中在北京、盛京（沈阳）等都城里，成为京都繁华一景，其他地方还没有普及开来，因而在当时不是普遍现象。

　　于是我们就看到 1817 年英国戏曲研究家戴维斯（John F. Davis, 1795-1890）在他的《中国戏剧简论》一文里反驳韩国英说："这个说法肯定是假的，事实上中国根本就没有公共剧院。中国剧团可以随时在几个小时之内就建造出一座戏台：用竹竿作柱子来支撑当作屋顶的棚子，用木板铺成高出地面六、七英尺的台面，台子的三个侧面都用绘有图案的布幔遮住，前面则完全敞开——这就是建造一个中国戏台需要的全部材料。完成的戏台很像巴塞洛缪集市（在伦敦老街区）上为相似目的而搭建的摊位，但远没有那么牢固。事实上，一个普

---

1 CibotPierre-Martial, "De la langue chinoise," *Mémoires concernant l'histoire, les sciences, les arts, les moeurs, les usages, etc. des Chinois, par les missionnaires de Pékin*, Tome Huitieme , 1782, p.228.

2 参见廖奔《中国古代剧场史》，郑州：中州古籍出版社，1997 年，第 79-81 页。

3 转引自王利器《元明清三代禁毁小说戏曲史料》，上海：上海古籍出版社，1981 年，第 24 页。

4 转引自同上，第 45 页。

通住宅就满足了演出中国戏的全部必要条件。"[5]戴维斯的说法还可以从早他半个世纪的英国人珀西（Thomas Percy, 1729-1811）的文章里得到印证。珀西倾心中国文化，他在《1719年广州上演的一部中国戏的故事梗概》编者按里说："我们发现这里没有任何正规的剧院。"[6]伦敦《每季评论》1817年10月号在评论戴维斯译本《老生儿》时沿袭了戴维斯的说法："他们也没有任何永久性的剧院。用到处都在使用的现成的竹子、几块席子和一些印花布，他们可以在几个小时之内就搭起一个戏台，或者一个带有出口和入口的房间，就足够满足需求了。"[7]说中国人用竹竿席棚能够迅速搭起一座戏园，这是普遍存在的事实，但不能以此否定当时中国另有固定建筑的戏园，这是戴维斯的误解。韩国英长居北京，所说为实。戴维斯因为住在广州，那里当时确实只有临时搭台的戏曲演出，所以产生了盲人摸象的认识。

事实上京都之外，清代前期东南一带也有固定建筑的戏园出现。例如苏州在雍正时期（1723-1735年）已经有了第一座戏园——郭园，乾隆年间增加到数十处。大约在嘉庆年间，扬州也效法苏州，开设戏园，有固乐园、丰乐园、阳春园等出现。上海在咸丰以前（1851年以前）也模仿苏州戏园创建了张家花园，也是戏园。[8]这种底层民众聚集喧闹的地方，西方人很少去，所以他们见不到这些戏园演戏。

但是，因为戴维斯的权威性——他长期生活在中国，最早翻译了一批中国小说戏曲文本（《三与楼》《好逑传》《老生儿》《汉宫秋》等），是英国研究中国小说戏曲的开山祖，后来又担任了香港总督、成为爵士，因而他的误解长期误导了西方人，许多人信了他的说法，一直沿袭不止。即使是后来进入中国的旅行者和传教士，也因为所经地域局限的缘故，得到和戴维斯同样的片面认识。长期在福州的美国传教士卢公明（Justus Doolittle, 1824-1880）1866年出版的《中国人的社会生活》一书说："（中国）没有像西方那样专门为演戏而建造的剧院。每座寺庙几乎没有例外地都在方便的地方建一个戏台，专门用来演戏。这座城市（指福州）以及它的郊区有几百座这样的寺庙。为了演戏，晚上

5　J. F. Davis, "A brief view of Chinese drama and of the theatrical exhibitions", *Laou-seng-urh or an heir in his old age*, London: John Murray, 1817, p.x.

6　Thomas Percy, "The argument or story of a Chinese play acted at Canton in the year M. DCC. XIX. ", *Hau Kiou Choaan or The Pleasing History*, London: Dodsley, 1761, vol. 4 , p.174.

7　"Chinese drama", *The Quarterly Review*, 1817, vol. xvi, p.406.

8　参见廖奔《中国古代剧场史》，郑州：中州古籍出版社，1997年，第81-83页。

也经常在街上临时搭台，白天很少。这种街头戏对旅行者和从事货物运输的人来说总是受欢迎的。戏班也经常被雇佣在富人家里和官员府邸演出。"[9]长期在山东的美国传教士倪维思（John Livingston Nevius, 1829-1893）1868年出版的《中国和中国人》一书也说："中国没有专为演戏建的固定性大剧院，演出在庙宇、私宅、街道和路边进行。各种庙宇的神像前都有一个戏台或平台，专门为演戏而建造。富裕家庭会在大的内院里搭建临时戏台。有时一家或几家联合在附近空地上搭建一个戏台。在商业街道上，为了商贸繁荣常常在店铺前面演戏，这时戏台就会跨街而建，它的台面非常高以便路人穿行。"[10]他们都谈及了中国演戏的几种场合，但结论是一样的：中国没有专门演戏的固定剧院。如果说清代的酒馆和茶园剧院兼营茶酒，不算专门演戏的剧院，出自西方纯粹艺术观，也有他的道理。但对中国人来说，它们就是专门演戏的固定戏园了，我们今天见到的清代史料里，都把北京茶园直呼为"戏园"可证。但卢公明、倪维思都没有见到过。

倒是有许多西方人注意到，中国固定建筑的戏台是普遍存在的，就是遍及中国的神庙戏台。只是它们并非专为演戏而设，主要用于酬神活动，与欧洲剧院的世俗性不可同日而语。例如卢公明说："演戏经常是一种崇拜行为，通常用于重要的节日庆祝活动。戏剧演出通常与感谢神明联系在一起……戏剧与中国人的节日庆典密切相关，与在神灵面前进行宗教崇拜密切相关……在很多情况下，戏剧表演被认为是一种仪式或崇拜的一部分。"[11]倪维思也说："中国戏剧公开宣称的目的也是其主要目的是尊崇和抚慰神明，这些神明通常以塑像、牌匾和版刻的形象出现，摆放在最为尊贵显赫的位置。"[12]除了功能不一样外，神庙戏台的演出环境当然也和西式剧院大相径庭。

到了清代后期，或许受到京都戏园或者西式剧院的影响，广东一带才逐渐建起固定戏园。1899年英国人斯坦顿（William J. Stanton）《中国戏本》一书里说："在香港、澳门、广州和其他一两个地方，建有很大的戏园。戏园后部有固定的戏台，上面绘着美丽的图画，但画的内容与演的戏没有关系。""在香港固定建筑的戏园里，每天演出两次。从上午11点开始，黄昏时稍作休息，一

9 Justus Doolittle, *Social Life of the Chinese*, London: Sampson Low, Son, & Marston, Milton House, 1866, vol. II, pp.295-296.

10 John L. Nevius, *China and the Chinese*, New Yark: Harper & Brothers, 1868, p.269.

11 Justus Doolittle, *Social Life of the Chinese*, London: Sampson Low, Son, & Marston, Milton House, 1866, vol. II, p.298.

12 John L. Nevius, *China and the Chinese*, New Yark: Harper & Brothers, 1868, p.269.

直持续到晚上 11 点。"[13]当然这种戏园是中式的，与西方剧院不同。法国画家
博尔热（Auguste Borget, 1808-1877）1838 到 1839 年间曾到中国游历，画了许
多写生图，其中就有固定的戏园。后来他为法国作家老尼克 1845 年出版的《开
放的中华》[14]一书绘制插图 211 幅，其中有戏曲场景四五幅，就包括一幅固定
的戏园画。（图八十六）图中正面为高高的戏台，上面有至少 10 个演员正在演
出。两侧环楼有二层看台，观众挤坐，还有孩子坐在栏杆外面甚至攀到顶层。
中间是普通观众拥挤站立的池子，台前看到有一成人托着孩子往戏台上爬。顶
部未绘出，但拉有横铁杆，悬有 7 个宫灯。其建筑形制与当时普遍见于神庙的
戏园相仿，只是戏台对面没有神殿而是看台（图中未绘出）。

二

西方剧场文艺复兴时期也和中国差不多，有众多的客厅剧院、街头临时搭
台演戏等。但 18 世纪西方剧场已经发展为固定的建筑样式，其基本结构为平
面马蹄形的楼厦，配以华丽的廊柱和雕塑，内部一头是箱形舞台、镜框式台口，
舞台上的梁架上安装了悬挂帘幕布景和特技设备用的涓轮、绞车、杠杆等，并
设置了天桥，舞台后部通向演员宽敞的化妆室。观众厅分为池座和楼座或包
厢，设置了中间带过道的横排沙发式或木制座椅，天顶悬挂着玲珑晶莹的烛架
和吊灯。观赏大厅外还有配套齐全的门厅和侧厅用作休息厅，体现了一种崭新
的空间观念和观众意识。习惯于在这种剧场里看戏的西方人，遇到简陋的中国
戏园，自然会产生许多不适应。

英国传教士李太郭（George Tradescant Lay, 1799-1845）1841 年出版的《中
国人的戏剧娱乐》一书说："中国人建筑设计的理念很差，因此不会建造那种
能够满足公共剧院要求的名副其实的建筑。"[15]美国传教士明恩溥（Arthur
Henderson Smith, 1845-1932）1899 年出版的《中国乡村生活》一书也说："除
了个别大城市以外，中国没有我们所理解的那种有座位、用屋顶和墙围在里面
的剧院。"[16]英国学者翟理斯（Herbert Allen Giles, 1845-1935）1901 年出版的

13 William J. Stanton, *The Chinese Drama*, Hongkong: Printed by Kelly and Walsh, 1899, pp.3-5.
14 Old Nick, *La Chine ouverte, aventures d'un Fan-Kouei dans le pays de tsin*, Paris: H. Fournier, Éditeur, 1845.
15 George Tradescant Lay, *The Chinese as they are*, London: William Ball & Co. , 1841, p.106.
16 A. H. Smith, *Village Life in China*, Ediburgh and London: Oliphant, Anderson and Ferrier, 1899, p.55.

《中国文学史》里说："这些戏台基本上都一样，没有幕布，没有吊杆，没有侧厅。"[17]

　　事实上清代后期中国戏园虽然参照了西式剧场，但仍然与之不同，即使是在美国华人街建的戏园亦是如此。1852 年曾有一个叫"鸿福堂"（Hong Took Tong）的中国戏班从香港到旧金山为华工演出获得成功，不久就在杜邦街（Dupont Street）——今天的格兰特大道（Grant Avenue）建造了一个千人座的中国戏园，地板前低后高，没有包厢和休息厅，顶部挂有 22 盏宫灯，戏台前有一个能装 40 位乐师的乐池。[18]由此可见这座经过改革的中国戏园，仍然大体保持了中国的传统式样，只是增设了乐池，让乐队从戏台后部搬到了前面的乐池里，并将观众隔得稍远了一些。我们今天可以见到一幅 1879 年前绘制的旧金山杰克逊街华人戏馆兴春园演戏图（图九十四）[19]，大体反映出改良戏园的内部模样：一座封闭式大厅里，戏台设于一侧，带有半圆台唇，台后仍然保留左右出将人相两个上下场门，悬着门帘。画的视点是从环形二层看楼后面望过去，可以看到许多戴礼帽的中国观众一排排挤坐在二楼观看演出。

图九十四、旧金山杰克逊街华人戏院兴春园（Hing Chuen Yuen）绘刻，1879[20]

17 Herbert Allen Giles, *A history of Chinese literature*, New York: D. Appleton and Company, 1901, p.258.
18 参见程美宝《清末粤商所建戏园及戏院管窥》，《史学月刊》，2008 年第 6 期。
19 Henry T Williams and Frederick E Shearer, *The Pacific Tourist*, New York: Nabu Press, 1879, p.322.
20 Frederick E. Shearered. , *The Pacific Tourist*, New York: Adams & Bishop, Publishers, 1879, p.290.

　　西方人在中国广泛注意到的演戏场合，分别为堂会戏台、神庙戏台和临时戏台演戏三种情况。让我们分别来看看他们的关注点。

　　堂会演戏是中国明清时期的普遍现象，是家庭私宴或官厅公宴的配套演出，明代耶稣会人士入华时就留下了许多的有关记载。正如戴维斯所说："中国……多数大宅门里都有专门用于演戏的大厅。"[21]法国作家老尼克道光十六年（1836）来到广州，曾到东顺行的行商马佐良家赴宴看戏，又为广东巡抚卢坤的女儿做手术治好白内障，他说在卢坤家赴宴看了《窦娥冤》《补缸》等戏，并亲眼目睹了卢坤家在开戏前让人搭建戏台的情形，记在了他 1845 年出版的《开放的中华》一书中。难能可贵的是，书中还收有画家博尔热画的一幅宴会演戏插图，图的左前方绘有官员家庭设宴情形，右后方绘有一座戏台，上面 6 个演员正在演出，恰为实景。（图八十七）

　　神庙戏台由于有看廊、看楼和庙院配套，就更加接近固定建筑的戏园，只是露天不封顶。1846 年冒险到西藏传教，被清廷从内地递解澳门，从而有了从四川经湖北、江西到广东旅行经历的法国传教士古伯察（Évariste Régis Huc, 1813-1860），1854 出版《中华帝国》一书，就把这种庙台直接称之为戏园。他说："（中国）到处都有戏园子。大的市镇里遍布，演员们白天黑夜地演出。没有哪一个村子没有戏园。戏园子通常建在寺庙的对面，有时干脆就是寺庙的组成部分。"[22]有一次，因为客栈住满了，遣送他的清朝官员甚至就安排他在这样一个戏台上铺床睡了一夜，他因此有着对庙台环境的真切体验。前面提到的倪维思也说："各种庙宇的神像前都有一个戏台或平台，专门为演戏而建造。"[23]卢公明也说："每座寺庙几乎没有例外地都在方便的地方搭一个戏台，专门用来演戏。这座城市里以及它的郊区有几百座这样的寺庙。"[24]还有一个美国传教士丁韪良（William Alexander Parsons Martin, 1827-1916），也在他 1896 年出版的《中国一个甲子》一书里说："每座庙宇都在神像的正前方建有一个戏台，戏主要是演给神看的。但就像为神像供奉的祭品事实上给人们提供了一场盛宴一样，演给神像的戏也免费供应给了大众。因为庙里很少有座位，观众都

21　J. F. Davis, "A brief view of Chinese drama and of the theatrical exhibitions", *Laou-seng-urh or an heir in his old age, a Chinese drama*, London: John Murray, 1817, p.ix.

22　Évariste Régis Huc, *L'empire Chinois*, Paris: Librairte de Gaume Freres, 1854, p.289.

23　John L. Nevius, *China and the Chinese*, New Yark: Harper & Brothers, Publishers, 1868, p.269.

24　Justus Doolittle, *Social Life of the Chinese*, London: Sampson Low, Son, & Marston, Milton House, 1866, vol. II, pp.295-296.

站着看戏。因此，他们是不是在听戏，一方面取决于戏班的吸引力，一方面也取决于他们肌肉的耐力。"[25]丁韪良注意到了这种看戏环境对于观众肌肉持续力的要求，意思是中国戏园从不考虑观众看戏的舒适度。

古伯察还生动描写了这种戏园的嘈杂演出环境："观众总是呆在露天地里，他们的位置没有确定的限制。每个人都能找到他自己最好的位子，街道、房顶甚至大树上，可以想见其喧嚣与混乱。所有的观众都尽情吃、喝、抽烟、谈话，兜售吃食的小贩在人群中穿梭。当演员在公众面前倾尽全力再现伟大的历史与悲剧事件时，这些小贩扯着嗓子在叫卖他匣子里的南瓜子、甘蔗糖、炸红薯和其他美食。"[26]但是这种民俗环境却恰恰是中国演戏与西方观念不同的结果，中国人是把它当作盛大节庆的红火热闹场所看待的。我们从清代刘阆春所绘《农村演戏图》（图九十五）里，恰看到古伯察所描写的情景，二者可以互相印证。

图九十五、清刘阆春绘《农村演戏图》，1875

---

25 W. A. P. Martin, *A Cycle of Cathay, or China, South and North with Personal Reminiscences, Third Edition*, New York: Fleming H. Revell Company, 1900, p.72.

26 Évariste Régis Huc, *L'empire Chinois*, Paris: Librairte de Gaume Freres, 1854, pp.292-293.

　　戴维斯提到的临时搭建戏台，在中国是非常普遍的现象，也是西方人人华都十分关注并注意记录的民俗。例如倪维思就说："有时一家或几家联合在附近空地上搭建一个戏台。在商业街道上，为了商贸繁荣常常在店铺前面演戏，这时戏台就会跨街而建，它的台面非常高以便路人穿行。"[27]

　　正如戴维斯说的，中国人可以随时在几个小时之内就建造出一座戏台。老尼克 1836 年在广东巡抚卢坤家里赴宴看戏，就亲眼见到了这种临时戏台的迅速搭建："在宴会厅的窗台前，匆匆用竹竿搭了一个六七尺高的戏台，三面用红幕布遮挡，只在戏台的后面给演员们留出一小块后台，用一块大帘子隔开。留下两扇门：左边一扇为进口，右边一扇为出口。"[28]1847 至 1859 年在中国经商的英国人斯卡斯（John Scarth）喜欢钻进戏园后台，观察演员化妆，和演员交朋友，也喜欢画速写，给演员画像。他 1860 年出版的《在华十二年》[29]一书里，收有他画的一幅临时戏台图（图九十六），恰是一座最简陋戏台的演戏场景。图中戏台仅仅用几根竹竿挑起帷幕，围成一个前面开门的四围空间，6个演员就在台面上表演，观众挤着站在台前地坪上观看。想来搭建这样一座戏台确实不需要几个时辰。

图九十六、斯卡斯《在华十二年》第 57 页插图戏场图

27　John L. Nevius, *China and the Chinese*, New Yark: Harper & Brothers, Publishers, 1868, p.269.
28　Old Nick, *La Chine ouverte, aventures d'un Fan-Kouei dans le pays de tsin*, Paris: H. Fournier, Éditeur, 1845, p.286.
29　John Scarth, *Twelve Years in China*, Edinburgh: Thomas Constable and Co. , 1860.

三

由于演戏和搭设临时戏台的需求量极大，18 世纪后期在商业都市里就逐渐出现了专营商铺。例如演戏订戏班，吃席定戏筵，搭戏台请搭台行，各有分工又各有专工，形成了一条龙服务，对客户来说极其便利。学者陈雅新在大英博物馆所藏清代广州外销画所绘广州十三行商铺里，找到了 3 个戏筵铺和 1 个搭戏台铺的绘画。[30]其中戏筵铺"集和馆""品芳斋""龙和馆"的招幌上都写有"包办荤素戏筵酒席"的字样。包办酒席自然不止是戏筵酒席，不演戏只吃席的客户也应在经营服务的范围之内，但当时几乎无筵不戏、无戏不成筵，所以这些酒店就都把"戏筵酒席"直接标在了招牌上。搭戏台铺二招幌上一书"李号承接各乡醮务戏台蓬厂"、另一书"承接花草人物戏台主固不误"字样，画中于门旁绘有竹竿、木板、席筒等搭材，门内亦有匠人手抱木板出入。这些说明了此铺的经营业务：为城乡祭神活动搭建棚木结构戏台，并承诺按时保质完成。曾有西方画家画出这类戏台的结构草图，可以参考。（图九十七）

图九十七、西人绘棚木戏园结构图[31]

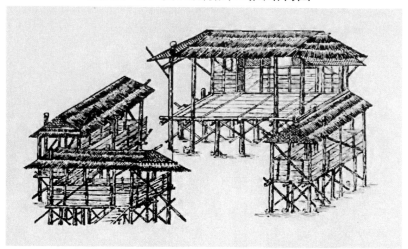

旧时中国的剧场空间不大考虑普通观众的安置，通常在村落空地或街道上临时搭起一座戏台即可演戏，普通观众则随意散乱观看。但一般也还要在戏台对面、侧面搭建"女棚""看棚"，供身份特殊的女性和士绅使用。我们在明清戏画里经常见到这种观戏环境的描画。斯坦顿描写过这种情况："高大的戏

---

30 参见陈雅新《西方史料中的 19 世纪岭南竹棚剧场——以图像为中心的考察》，《戏曲研究》，2019 年第 4 期。
31 Kate Buss, *Studies in the Chinese Drama*, Boston: The Four Seas Company, 1922, p.72.

院以惊人的速度竖立起来，完工后，它们相当舒适。常见样式是一座高耸的金字塔形中心建筑，一头是戏台和化妆室，两侧和对面都有搭起来的看台提供座位，它们围着的中间部分没有座位，那些免费进场的观众站着看戏。"[32]

这类戏园虽然已经比较完备，终究不像西方剧院那样重视观众席的设置，即使是在看棚里，也达不到相对的舒适度。一些喜欢在中国钻戏园的洋鬼子，就不得不承受难耐之苦。李太郭曾经买票进戏园长时间看戏，顺木梯爬上看棚，挤坐在中国人堆里。开始时还引起了骚乱，下面许多人看到洋鬼子，都爬卜来和他搭话，被管理人员和警察赶走。他描写自己的感受说："演出持续了大约六个小时，从来没有休息过，但是演员和观众都对演出如此投入，没人觉得疲倦。冒着炎热的天气，在一个硬板凳上坐了这么久，当服务员最后取下节目板时，我感到很高兴。"[33]

这类临时戏园逐渐把"女棚""看棚"连接成整体看台，就接近了当时茶园剧场的结构，但还是露天的。李太郭具体描述了这类戏园的建筑样式："他们演戏的建筑是临时性的，就像田野里搭的帐篷一样，一旦演员和聘请方签好了合同，就会立即搭建起来。它们的规模差别很大，虽然使用的设计图几乎相同，一般由四个独立的建筑组成，围在一个四围空间的四面。一面是戏台，仅仅由一个供演员使用的化妆室和平台组成。它的对面是一个专门供妇女看戏用的看棚，正对着戏台，体现了中国人对妇女的特别照顾，因为正前方是最有利的看戏位置，而在看棚里陌生人几乎看不到她们……两边的侧棚是给那些付钱买座的绅士们准备的，而中间圈围的场地里则挤满了各个阶层的人，他们免费入场。"[34]从李太郭的笔下我们看到，19世纪中期临时戏园也比较完善了。

但这种临时架设的棚木结构戏园，最大的风险就是火灾。由于中国戏园里的乱象：点油灯、抽烟、放爆竹甚至油炸小吃，经常会使之化为灰烬。斯坦顿《中国戏本》里留下一次骇人记载："对这种易燃的建筑来说，火灾是非常危险的，尤其是经常放爆竹，而且晚上里面的大油灯也一直亮着。曾发生过一些与之相关的令人震惊的火灾，烧死了好多人……最骇人听闻的一件事发生于1845年5月25日，在广州的科考试院里举办一场纪念华佗诞辰的演出。周围

32 William J. Stanton, *The Chinese Drama*, Hongkong: Printed by Kelly and Walsh, 1899, p.6.
33 George Tradescant Lay, *The Chinese as they are*, London: William Ball & Co. , 1841, pp.113-114.
34 George Tradescant Lay, *The Chinese as they are*, London: William Ball & Co. , 1841, p.106.

都是临时搭建的拥挤的棚架，当警报响起时，一个出口碰巧被锁上了。大火迅速蔓延，有两千多人丧生。场景非常可怕，整个封闭区域都被尸体覆盖了。一些地方的尸体摞在一起，另一些地方只有一堆堆灰烬代表着那些曾经充满活力和欢乐的人。有一个地方，人挤得密密麻麻，虽然被烧死了，尸体仍然肩并肩地站着。几年以前，在 Ko-iu 区的 Kam-li，一个棚木结构的戏院因纵火发生火灾，数百名观众和大多数演员被烧死。"[35]让人如此毛骨悚然的事故，促成了后来戏园喷水车与水龙头装备的出现。

1901 年美国学者翟里斯（Herbert Allen Giles, 1845-1935）出版了一本《中国文学史》，其中谈戏曲部分总结了中国戏园的四种形式，应该说认识比较全面了，引在这里："在中国的大城市里，除了新年的一个月和为死去的皇帝服丧期以外，戏剧全年都在公共剧院里上演。进场不买门票，但所有观众都必须买吃食点心。各行各业的商业行会也都在他们的会馆里建有戏台，定期向所有站在露天庭院里观看的人提供免费演出。官员和有钱人通常把演员请到他们的私宅里来演出，一般是在举行晚宴时演戏。农村则在庙宇戏台或道路上搭建的临时戏台上演戏，演出由公众摊付费用。"[36]其中所说的会馆戏台实际上和神庙戏台性质相同，因为会馆也都是敬神之所。总之，西方人对于中国随意而复杂又不断变化的各类剧场形式，有一个长期的感知过程，从他们的记叙里，也透示出中国古代戏园的特色及其缺陷，为我们今天的认知提供反思。

---

35 William J. Stanton, *The Chinese Drama*, Hongkong: Printed by Kelly and Walsh, 1899, p.6.
36 Herbert Allen Giles, *A history of Chinese literature*, New York: D. Appleton and Company, 1901, p.258.

拾捌、《列王纪》波斯细密画里的中国元素

　　《列王纪》是记录波斯国王事迹的史诗，10 世纪末至 11 世纪初由波斯诗人菲尔多西（Firdawsi, 940-1019/1025）创作。这是世界上仅由一位诗人创作的最长的史诗之一，也是波斯语国家中最伟大的史诗。它主要讲述了波斯世界从诞生到七世纪萨珊王朝灭亡期间的历史沿革和神话故事。13 世纪被蒙古征服后，由于伊尔汗（Ilkhan）的蒙古宫廷和副宫廷（vice-regents）对《列王纪》感兴趣，波斯人逐渐形成了委托他人为波斯的经典作品绘制插图的风尚，而首当其冲的就是菲尔多西的《列王纪》。在许多 13-16 世纪的《列王纪》版本中，包含了大量的波斯细密画。细密画（miniature）来源丁拉丁语 minutia，是一种小型的波斯纸上绘画。这种绘画逐渐超过了陶瓷和金属制品（ceramics and metalwork），在波斯具象艺术（figurative art）中占据了主导地位。[1]笔者从来自《列王纪》的细密画里找到了一些中国元素，对之进行了下述研究。

　　宋代的山水工笔画、中国陶瓷和纺织品的图案都对波斯细密画产生了影响，尤其是风景之中的参天大树、卷曲的云朵和岩石山，此外还有中国的图案例如牡丹、荷花、龙凤纹样。元朝还曾向伊尔汗国派出画师，波斯的艺术家可以和中国的画师直接对话。[2]在《列王纪》中，中国艺术带来的影响非常明显。波斯细密画中的中国元素和波斯传统风格非常好的融合在了一起，并不突兀，

1　Lukonin, V. , & Ivanov, A. (2014). *The lost treasure. Persian art*. Parkstone Press Ltd. 56-65.

2　参见杨静《大蒙古〈列王纪〉细密画中的"中国风"》，《中国社会科学报》2023 年 3 月 1 日。

不给人以分裂之感，具有极高的审美价值，所以被不同风格流派的波斯细密画画家借鉴与吸收。

下面这幅名为《自然风景中的皇家接待》（Royal Reception in a Landscape）的图画绘制于1444年，现存美国克利夫兰艺术博物馆（The Cleveland Museum of Art）。馆藏说明称图像为26.1×20.7厘米，一幅两页，为《列王纪》中的双页插图，出自帖木儿王朝时期（1370-1501），与中古时期的丝绸之路有关。其中出现了众多的元明青花瓷器。（图九十八）帖木儿帝国是丝绸之路上中西亚交通的重要国家，连通着丝绸之路经济贸易的要道。而这副图片所反映的帖木儿帝国和大明的交往也给丝绸之路研究提供了新的材料。

图九十八、《列王纪》插图，1444，美国克利夫兰艺术博物馆（The Cleveland Museum of Art）藏

图中所绘为一场盛大的参见仪式。一大片草地、道路和绿树，天空中漂浮着白云，众多的尊贵宾客跪坐在地毯上和草地上参见。右侧一个阳伞下铺着一块很大的地毯，上面一男一女两位主角正在交流。许多贵族男女站着或坐着。右图下方可以看到两位伴奏者，一位在演奏竖琴，另一位在演奏打击乐器。有侍者手持水瓶、托盘忙碌其间，为客人提供服务。左图左侧有立观的一群人，他们牵马驾鹰，旁边有两头猎豹，还有人手持马球竿，似乎刚刚结束了一场围

猎和马球赛。左下角另有一堆人站立观看,一位配腰刀侍从挥鞭驱赶向里挤的人众。值得注目的是左上部跪坐在草地上观看的三位汉官,身着中式圆领袍服,头戴黑色带翅帽,腰中束带,大约是前来访问波斯的使臣。一个细节尤其值得重视:下方有两位波斯侍者抬着两张桌子,上有许多中国瓷碗;另有两组人手捧青花瓷瓶或瓷盒,一人臂上还搭着一块绸料;更有阳伞旁桌子上立着三个青花瓷瓶,格外引人注目。这些可以理解为是中国人来参见波斯王时,带来了青花瓷器和绸缎礼物。

图片绘制于 1444 年,正处于 15 世纪帖木儿帝国和大明交往密切的时期,《列王纪》的画家将自己所见的大明使团绘制了出来。1413 年,明朝官吏陈诚(字了鲁,1365-1457)奉旨出使帖木儿帝国,回国后撰写了《西域行程记》与《西域番国志》两书。帖木儿帝国国王沙哈鲁(Shah Rukh, 1377-1447)给予了陈诚隆重的接待,随后在 1419-1422 年派遣了 500 人的庞大使团去往大明,帖木儿帝国的历史学家火者·盖耶速丁(Hafiz Abru,?-1430)也在其列,他撰写了《沙哈鲁遣使中国记》[3]。1430 年沙哈鲁冉次派遣使团赴明,并与大明确立起朝贡贸易关系。《明史》多次记载明朝与波斯的交往(《明史》中称帖木儿帝国为"哈烈""黑娄"),仅永乐一朝就记有明朝遣使 6 次,波斯使者奉贡 9 次。[4]说明中亚和明朝交往频繁,明朝的工艺品于是大量进入帖木儿帝国。到 1435 年明宣宗朱瞻基逝世,帖木儿帝国内部也发生问题,这条建立起米的贸易之路就断绝了。[5]

《自然风景中的皇家接待》一图可能受到了《拜宋豁儿列王纪》(Baysonghor Shahnameh)绘图的影响。拜宋豁儿(Baysonghor)是帖木儿王朝的王子,他聚集了一批顶尖学者和画家、艺术家,使文学、绘画和书法都得到了发展,拜宋豁儿本人也具有极高的文学艺术素养。《拜宋豁儿列王纪》由拜宋豁儿于 1426 年委托制作,于 1430 年 1 月完成,其中包括 21 张波斯细密画,两幅为左右两页拼接式。《拜宋豁儿列王纪》中的插图也是公认的细密画中的典范。而《自然风景中的皇家接待》的拼接形式和绘画风格与《拜宋豁儿列王纪》相似,也使用了后者里面通用的金色边框,可见是在《拜宋豁儿列王

---

3 Abru, H. & Maitra, K. M., 1970. *A Persian Embassy to China. Being an extract from Zubdatu't Tawarikh of Hafiz Abru.* New York: Paragon Book Reprint Corp.

4 参见《明史》,中华书局,1974 年,第二十八册,第 8609-8611 页,第 8619-8620 页。

5 参见《中译者前言》,《海屯行纪 鄂多立克东游录 沙哈鲁遣使中国记》,何高济译,中华书局出版社 1981 年版,第 97-102 页。

纪》的影响下创作的。

《列王纪》文字中经常会出现中国"丝"、"绸缎"的字样，有时还有"毛笔"和"墨汁""指南针"，但并没有记载"瓷器"[6]。而这幅图里却出现了众多的青花瓷器。可以看出，15 世纪中国和波斯贸易的主要物品已经由丝和绸缎转为了青花瓷器，而且青花瓷器出现在高规格的皇家招待中，说明它具有较高的价值。

如前所说，《列王纪》创作于 10 世纪末至 11 世纪初，因此画中不应该出现穿着明代官服的中国人，也不应该出现元明样式的青花瓷器（虽然唐朝也有白地蓝花的唐青花，但唐青花的特点是留白多，纹样仅起装点作用，因此可以清晰地辨认出图中的青花瓷器并不是唐青花）。可见，后世画家在为《列王纪》添制插图时，并没有考虑《列王纪》故事的时代，而直接画出了他看到的人物和物品，透露出作画年代和文字年代的时间差。

这张图也透示出中国青花瓷器在 15 世纪进入波斯的证据。13 世纪时，许多中国工匠随着胡拉加汗（Hulaga Khan）来到波斯（公元 1256 年），但只能生产青瓷器皿（Martabani Ware）[7]。十四五世纪中国青花瓷器进入波斯之后，波斯陶瓷开始了对中国瓷器的模仿。约翰·夏尔丹爵士（Sir John Chardin）在文章中提到荷兰商人习惯于将波斯陶器送往欧洲，并在那里将其作为中国陶器出售："在那出售来自两个波斯大城市基尔曼（Kirman）和梅特贝德（Metebed）的瓷器，波斯制造的瓷器非常精美，由于内外都是珐琅材质，所以会被认为是日本和中国制造的。据称，荷兰人把这些瓷器混在中国瓷器中，冒充中国瓷器在欧洲出售。"[8]。这一说法也可和萨沃里先生（M. Savory）在《世界商业词典》（*Dictionnaire Universelle de Commerce*, 1723）中的说法相印证。例如文中说道："瓷器也是一种精美而珍贵的陶器，中国的尤为著名，但它是从东方的一些地方，特别是从东印度群岛（Grandes Indes）、日本、暹罗和苏拉特等地传入欧洲的；还有一些非常精美的瓷器也来自波斯。"[9]"瓷器并不是在

---

6 参见《列王纪》英译本：Firdausī& Davis, D. , 2006. *Shahnameh: The Persian Book of kings*. New York: Penguin Group, p.148, 287, 400, 472, 490.

7 Goetz, J. , 1908. *An illustrated and descriptive catalogue of rare old Persian pottery*. New York: Messrs. H. O. Watson& Co. , p.11.

8 Chardin, J. , 1711, *Voyages de Monsieur le chevalier Chardin en Perse et autres lieux de l'Orient*, Tome 3, p.32.

9 Savary Des Bruslons, J. , 1762, *Dictionnaire universel de commerce*, Paris: Chez la veuve Estienne et Fils, nouvelle edition, tome troisieme, p.942.

东印度（Indes Orientales）制造的，在那里的数量如此之多的瓷器大部分生产自波斯，其余的来自中国和日本。"[10]萨沃里先生的著作进一步阐明了一个事实，即在 17 世纪，波斯大规模地进行了瓷器制造，为该国的对外贸易提供了前所未有的部分，其瓷器已经达到了完美的程度，使波斯能够在欧洲市场上与中国相抗衡[11]。而这张图就可以说明，15 世纪时，波斯已经得到了中国精美的青花瓷瓶、青花瓷盒和青花瓷碗，为其复制中国瓷器提供了模本。这张图不但为我们出具了中波交流的实证，也为我们研究丝绸之路上的贸易、文化交流提供了宝贵的线索。

---

10 Savary Des Bruslons, J. , 1762, *Dictionnaire universel de commerce*, Paris: Chez la veuve Estienne et Fils, nouvelle edition, tome troisieme, p.959.

11 Goetz, J. , 1908. *An illustrated and descriptive catalogue of rare old Persian pottery*. New York: Messrs. H. O. Watson& Co. , p.11.

拾玖、论荣念曾《西游荒山泪》的跨文化戏剧解构

内容提要：

　　香港荣念曾导演的后现代主义跨文化戏剧作品《西游荒山泪》立足于东方传统，以之作为传统戏曲在现代困境中寻求突围的象征性案例进行舞台演绎。本文以《西游荒山泪》为例，分别对其解构戏曲的跨文化戏剧内涵、剧中的后现代戏剧语汇，以及后现代主义跨文化戏剧的思路进行探讨，以分析后现代跨文化戏剧的意义和价值。

关键词： 后现代　跨文化　戏曲解构

　　后现代主义思潮风行了半个世纪，跨文化戏剧交流也愈演愈烈，当二者携手并运用于戏曲的剧场实验，能否给现代戏曲以发展和启迪就成了人们的关注点。香港导演荣念曾（Danny Yung）立足于东方传统，在戏剧实验、探索戏剧新的舞台形式方面多有开掘，尤其在现代戏剧融合戏曲元素方面有着多年的实践历练。在《西游荒山泪》之前，荣念曾进行过大量有关实验，他重新审视中国传统文化的不同元素，将其应用在戏剧语汇中。例如 2000 年荣念曾在德国柏林文化中心策划的《一桌二椅》项目，以传统戏曲舞台空间的一桌二椅形式为概念框架，邀请其他戏剧艺术家在这一既定空间内进行共同创作。2008 年，荣念曾创作了有典型后现代特征同时具备跨文化意义的舞台探索剧《西游荒山泪》。这是一部反向跨越却又同时体现了后现代理念的解构作品，解构对象为传统戏曲，创作冲动的触发点也都出自戏曲，是荣念曾的代表性实验剧作，2008 年获得联合国教科文组织旗下国际剧协（International Theatre Insitute）

的新创音乐戏剧奖（Music Theatre NOW）。本篇文章以之为例，试图探讨后现代跨文化戏曲的解构方法和意义。

一、荣念曾解构戏曲的跨文化戏剧内涵

东西方舞台上的跨文化戏剧尝试持续了一个世纪，戏曲成为其中的重要媒介与受体。西方话剧演绎中国戏曲故事事实上早在18世纪的欧洲就开始了，法国伏尔泰与英国阿瑟·墨菲（Arthur Murphy）分别将元杂剧《赵氏孤儿》改编为《中国孤儿》并在欧洲上演。1944年布莱希特又将元杂剧《灰阑记》改写为《高加索灰阑记》，故事背景设置在了二战后的苏联。1992年德国作家克拉邦德（Klabund，原名 Alfred Henschke）再次改编《灰阑记》，由奥地利作曲家亚历山大·冯·策姆林斯基（Alexander von Zemlinsky）以歌剧形式搬上苏黎世舞台（Barlow, 1992）。[1]克拉邦德对《灰阑记》中部分情节作了修改，但剧中保留了中国背景与角色原名。而戏曲演绎西方经典更是当代戏曲实验的一大课题，近年引起较多关注的有孙惠柱和范益松在美国塔夫茨大学联合导演的京剧《奥赛罗》、孙惠柱由易卜生《海达·高布尔》改编的越剧《心比天高》等。此外，在其他剧种中加入戏曲元素或片段就更为常见。例如早在1927年上演的田汉话剧《名优之死》就巧妙粘合了戏曲，运用"戏中戏"结构使京剧片段进入话剧舞台。上述跨文化戏剧动作多是以某一文化中的本土戏剧为主体对他者文化样本的发掘与阐释，以不同舞台样式的跨越与转换为看点，基本保留或重新杜撰了样本结构。与跨文化改编不同，还有另一种由李希特（Fischer-Lichte Erika）提出的"表演文化交织"的跨文化戏剧[2]，而荣念曾的《西游荒山泪》是笔者认为最符合这一类型的跨文化戏剧代表。

《西游荒山泪》不是对京剧大师程砚秋代表剧目《荒山泪》本身的改编，而是以舞台展现对其背后文化因缘的发掘。李希特说，表演文化交织的过程通常会提供一种通过对审美的表现来体验文化多样性和全球化社会的具有乌托邦潜力的实验性框架，从而描绘出社会中未见的合作策略的存在方式。[3]荣念

---

1 Barlow, John D. MUSIC: *Alexander Zemlinsky. The American Scholar*, 1992, 4(61), pp.584-590.

2 参见何成洲《跨文化戏剧理论中的观看问题》，《戏剧》，2021年第5期。Fischer-Lichte Erika, *The Politics of Interweaving Performance Cultures: Beyond Postcolonialism* [M]. London and New York: Rotledge, 2014.

3 Fischer-Lichte Erika, *The Politics of Interweaving Performance Cultures: Beyond Postcolonialism* [M]. London and New York: Rotledge, 2014, p.11.

曾《西游荒山泪》就是通过对于戏曲的表演程式、演唱形式和传统剧场的设置
与西方不同的艺术形式分别进行融合，探索 20 世纪上半叶现实文化碰撞中审
美样式的竞争、并存甚至合作的可能性。它缘自 1932 年程砚秋旅欧进行戏剧
考察期间在柏林教堂里清唱《荒山泪》这一事件，荣念曾以之作为传统戏曲在
现代困境中寻求突围的象征性案例进行舞台演绎。演绎过程则通过著名昆曲
演员石小梅及其搭档在程砚秋当年行程中的 5 个不同场景空间里演唱《荒山
泪》唱段，辅以相同年代背景的西方古典音乐、现代音乐和电影播放，形成对
事件也是对戏曲演唱的烘托同时也是解构，从而引发观众对于戏曲生存状况
与跨文化交流的思考。可以说，荣念曾《西游荒山泪》是站在戏曲的本体立场
和东方视角来进行融合东西方艺术内涵的跨文化实验。

二、《西游荒山泪》的后现代戏剧语汇

兴起于 20 世纪六七十年代的西方后现代主义思潮，将哲学批判与价值重
塑引向反理性主义，站在激进主义立场对一切既有观念与完型进行解构，既体
现了现代性与传统的矛盾，更折射出现代性的自身矛盾。这一思潮至今仍呈现
出林总纷繁、杂乱无章的发展状貌，而深刻影响到戏剧。后现代戏剧高扬起彻
底反传统的旗帜，解构一切舞台形式，放纵特定意义，摈弃终极价值，扬弃确
切的戏剧形式，拒绝死板的结构、风格或流派，模糊戏剧与非戏剧的界限，创
造出形式灵活多变、叙事支离破碎、表意即兴随意的各种剧场艺术符号。

荣念曾《西游荒山泪》的舞台表现坐实于戏曲演唱，导演的追求主要在于
结构出一种独特的戏剧空间和融混的音乐效果。剧作具有后现代戏剧剧场的
碎片式结构特征，全剧只是营构了处于不同时间的五个在场场景：教堂、学校、
火车站、剧场、机场，让昆曲演唱京剧《荒山泪》的旋律在多个空间反复回响，
尝试在不同空间里寻找过去和未来的关系[4]，以碎片式的感知取代了统一的、
接受性的形式。此时剧场艺术成为了一种解构性艺术实践活动，使用技术、媒
体中感官的分离、分割技巧使人关注感知分解的艺术潜力。[5]剧中的"被叙述
时间"被导演进行放慢拉伸，在五段重复式的讲述里构成循环时间，于是不同
空间区域与循环时间区域的交叉融合，共构出一种开放繁复的戏剧序列，构成

---

4 荣念曾《借〈荒山泪〉为名的实验》，香港：香港艺术节，2008 年。
5 〔德〕汉斯·蒂斯·雷曼著，李亦男译，《后戏剧剧场》，北京：北京大学出版社，
    2010 年，第 99 页。

了不同场景不同艺术样式之间的共时性。演员演唱精简到仅有两段唱词的不断重复，构成了模糊的表演文本。背景声则使用了数字技术的多媒体音乐，将西方作曲家巴赫、莫扎特、威尔第的经典作品以及当代钢琴家格兰·古尔德（Glenn Gould, 1932-1982）的弹奏，以及歌手比莉·荷利黛（Billie Holiday, 1915-1959）的爵士乐与演员的清唱声相混合，用音乐构成新的戏剧语汇，形成不稳定的、模糊而浑沌的有机整体。《西游荒山泪》还吸纳并强化了最直白质朴的戏曲美学原则，舞台布置为具有极简主义色彩的中式场景，充分张扬了传统戏曲空间和时间的假定性：舞台上只有一块白色的幕布，一两把椅子，几块随着场景变换的木板被摆放成舞台、停尸床或者桥梁，用最简单的几何构图与多媒体投射屏结合成不同的场景，摒弃了规则化的意义构成。这种跨文化的融汇交流构成了新的后现代戏剧语汇，也形成了荣念曾个人的戏剧表达方式与风格。

后现代主义戏剧对文本持怀疑态度，消解传统的剧作家主体，重视视觉语汇而尽量消除传统文本的影响，剧作家对戏剧作品的控制权消失，这在荣念曾《西游荒山泪》里体现得淋漓尽致。《西游荒山泪》几乎完全抛弃了戏剧的语言文本，只使用京剧片段唱词作为表演文本，而唱词本身含义与整部戏剧作品的内核并无关联，完全脱离了本有的话语和文化语境。导演同时还吸纳异质音乐进行节奏调整作为情景交互的表演文本，例如用昆曲演唱京剧的结果是将《荒山泪》唱段原来55秒钟的长度拖长为三分钟，又把古尔德演奏的巴赫《哥德堡变奏曲》旋律放慢并衍生至二重唱[6]，这样的处理扭曲了原曲的固有含义，带来不同甚至完全相反的理解，因而阻隔了观众对于原作品的熟悉感，达到一定的陌生化效果，使观众更多关注于剧场的行为叙事，也与本剧跨越时间和空间的隐喻性主旨相吻合。

除了有声文本外，无声语汇中人物造型也是重要的物质语言。《西游荒山泪》的主角造型利用了戏曲的传统定装，但演员整体装扮都是用减法——减少了戏曲服饰，除去了戏曲脚色的化妆，更多强调演员的本真形象及其与戏曲装扮的反差。剧中石小梅身着朴素的青色褶衫蓝布包头，另外两位演员则穿着白衬衣黑西服，两者既抵牾又相安，不仅达到了同音乐相似的陌生化效果，还可以使观众从新的角度观察戏曲演员的动作神态。这种舞台处理虽然弱化了戏服与戏妆的修饰美，却突现了戏曲演员与非戏曲演员的神态和动作差

6　周文龙《〈荒山泪〉和〈舌头对家园的记忆〉实验无罪颠覆有理》，http://chinese214.blogspot.com/2009/01/blog-post_20.html., 2009-1-20/2019-11-1。

异，造成后者对前者的阑入与消解，解构了传统完型，而向现代生活的生硬简约靠拢。

三、后现代主义跨文化戏剧的思路

荣念曾对于建构跨文化戏剧有着自己的理解。他以中国戏曲为主体的实践，通过探索跨文化的戏剧融合——那种以西方艺术为参照和背景以及手段的实验，目的在于探究戏剧的艺术本源以及舞台发展的多种可能性。荣念曾创排《西游荒山泪》无意于拓展后现代戏剧空间，而是把注意力放在从中国戏曲的特点出发，从事件和空间两个元素入手，进行跨文化、跨时空、跨戏剧种类、跨艺术形式的融合实验，希望求得对中国戏曲的主体阐释。即便如此，它仍然是一部典型的后现代戏剧，是以解构中国戏曲来获得跨文化视角与舞台新生的后现代戏剧，其中融入了传统戏曲如何实现跨文化创新的思想内核，也成为导演重新思考戏剧本质及其未来发展的契机。荣念曾的《西游荒山泪》因而是一部有着文化意念的实验戏剧，同时也是从中国戏曲出发进行文化跨越的后现代戏剧。

当然，荣念曾《西游荒山泪》或许在反传统和破坏既有方面都走得太远，因此对于观众来说可能难以接受，一些人甚至认为这是对戏曲的亵渎。时任上海戏剧学院戏曲学院院长的徐幸捷曾表示，能够欣赏《西游荒山泪》的观众应不会超过 5%。[7]这自然是后现代戏剧的特性带来的负面影响，作为消解性和批判性的西方社会思潮，后现代主义含有怀疑一切、否定一切、虚无主义等消极因素，造成对传统秩序及其价值观的挑衅与解构，它会颠覆人们的审美认知。但破坏与摧毁的同时也就开启了新的现实可能性，因此《西游荒山泪》的努力、它的经验与教训都会给后来者以启发。

至于如何看待戏剧实验，尤其是跨文化戏剧的实验，学界众说纷纭。例如孙惠柱教授认为应追求"内容上的跨文化"，对于大多数观众来说，语言非常重要，而中国在人均戏剧量不高的情况下应优先发展主流戏剧。[8]而荣念曾认为，这种实验戏剧不应主要作为一种艺术对象来欣赏，更不能作为一种娱乐的载体，而是作为一种手段，实现表演者之间以及表演者与观众之间的边界的

---

7 Bell Youg, Deconstructing Peking Opera: Tears of Barren Hill on the Contemporary Stage, *CHINOPERL* (Chinese Oral and Performing Literature), Vol. 28, No. 1, p.3.

8 陈戎女，《孙惠柱：跨文化戏剧的理论与实践》，《中国文艺评论》，2018 年，第 7 期，第 121-122 页。

跨越[9]，同时可以观察"在不同文化的艺术家怎么作不同的处理中启发彼此的思路而进行跨文化的沟通"[10]。现今的舞台戏剧不断朝着多样化和去中心化发展，探索剧场艺术的新存在方式与剧场形态或许不能解决目前戏剧尤其是戏曲所面临的诸多困境，但跨文化立场与视野的确立，能够为当代思潮注入新的活力与生机，也给戏剧带来探索人本内核与舞台本原的动力。

---

9 Bell Youg, Deconstructing Peking Opera: Tears of Barren Hill on the Contemporary Stage, *CHINOPERL* (Chinese Oral and Performing Literature), Vol. 28, No. 1, p.7.

10 曹克非《曹克非访问联合艺术总监荣念曾》，《进念手册》2016 年第 4 卷第 10 期。

贰拾、戏曲：从"小道末技"走向
一级学科

    戏曲从传统视域下的"小道末技"到当下学术体系建设中的一级学科，跨越了一道历史的鸿鹄。审视这个跨越的时空内涵，有助于我们对东西方文化互补与互促的过程，尤其对于当下中国构建现代独立学术体系思理的理解。

一

    戏曲在传统时代一直被士大夫视作"小道末技"。从填词的角度说，曲词为诗歌逐步衍生变化出来的一种形式，所以明代沈宠绥《弦索辨讹》说："二百篇后变而为诗，诗变而为词，词变而为曲。"诗体代变原本是文学发展节律的体现，但因为社会主流观念的支配，士大夫却普遍形成了一种诗体代衰的看法。清李调元《雨村曲话》说："词，诗之余；曲，词之余。"诗为正宗，"诗三百"还被纳入"十三经"里，成为读书人的千年专修课目，但词就下一等了，只是诗的余响、尾音，曲又更是词的一点回声而已。所以明人王骥德《曲律》说："词曲小道。"清叶元清《修正增补梨园原序》从舞台演出角度说："戏曲小道。""末技"更是生存小技，汉代贾谊《论积贮疏》说："天下各食其力，末技游食之民。"进而士大夫把书画文章都视作"末技"。宋人陈师道《出清口》诗说："文章末技。"明人胡应麟《诗薮·唐下》说："书画末技。"作为词余的戏曲自然更是"末技"了。和戏曲一样躺而中枪者还有小说，班固《汉书·艺文志》说："小说家者流，盖出于稗官，街谈巷语，道听途说者之所造也。"所以小说从根上就出身不正。

"道"者万物之理也，至大而弘，"小道"之为小，则只是某种具体才艺。所以汉代辞赋家杨雄说："诗赋小道，壮夫不为。"诗赋都是"小道"了，对于戏曲这类"之余"的玩意儿，"壮夫"自然更是不屑一顾。尤其汉唐博大，文人以功业为重，李贺所谓"男儿何不带吴钩，收取关山五十州。请君暂上凌烟阁，若个书生觅封侯"，无人以读书为念。到了明清科举时代，士子转为皓首穷经，但即使是广涉经史子集，眼睛余光也瞥不到戏曲上。历来书院、学府所藏经史子集四部典册，从来不收戏曲剧本。清人《四库全书总目》集部词曲类有按语说："词曲二体，在文章技艺之间，厥品颇卑，作此弗贵。特才华之士，以绮语相高耳。"品类既卑下，作之亦无益，只是一些人呈臆恃才偶一为之，但"敝精神于无用"，所以像《西厢记》《琵琶记》之类，四库全书一概不录。

戏曲为"小道末技"的观念，事实上来源于中国士大夫传统人格的养成。士大夫的价值坐标为"修齐治平"，所学所习以经世致用为上、为大，生命追求在于立德、立功、立言，《礼记·乐记》说："德成而上，艺成而下。"说白了就是要实现政治理想与抱负（做大官），而不能耽于一艺。即使是"立言"写文章，如曹丕所说"文章乃经国之大业，不朽之盛事"，也须先"经国"才能不朽，否则适得其反。王羲之、王献之书法精绝，宋人洪迈却说他们受了"翰墨之累"（以不见用于时）。到了明清赴试八股的时代，耽于戏曲更成了不成器的浪荡子所为，凡读书之家一定嗤之以鼻，加之混迹戏子等同于耽溺青楼，有身份者皆避而远之。

二

戏曲被广为视作"小道末技"的明清时期，恰值西方传教士进入中土，见之而惊讶。1760 年始在清宫担任机械师、画师、园艺师长达 20 年的法国耶稣会士韩国英写过一篇《中国戏剧》的文章，惊奇地说："尽管中国大多数喜剧和悲剧似乎都是为了展现恶行的耻辱和美德的魅力，但它们却几乎没给作者带来什么荣耀……当中国人高声赞誉为国捐躯的普通士兵时，却不肯提到那些用高超技艺扮演高难度角色的优秀演员。"韩国英注意到了中国文化对于戏曲的两个忽视：

一、文人剧作家因社会歧视而逃避躲闪，写了剧本也不敢署名，这与西方剧作家从创作获得荣耀相比真正是地下天上。法国评论家马念 1842 年发表《中国戏剧》一文因而说："只有中国对戏剧文学的重视程度极低，才能解释为什么会有如此多的戏剧作者不想让自己落名。"经常出入法国皇家图书馆的汉学家儒莲 1860 年在《平山冷燕》法译本序里说："巴黎乾隆皇帝图书馆藏书的描述类和理论类目录有 120 卷，其中人文与科学的所有分支（经典古籍、历史、传记、年表、地理、行政、政治等）都被描绘成最杰出的作品，但却找不到一卷小说和戏剧作品及其作者的记录。"儒莲分析原因说："这一情形并不是偶然造成的，它源于中国礼仪的神圣经文（指"四书五经""十三经"之类——笔者）。这些经文似乎不承认一个人除了研究古代经典、履行官方职责、修行美德和社交之外，还可以做别的。"儒莲确实探察到了中国传统文化的奥秘之角。俄罗斯人瓦西里耶夫 1880 年出版的《中国文学史纲要》里讲，小说戏曲"受到了中国人的完全蔑视"，而这种蔑视是"儒学极力捍卫其思想控制权"的结果。西方人点明的价值导向原因，确实是中国文化的弊端，文人崇儒教、重经典而轻民俗艺业的传统由来已久。早在元代罗宗信为周德清《中原音韵》写序时就说：为元杂剧写剧本，"儒者每薄之"。一些人写了剧本也怕人知道，明初贾仲明《录鬼簿续编》说，元人钟嗣成写的杂剧"皆在他处按行，故近者不知"。清人梁廷枏《曲话》更是说："古人作曲本，多自隐其名氏。而鄙俚不文之作，又往往诡托于古之词人及当代名流而出之。"书生写戏会受到正统价值观的鄙弃，做此事自然是费力不讨好。

二、戏曲演员遭到极度轻视，这一点与西方构成强烈反差。美国传教士明恩溥《中国乡村生活》说："尽管中国是一个极其喜欢各种戏剧演出的民族，演员们却不准参加科举考试……中国人理论上普遍轻视戏剧及演员，这是在儒家道德教诲下形成的。"长期滞留香港的英国人斯坦顿也在《中国戏本》里说："在古希腊，演员是满足想象力和提高人们道德操守的人，因此，这个职业被认为是光荣的。然而中国的情况不同。"英国汉学家翟理斯同样在《中国文学史》里说："不像古希腊那样演员是重要人物，中国演员受到社会的歧视。"西方社会对于戏剧演员的认可与推崇，可以从下述事实里看出来：18 世纪法国宫廷的洛可可画家为著名戏剧演员绘制了许多肖像画（例如加里克、勒凯恩、克莱蓉的肖像），19 世纪英国著名演员亨利·欧文取得爵士头衔，丹麦著名演员曼奇乌斯获得博士学位——社会对他们是赞誉和仰望的。清末北京担任梨园行精忠庙首的京剧演员如程长庚、杨月楼、谭鑫培等，虽然也得到慈禧太后赏赐的四五品顶戴，那只是戏迷太后个人爱好的"皇恩浩荡"，以便于他们在宫中行走，太后自己看戏方便而已，与社会舆论导向无关。

西方人秉持的是完全不同的文学艺术立场。文艺复兴时期人文主义思潮奠定的"人乃万物之本"的观念，推动了描写人生画卷的戏剧、小说等文艺门类的长足进展，人本主义的价值观导引着叙事文学登堂入室、大行其道，从业者从而受到社会的尊崇。中国传统似乎更加重文，但更多体现在器用层面，所谓"言之不文，行而不远"，而遵制崇古观使得文体有别，文体代衰观使得厚古薄今，科举制艺之学则把全社会的视线都引向了儒学经典的义理诠释，皓首穷经就成为大多数读书人的宿命，"文"的审美价值被其实用价值所遮掩。

三

中国近代史的蹉跎受辱，刺激起文学艺术领域里的诗界革命、小说革命和戏剧革命，改良戏曲在成为重要社会舆论工具的同时，也彰显出其推动社会变革的强大能力。于是，新的戏剧美学观念开始酝酿。这时，一个学者的独特个人造诣，使得作为一个学科的戏曲研究脱颖而出，他就是王国维。

王国维研读西学，感同身受到其戏剧崇高的意识，并偶尔发现西方人早已开始对元杂剧的翻译与研究，随即开启了其《宋元戏曲考》的著述，成为国人在这一领域里的开山。接受了西方进化论的影响，王国维将清人焦循"一代有一代之胜"的说法发展为"文体代变"观。他在《人间词话》里说："四言敝而有楚辞，楚辞敝而有五言，五言敝而有七言，古诗敝而有律绝，律绝敝而有词。盖文体通行既久，染指遂多，自成习套。豪杰之士，亦难于其中自出新意，故遁而作他体，以自解脱。一切文体所以始盛终衰者，皆由于此。故谓文学后不如前，余未敢信。"王国维于是一肩扛住了文体代衰观的落闸。将此观念对应于戏曲，王国维就在《宋元戏曲考序》中提出："凡一代有一代之文学。楚之骚、汉之赋、六代之骈语、唐之诗、宋之词、元之曲，皆所谓'一代之文学'，而后世莫能继焉者也。"王国维因而给予了元杂剧以盛誉："中国最自然之文学"、"一代之绝作"，并指出其中《窦娥冤》和《赵氏孤儿》"即列之于世界大悲剧中亦无愧色"。

随后兴起的国民新文化运动，将这一观念更新推向高潮。例如胡适提倡的白话文，使小说、戏剧堂而皇之地登上了大雅之堂、进入文学创作的殿堂及高校课堂。新开辟的中国文学史研究在瓦西里耶夫《中国文学史纲要》、翟理斯《中国文学史》的基础上，都把小说、戏曲作为元明清文学的重要内容，加之郑振铎《中国俗文学史》的推波助澜，戏曲获得了文学史正宗的地位。而 20

世纪引进西方舞台戏剧的热潮，更使得戏剧成为文学艺术主流，发挥了重大的社会与审美作用，一直持续至今。

新世纪伊始，中国高校与科研机构重新定位学科分类，大约有 35 所大学开设了戏剧与影视学学科。2011 年国家颁布的学科目录里，戏剧影视学成为一级学科，戏剧戏曲学作为二级学科隐含其中。2021 年拟定的关于学科目录征求意见函里，戏曲独立出来成为一级学科。比较两次定位之间的调整，我们看到了中国当代学术与传统文化之间关联的进一步加强，看到了中国学科体系由西化向本土化进一步转型的努力，看到了在 21 世纪新的全球化背景与国际化视野中重构中国学派的更大可能性。

由此，戏曲百年来因具备独特的审美内涵而成为民族美学的渊薮，得以作为基因传承的对象而受到学界的持久重视与深入研究，并在舞台上发扬光大，走过了一个大回环的路径。

贰拾壹、观众、文化与选择——高清戏剧影像中国播映考察

内容提要：

英国国家剧院高清戏剧影像的世界性播映，改变了传统戏剧的实现方式，导致观众及其审美口味发生变化，也波及到人们对戏剧的认同感。文章通过对中国观众进行实证主义的定量与定性调查，观察观众对高清戏剧影像的选择，对观众意识进行评估，并对高清戏剧影像在中国的前景作出预测。

关键词： 高清戏剧影像 观众选择 审美趋势

2009 年英国国家剧院推出舞台戏剧高清数字播映项目"英国国家剧院现场"（National Theatre Live，简称 NT Live），利用多媒体技术现场拍摄舞台戏剧并在全球各个影院同步或延时播映。十年间，NT Live 已在全球 65 个国家和地区的 2500 个场馆中放映[1]。中国于 2012 年试映首部作品，2015 年开始正式播映高清戏剧影像，三年时间内从北京、上海的几家影院扩展到全国 20 多个城市的 39 家影院，观众数量超过 13 万人次[2]，并仍有继续扩衍之势。

高清戏剧影像是舞台戏剧观演形式的一场革命，它通过高清播映的形式向全球呈现当代舞台作品，把只能容纳有限观众的剧场戏剧无限扩展，并用技

1　参见 National Theatre. About us. National Theatre Live. [Online] Available at: http://ntlive.nationaltheatre.org.uk/about-us. [Accessed 10 8 2019]

2　参见中国经济网（www.ce.cn）2017 年 5 月 17 日讯《业内：看好戏剧直播的产业化前景》据北京奥哲维文化传播有限公司创始人李琮洲介绍，引用日期：2019 年 8 月 2 日；北京文联网（www.bjwl.org.cn）2017 年 6 月 2 日讯《大件事！23 部高清戏剧影像即将在中国放映，横跨 19 个城市》，引用日期：2019 年 8 月 2 日。

术手段赋予舞台戏剧以更强张力，当然，从现场到银屏的转换也不可避免地带来观赏习惯的改变。对于中国观众来说，这种不在场的戏剧是否仍然具有魅力，与现场观赏相比高清播映有何特点与优劣，在传统的戏剧市场中高清戏剧影像能否占有一定份额？本文希望通过考察来印证这些问题，并对高清戏剧影像在中国的前景进行预测。

一、思路与方法

1. 观察思路

戏剧是通过演员的现场演出，为既定空间内受众创造连贯性戏剧感的艺术[3]。高清戏剧影像打破了传统意义上的戏剧概念，观众不再坐在始源剧场观看现场演出，而是坐在异地影院观看通过数字技术转换来的高清影像播映——这种用摄像镜头捕捉下来的、经由卫星和互联网传达的视频[4]。人们发生传统剧院演出会否被这种影像化戏剧播映所冲击甚至取代的疑虑，高清戏剧影像通过全球电影院、场馆和艺术中心播放舞台表演的形式，显然已经影响了传统戏剧的实现方式，除了带来观众变化，对人们的戏剧认同感也有所改变[5]。

目前业内对这种新型戏剧传播方式认识歧异。一些人认为，在新媒体娱乐层出不穷严重冲击 21 世纪舞台戏剧受众的背景下，高清戏剧影像显然打开了舞台戏剧传播的未来方向，数字技术将使现场表演的观众面极大扩张，被它刺激起兴趣的观众会更有可能去剧院观看现场表演。与此相反的观点是，由于高清影像戏剧的出现，未来观众有兴趣进入剧院观看现场表演的人数会减少，剧院演出产业将受到影响——有了高清影像，人们可以很方便地欣赏到戏剧，而不必再去观看现场表演。

针对这种新型戏剧传播方式的研究刚刚起步，尽管高清戏剧影像已经涉及到全球不同地区不同语言不同文化背景的观众，我观察到，理论界还没有注意高清戏剧影像对舞台戏剧和观众选择的影响，更不用说在中国这个拥有古老戏剧的国家和复杂戏剧产业的地方了。相反，在中国考察高清戏剧影像的观

3　参见 Zeigler, J. W. , *Regional theatre: The revolutionary stage*, Minneapolis: University of Minnesota Press, 1973.

4　参见 Bakhshi, H. & Throsby, D. , "Digital complements or substitutes? A quasi-field experiment from the Royal National Theatre", *Journal of Cultural Economics*, Volume 38, 2014, pp.1-8.

5　参见 Hadley, B. , *Theatre, Social Media, and Meaning Making*, Cham: Palgrave Macmillan, 2017.

众不仅是对多元文化背景下播映新媒体戏剧的反馈，而且是对当下西方戏剧影响下中国观众心理变化及其趋势的观察。作为一种新的戏剧观赏形式，中国观众如何看待高清戏剧影像？他们会接受高清影像模式的戏剧作品吗？此前中国的戏剧观众基本可以划分为职业和大众两类，传统模式是否仍会影响高清戏剧影像中的受众类别？与舞台演出相较，高清戏剧影像票价更便宜，这是否使其更具市场竞争优势？这些问题都具研究价值，我将通过对中国高清戏剧影像观众的考察接触到这些问题。

2. 考察方法

考察基于实证主义和后实证主义理论的定量和定性调查，实证主义包含了经验性的数据，而后实证主义为认识论和本体论原则创造了空间[6]。考察目的是中国戏剧观众对高清戏剧影像的选择。因为表演的属性难以描述，特别是在质量和消费者偏好的异质性方面[7]，因此本考察采用混合方法收集数据。混合方法是一种具有哲学假设和探究性的研究设计，作为方法论，它指导数据收集和分析的方向[8]，混合方法包括问卷和访谈两方面，两种调查各自有着优势和局限性。前者是定量调查，尽可能得到比较精确的数据，后者是定性调查，在此基础上使用 SPSS 和 CDA 方法进行分析[9]，做出判断。问卷数据采用 SPSS 方法处理。后实证主义表明，问卷数据容易出错，可以通过对访谈的 CDA 处理予以纠正，但问卷数据仍然很重要，特别是在需要量化结果的情况下。而对访谈结果采用 CDA 分析法，也要避免访谈对象观点的限制。混合使用两种方法对戏剧观众的倾向性进行统计分析并综合评估，将取得较好的效果。

虽然考察观众对高清戏剧影像的选择，但调查不局限于在高清戏剧影像观众中进行，那样得到的更多将是高清戏剧影像粉丝的观点，和本文的研究目标有一定差角。中国戏剧观众不都是高清戏剧影像的受众，本文将统计戏剧观

6　参见 Walmsley, B. , "Why people go to the theatre: a qualitative study of audience motivation", *Journal of Customer Behaviour*, Volume 10 (4), 2011, pp.335-351.

7　参见 Willis, K. G. & Snowball, J. D. , "Investigating how the attributes of live theatre productions influence consumption choices using conjoint analysis: the example of the National Arts Festival, South Africa", *Journal of Cultural Economics*, Volume 33(3), 2009, p.167-183.

8　参见 Creswell, J. W. & Clark, V. L. P. , *Designing and Conducting Mixed Methods Research*, Thousand Oaks: Sage Publications, 2007.

9　SPSS 是一种社会科学统计软件，具有测试样本数据有效性与可靠性的功能。使用者向其输入问卷数据，结果以图形呈现出来。CDA 是一种社会学研究的批评话语分析，对受访者的描述性、阐释性、解释性话语进行分析判断。

众的高清戏剧影像接受度，调查和分析他们对高清戏剧影像的看法和选择。考察亦关注高清戏剧影像受众的阶层，以及票价是否影响不同收入人群的观看频率。

考察分两个步骤进行。第一步收集定量数据，对人群进行抽样问卷调查，旨在寻求戏剧观众的背景、消费行为以及他们对高清戏剧影像的看法信息。第二步通过访谈收集定性数据，内容包括但不限于对高清戏剧影像的认识、高清戏剧影像与舞台戏剧的差异、高清戏剧影像对观众的影响等。在得到两种数据之后，综合分析和讨论结果，对观众倾向进行评估，试图找出影响观众的要素。

二、高清戏剧影像中国播映问卷调查

1. 问卷设计

问卷主要有三部分内容。1.参与者的基本情况：性别、年龄、居住地、是否经常观看舞台戏剧演出等。这一部分用于筛选出人群中的戏剧观众，排除掉不常看戏的参与者。2.参与者对舞台戏剧的认识：观看频率、偏好的戏剧种类、对外国戏剧的态度等。这一部分用以了解戏剧观众品位是否影响其接触高清戏剧影像。3.参与者对高清戏剧影像的认识：先用选择项排除掉不了解高清戏剧影像的观众，然后询问其对高清戏剧影像的体验感觉和消费预期等，从中探查其选择高清戏剧影像的支配力。问卷由封闭式和开放式问题组成，封闭式问题只能用一个词或一个简短的特定信息回答，例如"是"和"否"；开放式问题答案则是一句或一段描述性话语。

问卷调查在网络上进行，使用"问卷星"（WJX——中国在线调查问卷网站，该网站保持匿名确保机密性）作为承载平台，通过社交媒体微博和微信发布，参与者像滚雪球一样受到邀请，反馈回来的信息用作研究数据。是否参与问卷调查并提供信息完全出于自愿，参与者在决定回答问卷之前，已经了解调查的原因以及内容，由其自己决定是否参与，即使参与了，也可以无需提供理由随时退出。

2. 问卷调查数据及分析

问卷调查共收到 103 张回馈卷，其中 20 张勾选了"不经常看现场戏剧演出"属于非戏剧观众，剩下的 83 张卷子为有效的戏剧观众数据，占比 81%。83 位戏剧观众中有 37 人知道高清戏剧影像，占比 46%；其中有 24 人看过高清戏剧影像，占比 29%。也就是说，在参与者 103 人中，有 83 人是经常性的戏剧观众，其中 24 人看过高清戏剧影像，高清戏剧影像观众占参与调查 103 人的 23%，占戏剧观众 83 人的 29%。下面进一步展开其中一些有关数据。

首先以"您有观看舞台戏剧演出的习惯吗？"作为 X 变量、"您知道高清戏剧影像吗？"作为 Y 变量统计数据，结果如表 1 所示。

表 1

YX		您有观看舞台戏剧演出的习惯吗？		总数
		有	不经常看	
您知道高清戏剧影像吗？	知道	37（50.00%）	0（0.00%）	37
	不知道	37（50.00%）	9（100.00%）	46
总数		74	9	83

表 1 显示，有观看舞台戏剧演出习惯的观众中，一半人听说过高清戏剧影像，另外一半人没听说过，而没有观剧习惯的观众则全部不知道高清戏剧影像。也就是说，经常观看戏剧演出的观众，容易接触到高清戏剧影像。而所有不常看戏的人都不了解高清戏剧影像，经常看戏的人里也只有一半知道高清戏剧影像，说明高清戏剧影像在中国目前知道的人尚少。

其次统计不同戏剧种类观众对高清戏剧影像的了解，观察偏好的戏剧种类不同这一因素是否会影响到观众接触高清戏剧影像，制作出表 2。

表 2

您喜欢如下种类的戏剧吗？	选择	您知道高清戏剧影像吗？		总数
		知道	不知道	
中国戏曲	否	28（41.79%）	39（58.21%）	67
	是	9（56.25%）	7（43.75%）	16
	总数	37	46	83
中国话剧（包括翻译外国作品）	否	18（47.37%）	20（52.63）	38
	是	19（42.22%）	26（57.78%）	45
	总数	37	46	83
外国话剧	否	13（29.55%）	31（70.45）	44
	是	24（61.54%）	15（38.46%）	39
	总数	37	46	83

音乐剧	否	0（0.00%）	13（100%）	13
	是	37（52.86%）	33（47.14%）	70
	总数	37	46	83
歌剧／舞剧	否	10（31.25%）	22（68.75%）	32
	是	27（52.94%）	24（47.06%）	51
	总数	37	46	83
其他戏剧种类	否	37（45.68%）	44（54.32）	81
	是	0（0.00%）	2（100%）	2
	总数	37	46	83

从表 2 可以看出，不同戏剧种类的观众中，外国话剧观众知道高清戏剧影像的占比最大（61.54%）。喜欢音乐剧、歌剧／舞剧这类来自西方戏剧种类的观众也有更多人知道高清戏剧影像（分别占比 52.86%、52.94%）。此外，只有 42.22% 的中国话剧观众知道高清戏剧影像，这是最低的。中国戏曲的观众此项占比也较高（56.25%），但由于绝对人数太少，统计可能有偏差度。由此知道，喜欢外国戏剧的观众更有可能观看高清戏剧影像。

其三统计不同城市和地区的观众知道高清戏剧影像的比率。问卷中设计了四个选项：一是北京、上海，这两个大都市是 2015 年在中国首批推出高清戏剧影像的城市，它们目前都拥有最多的高清戏剧影像播映点。二是有高清戏剧影像播映的其他城市。三是没有播映高清戏剧影像的地区，最后是不在中国的地区。由此构成表 3。

表 3

城市和地区	您知道高清戏剧影像吗?	
	知　道	不知道
北京，上海	18（38.30%）	29（61.70%）
有高清戏剧影像播映的其他城市	7（87.50%）	1（12.50%）
没有播映高清戏剧影像的地区	11（50.00%）	11（50.00%）
不在中国	1（16.67%）	5（83.33%）
总数	37（44.58%）	46（55.42%）

从表 3 可以看出，先期引入高清戏剧影像的北京、上海的观众知道高清戏剧影像的比率并不高，低于其他后续引入高清戏剧影像的城市。没有推出高清戏剧影像地区的观众也有一半人知道高清戏剧影像，高于北京、上海。所以，区域观众是否得到高清戏剧影像的讯息，并不直接与其所在地播映高清戏剧

影像与否有关，这说明讯息是全面传播的。

其四向看过高清戏剧影像的 24 位观众了解他们观看高清戏剧影像的费用占其每月观剧总费用的百分比。有 4 位观众看高清戏剧影像很少构不成月消费比率。有 15 位观众的高清戏剧影像月支出占比为 10%以下，这 15 位观众占 24 位观众的 62.5%。另外 5 位观众选择 10-30%，他们占整个观众的 20.8%。没有人选择超过 30%的选项。作者根据这些数据制作了表 4。

表 4

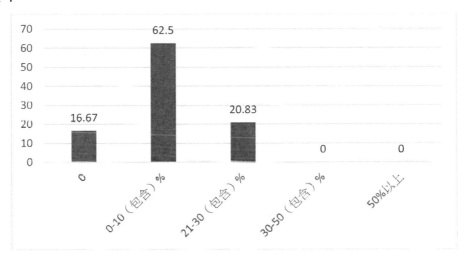

由表 4 可以看到，20.8%的戏剧观众每月高清戏剧影像消费额是 10～30%，62.5%的观众消费额是 10%及以下，表明高清戏剧影像吸引了一定数量的戏剧观众，但目前高清戏剧影像在中国所占的戏剧市场份额并不大。

其五向看过高清戏剧影像的 24 位观众了解高清戏剧影像与舞台戏剧的体验差异，以及他们对高清戏剧影像特点的认识，在此基础上制作出表 5。

表 5

以下您认为符合高清戏剧影像特点的是：	选　择	您认为高清戏剧影像和舞台戏剧的观剧体验有不同吗？		总　　数
		有	没　有	
播映的形式没有现场感	否	11（55.00%）	4（100.00%）	15（62.50%）
	是	9（45.00%）	0（0.00%）	9（37.50%）
	总数	20	4	24

	否	6（30.00%）	2（50.00%）	8（33.33%）
通过镜头可以观察到更多细节	是	14（70.00%）	2（50.00%）	16（66.67%）
	总数	20	4	24
	否	9（45.00%）	4（100.00%）	13（54.17%）
座位位置好坏没有区别	是	11（55.00%）	0（0.00%）	11（45.83%）
	总数	20	4	24
	否	9（45.00%）	1（25.00%）	10（41.67%）
质量优良	是	11（55.00%）	3（75.00%）	14（58.33%）
	总数	20	4	24
	否	7（35.00%）	4（100.00%）	11（45.83%）
票价便宜	是	13（65.00%）	0（0.00%）	13（54.17%）
	总数	20	4	24

表 5 显示，24 位观众中有 4 人认为高清戏剧影像与舞台戏剧的观剧体验没有差别，另 20 位观众认为有不同，认为有差异的观众比例高达 83.33%。多数观众并不认为高清戏剧影像没有现场感，认为通过高清戏剧影像镜头可以观察到更多细节，感觉高清戏剧影像播映的质量很好。认为高清戏剧影像剧场座位没有好坏之分的观众超过了一半（54.17%），可见其播映效果令人满意。认为高清戏剧影像观剧体验与舞台戏剧不同的观众里，一多半（65.00%）认为高清戏剧影像的票价便宜，可见他们接受高清戏剧影像的票价定位。

其六向 37 位知道高清戏剧影像的人了解他们对高清戏剧影像票价定位的参照物，得到表 6。

表 6

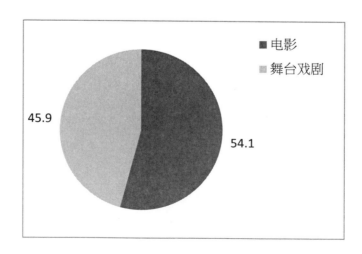

37人中一多半（54.1%）将高清戏剧影像的价位与电影票价比较，一少半用舞台戏剧票价衡量。前者不太容易接受高清戏剧影像票价，后者则相反。

其七向83位戏剧观众了解他们认为影响戏剧受众的因素是什么，形成表7。

表7

您认为影响戏剧受众的因素是?	数　　量	百分比
年龄	44	53.01%
经济实力	38	45.78%
受教育程度	52	62.65%
艺术欣赏水平	72	86.75%
媒体宣传	25	30.12%
戏剧知名度（包括剧目，演员，编剧，导演等）	50	60.24%
其他	6	7.23%

影响戏剧受众的因素，72人（86.75%）选择了艺术欣赏水平项，超过一半的人选择了年龄、受教育程度和戏剧知名度，经济实力与媒休宣传则似乎不那么重要。

其八向83位戏剧观众询问，观看外国戏剧作品时，可以接受哪些辅助措施，得出表8。

表8

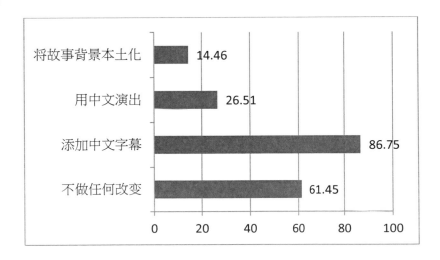

从表 8 可以清晰看出，一多半观众（61.45%）希望看到原版的外国戏剧，而更多观众（86.75%）欢迎对外国戏剧添加中文字幕，这也是所有选项中选择比例最高的一项。

除了上述图表所覆盖的内容以外，还得到一些其他信息。在回答"请简述高清戏剧影像在哪方面影响了您的生活"时有人写到："丰富了戏剧作品的选择"、"可以看到错过巡演或者受各种条件暂时没有进入国内巡演的剧"、"让我对外国戏剧有了全新的认知，了解到更多不同于国内的作品，也了解到更多优秀的剧目和演员"。针对期待高清戏剧影像前景的提问，83.78%的观众希望推出更多的播映剧目，75.68%的观众希望在更多城市进行播映，78.38%的观众希望保留经典剧目长期播映。

三、高清戏剧影像中国播映访谈

在笔者进行考察时，已经有不少影剧院将高清戏剧影像作为长期经营项目。笔者选择了北京、上海三个经常性播映高清戏剧影像的剧院作为访谈对象，它们是北京中间剧场、北京人民艺术剧院、上海话剧艺术中心。笔者先向三个剧院发出访谈请求信，说明访谈目的和内容，得到许可回馈后，分别按约定登门向其指定人员进行访谈。每次访谈大约提出 10 个问题，时间约为 30 分钟。

北京中间剧场的受访者是总经理杨云女士，她和她的团队近年将中间剧场打造成了北京最受电影和戏剧观众欢迎的场所之一。中间剧场位于海淀区杏石口路中间艺术园区，自 2013 年正式开办以来，致力于为观众及艺术家提供一个舒适、开放、多元化、具有国际视野的艺术交流空间[10]，逐渐成为北京西区最具影响力的剧场，获得越来越多各类媒体的关注和认可。中间剧场也是一个 2015 年以来一直播映高清戏剧影像的场地。与采访的其他两个国立剧院不同的是，中间剧场是一家私人经营的剧院，并且高清戏剧影像播映是其主要业务之一。

毛立先生是北京人民艺术剧院职员，曾在票务中心工作了很长时间。北京人民艺术剧院是顶尖的公立剧院，建于 1952 年，著名剧作家曹禺是第一任院长，近 50 年来它一直是中国剧院的领头羊。北京人民艺术剧院具有鲜明的本

---

10 参见中间剧场网站影院介绍《中间剧场》，http://www.zhongjianjuchang.com/about/，引用日期：2018 年 8 月 20 日。

土表演风格，同时也上演来自世界各地的不同剧目，早在成立初期，就已经演出了近 300 种不同风格、不同类型的作品[11]。北京人民艺术剧院也是北京地区播映高清戏剧影像的主要剧院之一，并且在北京持续播映高清戏剧影像超过三年。高清戏剧影像许多著名的作品，例如《尤利乌斯·凯撒》（Julius Caesar）等，都是在北京人民艺术剧院首次亮相。

另一位受访女士在上海话剧艺术中心工作[12]。上海话剧艺术中心是上海的主要剧场机构，成立于 1995 年，由上海人民艺术剧院和上海青年话剧团合并而成，这两个机构均建于 20 世纪 50 年代，是中国当代戏剧化进程的重要参与者[13]。上海话剧艺术中心是上海引入高清戏剧影像的主要场馆之一，自 2015 年起一直持续播映高清戏剧影像（2018 年因场馆改造曾暂时停止播映数月）。

访谈主要内容如下：

关于高清戏剧影像的受众群体。毛立认为高清戏剧影像观众与传统戏剧受众有区别，例如年龄差异："看话剧的观众，比如说在北京人艺，一般年纪偏大，30 到 40 岁，甚至 40 岁以上。看高清戏剧影像的基本都是 20 到 30 岁的年轻人，大学生居多。"杨云和上话×××都认为高清戏剧影像观众与话剧观众大部分重叠，也有一部分人专看高清戏剧影像。杨云说："我感觉，高清戏剧影像观众局限在专业人士和话剧迷这个层面上。"上话×××说："全国我不太了解，但在上海，获取高清戏剧影像信息的人都是我们的话剧观众。此外就是一些对高清戏剧影像非常关注的人，他可能会追着高清戏剧影像跑。"上话×××补充说："如果我对戏剧艺术真的很感兴趣，我想欣赏世界上最好的戏剧演出，我就会走进高清戏剧影像剧场。"杨云认为这部分人是戏剧界的从业者："这部分观众有几个可能性，一个是看重明星演员，再一个是他们专业水准比较高，看舞台演出失望的比较多，所以他们会更谨慎地进剧场，但是他们认为高清戏剧影像剧目基本上不会让人失望，所以接受度高。"上话×××说："我们国家有这么多的戏剧导演和演员，他们会在高清戏剧影像播映时前来观摩学习，因为出国看演出很贵，一些国内导演和演员觉得能从这里汲取养分非常好。"

---

11 参见 China.org.cn, 2005.*china.org.cn*. [Online] Available at: http://www.china.org.cn/
english/features/Festival/143211. htm. [Accessed 30 8 2018]

12 根据本人要求，考察报告里隐去其姓名。后面的称谓皆用"上话×××"代替。

13 参见 SDAC, 2018. *about SDAC.* [Online] Available at: http://en.china-drama.com/.
[Accessed 4 9 2018]

关于高清戏剧影像的吸引力。毛立认为，中国观众对高清戏剧影像主要关注的是经典剧目和著名演员，他说："中国人只看两样东西，一是戏名，例如《哈姆雷特》，很著名，他会来看；二是他知道的著名演员出场了，他会来看。"杨云说："上座好的高清戏剧影像剧目一般就两种，一种是剧目本身有一致好评的，第二种就是有知名演员参演。"杨云说："如果有明星出场，比如说本尼（Benedict Cumberbatch），大家可能会冲着他来看高清戏剧影像播映。"毛力说："不管是业内人士还是业外人士，专业人员还是一般观众，主要都是想看看人家国外戏剧是怎样演出的。"

关于高清戏剧影像的播映效果。毛力提到其技术的尖端性："高清戏剧影像的理念、剧目设计、拍摄手法都很先进，咱们和人家没有任何的竞争性。"上话×××说："高清戏剧影像制作十分精细，拍摄和剪辑技巧极为出色，其作品呈现尤其出色。"毛力说："高清戏剧影像播映镜头一拉，你就可以看到所有的表演细节，这与舞台演出是很大的区别。再一个是它的声学效应，多媒体的处理肯定是不同的。"他还特别指出："自打有了这个东西以后，大家一直在讨论，为什么我们的制作和人家差距这么大。"杨云说："（引入高清戏剧影像对中国戏剧）是一个好的刺激和正向引领。最起码从我的角度觉得，这是一个很正面的刺激，可以激发创作潜力。为我们竖立了一个标杆，播映后才知道好的东西是什么样。"

关于高清戏剧影像的观演门槛。三位受访者都认为高清戏剧影像观众有一定的文化前提，首先是喜欢话剧，又具有一定英语水平，对英国文化有了解。上话×××说："高清戏剧影像目前在国内市场的核心竞争力还是其戏剧作品的优秀，而不是新媒体播映形式，因此需要有对戏剧拥趸度高的观众群体，我相信这也是高清戏剧影像一开始把北京和上海作为首选播映地的重要原因之一。"毛立说，看高清戏剧影像的大学生"最大特点是 80% 到 90% 都懂英文，基本上不用看字幕。还有就是这些观众对外国戏剧十分了解，他们知道许多高清戏剧影像演员，这些演员不光演话剧，也演电影，知名度比较高，所以一播映就有人看。"上话×××依据个人的观看经验谈到理解高清戏剧影像的文化差异——不具备文化前提的中国观众有时很难理解英国人的幽默："比如我看《观众》（Audience）的时候，现场有阵阵笑声，但是我笑得比较少，可能因为我不懂英式幽默。但现场感觉会对我有影响，这时我的情绪就会被观众反应所调动。""对这部作品的理解有文化差异的问题，因为整部作品都太英式了，它的效果也是英式的，我觉得上海观众没有办法特别好地理解。"

关于高清戏剧影像播映是否需要中文字幕。上话×××说："我认为是否添加字幕对上海观众影响相对较小，因为上海有太多的英语演出，每年的国际艺术节、文化广场剧场，还有我们自己有时播映高清戏剧影像都没有字幕。所以我不认为这对上海观众来说是个大问题。"她介绍说，上海话剧艺术中心为了将高清戏剧影像播映时间尽量提前，有时会不及添加中文字幕即播出，但票也会很快售罄。

关于高清戏剧影像的票价。杨云说："中国观众还是习惯把它和电影比，所以觉得贵。"她说："看一部电影最多四五十块钱，看一个高清戏剧影像得 120 块，会员价也需要 100 块。"上话×××也说："高清戏剧影像的票价并不算便宜，现在看电影还一场 60 块钱，买一张高清戏剧影像票则要 120 到 150 块。"但她认为对票价的感觉与观众的城市背景有关："对于上海和北京的观众而言，花 200 块钱走进剧场可能是一件正常的事情。而对于一些小城市来说，可能要刷新 下他们的固有观念。"上话×××还将高清戏剧影像与话剧的票价作了比较："我们话剧的票价比较便宜，因为我们剧场小，基本上是 180、280、380 块钱，和高清戏剧影像 150 块的票价相比其实并不算很多，并且是真人演出。"

采访的三个剧院中，只有北京中间剧场把高清戏剧影像播映作为主要营运项目。杨云对为什么没有其他剧院也这样做给出了自己的看法："一来我们也算一个高清戏剧影像的积极推动者，二来中间剧场设在一个艺术空间区里，既有剧场也有影院，推行高清戏剧影像播映有自己的优势。这是我们拥有的一个客观条件，因为高清戏剧影像在政府那里是归戏剧部门管还是电影部门管还是个问题，其他剧院如果常规播映高清戏剧影像的话，或许会承担未来的政策风险。"

三位受访者都认为高清戏剧影像在中国有着良好的发展趋势，但也都认为现在宣传还不够，以至于高清戏剧影像至今仍不广为人知。上话×××和杨云都指出，现在知道高清戏剧影像的人更多还是剧院原本的话剧观众群或者戏剧从业者。上话×××说："因为我们的高清戏剧影像播映信息是通过话剧的宣传渠道和销售渠道发出，所以获取信息的人都是我们的话剧观众。"杨云认为眼下高清戏剧影像观众局限在专业人士和话剧迷这个层面，"可能是宣传渠道和宣传力度的问题"。同时，现有的宣传也可能让观众产生一些误解。上话×××说："我们还遇到观众买了票以为是看现场真人演出，他说我在所有宣传海报上都没看到说演出不是现场。"

四、分析与结论

根据以上汇总的问卷调查与访谈两种数据，加入笔者的观察，并吸收当下业界对高清戏剧影像的一些视点，这里进行综合分析，以观察中国戏剧观众对高清戏剧影像的选择，进而阐发笔者的一些思考。

当下高清戏剧影像在中国仍然有些"水土不服"。超过一半的中国戏剧观众并不知道高清戏剧影像，而经常观看高清戏剧影像的人数更少。现在观察到高清戏剧影像对中国观众和从业者的影响是正向的。对于观众来说，高清戏剧影像可以让他们接触到世界顶尖的戏剧作品，真正实现戏剧资源共享。对于从业者来说，高清戏剧影像打开了他们的视野，同时也让他们意识到差距。目前高清戏剧影像的播映效果是令人满意的，许多观众甚至感兴趣于它不同于舞台演出的特殊吸引力，例如通过镜头实现的对细节的贴近观察，这在观看剧场演出时是做不到的。明星明剧宣传是高清戏剧影像在中国推广的重点，用享誉世界的著名演员和著名剧目吸引观众收到很好效果，但是现在宣传渠道过于狭窄。英文原版与中文字幕是接受度最广的播映方式。中国观众更倾向于将高清戏剧影像票价与电影票进行比较，因而高清戏剧影像目前在票价方面并不占优势，虽然它比舞台戏剧票价便宜，中国观众还是觉得它相对昂贵。

观看高清戏剧影像对中国观众来说有一些隐性的门槛，主要体现在英语水平、艺术欣赏水平、对西方戏剧与文化的了解程度等方面。

英语水平。中国高清戏剧影像的观众里年轻人居多，他们的英语程度较高。但根据测算，2017～2018年中国大陆地区雅思考试分数集中在5.5和6.0分两档[14]，低于全球平均水平，而这不是一个能够完全理解纯粹英语话剧的分数，除非观众对话剧内容极其熟悉。因此可以说，中国观众在没有字幕的情况下无法很好理解高清戏剧影像的详细内容。反之，中国观众对添加中文字幕依赖度很高。添加中文字幕是引进外国影视剧作品最常见的本土化方式，成本低

---

14 英国文化教育协会《中国大陆地区雅思考生2018学术表现白皮书》统计2017年6月1日至2018年5月31日期间中国大陆地区雅思考试成绩，考生分数集中在5.5和6.0两个档次。参见雅思白皮书《聚焦中国考生学术表现及学习行为》。*IELTS*. [Online] Available at: https://www.chinaielts.org/white_paper_2017.html. [Accessed: 20 8 2019]

廉而观众接受度高。经过多年实践之后，中国观众对观看外国戏剧添加中文字幕已经习以为常。有时候高清戏剧影像没有显示中文字幕，对一些观众来说是设置了一层观看障碍。尽管上海这样的国际化大都市里有更多英语水平好的观众，但就全国水平看，高清戏剧影像还是需要中文字幕来帮助降低英语门槛。

艺术欣赏水平。高清戏剧影像观众很大部分是业内人士和专业戏剧工作者，他们具备较高的戏剧鉴赏水平，甚至可以说，心目中较高与相对严苛的戏剧标准使他们趋向于观看高清戏剧影像。但对普通观众来说，对著名演员的欣赏甚至痴迷可能是首要因素。例如，两位英国演员本尼迪克特·康伯巴奇（Benedict Cumberbatch）和汤姆·希德勒斯顿（Tom Hiddleston）在中国拥有庞大的粉丝群，这使得《弗兰肯斯坦》《哈姆雷特》和《科里奥兰纳斯》播出时甚至一票难求。艺术欣赏水平也受到教育水平的影响。学校教育特别是高等教育，既有引入"高雅文化"的机会，也有对美学体验的强调，是提升艺术欣赏水平的重要因素。由于接受教育的差异很大程度上取决于社会阶层，因此教育也制约了艺术消费的阶层差异化[15]。因此，不同社会阶层、不同地区审美教育程度的不同，也支配了观众对于戏剧艺术的欣赏水平。

对西方戏剧与文化的了解程度。中国观众有时对高清戏剧影像的内容不甚理解，特别是当存在文化差异时，这不是一个可以简单通过中文字幕解决的问题。但当他们观看比较熟悉的剧目时，需要跨越的障碍就小，例如莎士比亚剧作。莎士比亚的作品一直是中国教育中的重要部分，例如初中语文课本里有《威尼斯商人》节选，高中课本里有《罗密欧与朱丽叶》节选，很少有人不知道莎士比亚这位影响深远的英国剧作家。据观察，上海观众观看高清戏剧影像的比例高于北京[16]，因为上海更具备国际化大都市的气质，市民平日更喜欢观看西方电影和电视剧，对英国和西方戏剧文化有更多的了解，因此更容易理解高清戏剧影像的剧情。

高清戏剧影像目前还是以名角名剧作为最大宣传点，演员和剧目的知名

---

15 参见 Dimaggio, P. & Useem, M. , "Social Class and Arts Consumption: The Origins and Consequences of Class Differences in", *Theory and Society*, Volume 5(2), 1978, pp.141-161.

16 参见王菲《独家专访李琮洲：两年让 NT Live 进 19 城》，《北京娱乐信报》2017 年 6 月 19 日，https://item.btime.com/43clgsgsoro9f2bueis5rq4d81u，引用日期：2018 年 8 月 18 日。

度很大程度上影响到上座率，尤其是二三线城市这种情况更为明显。经过多年实践积累，高清戏剧影像中国区负责人李琼洲（其创办的北京奥哲维文化传播有限公司致力于将高清戏剧影像推广到中国）总结出影响观众购票因素的顺序：明星→名著→获奖作品[17]。因而，观众对演员的偏好影响了高清戏剧影像的宣传方式，当其剧目在中国推广时，播映方都把著名演员的名字放在最前沿，作为一个巨大的宣传点。李琼洲提到，无论一线城市还是二三线城市，主要的推广模式都是一样的：每个人都不会抗拒本尼（Benedict Cumberbatch）的戏，尽管票价被炒到 600 元也供不应求，其明星效应是显而易见的。因此，明星主演的戏剧可谓是高清戏剧影像在中国的"敲门砖"[18]。而莎士比亚系列往往比其他作品更卖座，尤以《哈姆雷特》《罗密欧与朱丽叶》《李尔王》这三部剧作认知度最高，它们在二三线城市的票房优势更为明显。我们这里不讨论这种卖点是好是坏，对于中国的高清戏剧影像观众而言，演员和剧目的知名度确实是他们是否会观看高清戏剧影像的重要因素之一。2018 年下半年推出的高清戏剧影像主要分为"男神归来"与"金牌编剧"两个单元，显而易见是希望通过演员和编剧的知名度来吸引更多观众走进剧院。而在中国逐渐火爆的日本"剧团☆新感线 GEKI×CINE"系列高清戏剧影像，也是把出演明星作为宣传重点。

目前对于高清戏剧影像的命名很不统一，容易造成没接触过这种播映方式观众的误解。通过对不同地区不同剧院宣传资料的查询，笔者发现现在的称呼很混乱，包括高清影像、戏剧影像、戏剧现场、舞台影像、影像单元、剧院现场等等。高清戏剧影像的推出有一个历史过程，引发了命名的混乱。最早是英国国家剧院推出的"国家剧院现场"（N. T. Live），这个名字被应用在早期的宣传中。但制作高清戏剧影像并上线的剧院迅速增多，英国国家剧院之外，又有皇家莎士比亚剧院、老维克剧院、丹玛尔仓库剧院、阿尔梅达剧院、布拉纳剧团等，其他国家也随之加入，例如美国、日本、俄罗斯的许多剧院，宣传用名就产生了混乱。北京奥哲维文化传播有限公司于 2018 年 6 月开始，又用"新现场"来覆盖来自多个艺术机构和团体的戏剧、音乐剧、歌剧、舞蹈乃至展览

---

17 参见查拉《引进戏剧影像放映最快四个月盈利》，新京报网 2018 年 6 月 6 日，http://www.bjnews.com.cn/ent/2018/06/06/489924.html，引用日期：2019 年 8 月 21 日。

18 参见 Filmmore *Going into the Chinese theatre to watch the British drama: the correct way to open NT Live*. [Online] Available at: http://www.1905.com/news/20160419/1008 998_2. shtml. [Accessed: 8 9 2018]

等诸多艺术门类的优质影像[19]。这些不同的命名，对了解高清戏剧影像的观众不会造成认知困惑，但对没有接触过高清戏剧影像的观众却会造成歧异理解。本文统一使用"高清戏剧影像"的概念，也是希望能够借此推动命名的一致化。

高清播映戏剧是对优质稀缺戏剧资源的一种整合与传播。不同国家和地区的戏剧资源分布差异很大，戏剧偏好也各不相同。例如北京是中国话剧资源最丰富的城市，但是戏剧的多样性资源却比不上上海。高清播映戏剧汇集了世界知名剧院最顶尖的剧目、导演、演员，用镜头如实记录下其演出的全貌，并通过网络传播给全世界的观众，就实现了珍贵戏剧资源的全球共享。只能容纳有限观众的剧场剧可以扩展到更广阔的空间，以便全球观众可以通过屏幕观看精彩的表演。当然高清播映戏剧因为录播的定格，重复播出时每次效果都一样，与舞台戏剧的现场演出效果随时变化不同，有人认为它缺失了戏剧的部分真实性。但是对大多观众来说，根本性的问题还不是观看效果，而是有或无、1 与 0 的区别，能享受到这些戏剧资源本身就是其基本权利的扩大。对中国观众来说，高清戏剧影像带来的不仅仅是一批作品，而是一个可以直接接触世界顶尖戏剧的便捷渠道。以往接触外国戏剧只能通过剧团巡演、翻译重排等手段，无法在第一时间看到、甚至根本看不到一些世界轰动剧目，而高清播映戏剧打开了这扇门。

高清戏剧影像是一种新媒体产物，通过高清播映向世界展示当代戏剧舞台作品，最大限度地恢复戏剧场景。它不仅记录了所有的戏剧场景，而且还增加了拍摄和分镜的技术手段，同时保持了戏剧的完整性，这使它更具表现力。与此同时，表演的最终版本可以永久保存，以便戏剧超越时间和空间的限制。高清戏剧影像的制作有一个逐步完善的历史过程。最初的舞台戏剧录制形式十分简陋，视频和音效很差，也缺乏专业的编辑技巧，但这些早期录制保留了许多经典剧目的影像，例如 1963 年录制的理查德·伯顿（Richard Burton, 1925. 11. 10-1984. 8. 5）主演、约翰·吉尔古德（John Gielgud, 1904. 4. 14-2000. 5. 21）执导的《哈姆雷特》在美国各地电影院播映[20]。然而，对于那个时代的观众和从业者来说，戏剧表演仍是不折不扣的现场艺术。自从英国国家剧院于 2009 年 6 月开始在英国各地开设试点季以来，这种具有更好画面、优质音频、优

---

19 参见王润《"英国剧院现场"升级"新现场"下半年 58 部各类剧目北京放映》。北京晚报北晚新视觉网 2018 年 06 月 22 日，https://www.takefoto.cn/viewnews-1499544.html，引用日期：2018 年 8 月 25 日。

20 参见 Hornby, R. , "National Theatre Live", *The Hudson Review*, Volume 64(1), 2011, pp.196-202.

秀镜头位置的高清戏剧影像受到了广泛欢迎。舞台表演的数字化传输使戏剧及其呈现方式更加现代化和便捷化，它让人们可以在当地的电影院观看戏剧，它也使戏剧作品能够接触到更多的观众，它还激发了以前对戏剧没有兴趣的更多人观看的好奇心。数字播映也可能对舞台戏剧产生一些不利，例如观众可能减少观看现场表演的场次。目前由数字技术传播的播映戏剧其真正的艺术影响仍然非常不确定，转型是积极还是不利都缺乏定量判断依据，但戏剧作品的快节奏增长对观众审美、娱乐消费以及社区文化格局都产生了很大影响。

高清戏剧影像的播映令人印象深刻。传统的戏剧现场演出，当演员在舞台上进行表演时，由于剧场各个部位距离和视角不同，旁侧和远处的观众很难获得好的观看效果。但对高清戏剧影像来说不是问题，屏幕前所有观众都可以实现无障碍观看，特写镜头甚至可以清晰捕捉到演员的微小动作与微妙表情。高清戏剧影像观众经常提到它的一个优点是，当观众的座位不好时，高清播映具有比现场演出更好的视角和更清晰的画面，它的观众满意度甚至高于舞台演出。因此可以说，某种程度上高清戏剧影像不仅不会破坏观众的存在感，甚至可以增强观众的体验。作为当代文化中的新媒体文化，高清戏剧影像吸引了与舞台演出及其他传统形式不同的观众群体。高清戏剧影像带来 21 世纪观众现场文化体验的巨大变化，很难想象，对于这个时代之前的人们来说，有一天他们会进入电影院或剧院观看播映式的戏剧作品。

高清戏剧影像的成功发展，对全世界戏剧人都有启发并为之带来新的希望。高清戏剧的新媒体传播方式，使中国观众有了跨时空接触世界高端戏剧作品的便利，它一定会长期拥有自己的一角市场。高清戏剧影像在中国也有着潜在的观众群体，即都市休闲文化消费阶层，其召唤回头客的实力使之有进一步向大众群体发展的趋势。高清戏剧影像引进中国几年时间里，放映范围就迅速拓展到全国数十个城市，这些城市中不仅有北京、上海、天津、深圳、广州、杭州等舞台演出市场一向很好的一线城市，还有哈尔滨、西安、兰州、成都、武汉、苏州、大连、济南等二线演出城市以及台湾的五个城市。高清戏剧影像播映给中国戏剧带来的改变正在继续。

中国戏曲的优秀作品，能否也以高清戏剧影像播映的方式走向世界？目前中国正在进行录制高清戏剧影像的尝试[21]，可以期待未来充满希望的前景。

---

21 参见和璐璐《〈北京法源寺〉有望成中国首部 NT Live 作品》，《北京晨报》2016 年

中国拥有宝贵的戏曲资源，虽然以往也经常有录制传统戏曲作品在媒体上播映的实践，但高清戏剧影像的效果是戏曲现场录像所无法比拟的，它因此对中国戏曲和戏曲观众都具有重要意义。对于戏曲而言，从古到今保存的内容大部分是文本信息，人们以往只能通过文献考证和文物考古等方法来了解一些舞台情况，有太多优秀的演出永远消失在历史长河中了。保护和传承文化遗产留给后代是当代人的责任[22]，以往这种戏曲责任难以很好实现，但是现在人们有了新的方法，高清戏剧影像甚至可以直观和贴近地记录下戏曲的所有表演过程，这在过去是不可想象的。另外，以往国外的戏曲爱好者想看一出高质量戏曲演出是很困难的，几乎只能依赖于国内剧团的出国巡演，高清戏剧影像带给他们对未来的美好期待。高清戏剧影像体现了当代戏剧传播方式的重大变革，也将成为戏曲行业一个新的发展方向。

---

3 月 31 日。

22 参见 Baglioni, P. , Carretti, E. & Chelazzi, D. , "Nanomaterials in art conservation", *Nature Nanotechnology*, Volume 10, 2015, pp.287-290.

后　记

　　这本论集的雏形诞生于 2023 年底的一个平淡下午，我偶然在网上见到曹顺庆教授主编、四川大学国家级重点学科比较文学研究基地推进的"比较文学与世界文学研究丛书"的征稿启事，此时已经是截止期的最后一天。我于 2019 年秋进入北京外国语大学国际中国文化研究院攻读比较文学与跨文化研究博士学位，毕业后到国家图书馆海外中国问题资料研究中心工作，一直专攻海外中国戏剧研究、跨文化戏剧研究。这期间陆续在《中国戏剧》《戏剧》《戏剧艺术》《戏曲艺术》《中华戏曲》《美术观察》《文化遗产》《读书》《汉学研究》等刊物上发表有关论文 20 余篇。看到征稿要求后，我自认研究成果与丛书主旨相符，便匆匆将论文编成《中西跨文化戏剧论集》书稿投去。不久收到采纳通知，言明论集将由台湾花木兰文化事业有限公司出版，该社随即发来文稿要求和出版规则，于是按照格式编定此集。这便是这本论集的由来。

　　本书内容囊括了戏剧戏曲学、域外汉学、艺术学、文献学、翻译学等多个学科领域，研究的主要对象是中国戏剧在西方的接受，故跨文化属性十分突出，因此题名为《中西跨文化戏剧论集》，但非取学界通常"跨文化戏剧"概念的本意。

　　感谢曹顺庆教授能给我这次出版的机会，对于一个尚无著作立身的青年学子来说，这样的机会弥足珍贵。从四川大学毕业的我，时隔多年又于微末中受到母校的膏泽，实在令我感怀。感谢北外国际中国文化研究院的梁燕教授，对于我的种种奋进，她作为博导一直颇为支持。感谢我的父母、业师、同门、学友，在治学路上，有良师诤友，是我的幸运。感谢编辑和出版社对此书的辛劳付出，他们让这些文章得以成书。

　　本书是我近年来的一些粗浅研究，并不成熟，希望借他山之玉对国内戏剧研究进行补充、为学界提供一种视角以期抛砖引玉。其中疏漏之处在所难免，还请各位老师、读者批评指正。

廖琳达

于国家图书馆

2024 年 2 月 25 日